教育部人文社会科学研究资助项目（批准号：18XJC752002）

Politics of Domesticity in Victorian Literature in England

英国维多利亚时期
文学中的"家庭"政治

黄伟珍 / 著

 四川大学出版社

项目策划：陈克坚　梁　平
责任编辑：陈克坚
责任校对：杨丽贤
封面设计：墨创文化
责任印制：王　炜

图书在版编目（CIP）数据

英国维多利亚时期文学中的"家庭"政治 / 黄伟珍
著 . — 成都：四川大学出版社，2019.7（2024.6 重印）
ISBN 978-7-5690-2929-1

Ⅰ．①英… Ⅱ．①黄… Ⅲ．①英国文学—近代文学—
文学研究 Ⅳ．① I561.064

中国版本图书馆 CIP 数据核字（2019）第 126228 号

书名	英国维多利亚时期文学中的"家庭"政治
	YINGGUO WEIDUOLIYASHIQI WENXUEZHONG DE "JIATING" ZHENGZHI

著　者	黄伟珍
出　版	四川大学出版社
地　址	成都市一环路南一段 24 号（610065）
发　行	四川大学出版社
书　号	ISBN 978-7-5690-2929-1
印前制作	四川胜翔数码印务设计有限公司
印　刷	永清县晔盛亚胶印有限公司
成品尺寸	170mm×240mm
印　张	10.5
字　数	218 千字
版　次	2019 年 8 月第 1 版
印　次	2024 年 6 月第 2 次印刷
定　价	65.00 元

扫码加入读者圈

◆ 读者邮购本书，请与本社发行科联系。
　电话：(028)85408408/(028)85401670/
　(028)86408023　邮政编码：610065
◆ 本社图书如有印装质量问题，请寄回出版社调换。
◆ 网址：http://press.scu.edu.cn

四川大学出版社
微信公众号

目　录

1

绪　论

维多利亚时期是英国历史上的重要时期，也是现代家庭模式形成的关键时期。通过对国内外文献梳理，可以看到，在维多利亚时期的语境下，"家庭理想"具有多义性和丰富性。要想更好地理解这个时期文学中不断出现的家庭描写，并尽可能呈现当时"家庭"政治的全貌，单纯的性别研究是远远不够的。只有拓宽研究思路，重新审视维多利亚时期"家庭"话语在社会文本和文学文本中的互动协商关系，我们才可能更好地把握"家庭"观念在维多利亚时期凸显的深层原因。

第一节　选题依据

历史上的家庭和政治似乎从来就是"你中有我，我中有你"的关系。古今中外，"家"与"国"都是紧密相连的。在中国，人们对家国同构的概念并不陌生，家是"最小的国"，国是"最大的家"。"修身、齐家、治国、平天下"之言也很好地概括了国人对家国关系的深刻认识，汉语中"国家"一词更是充分体现了二者不可分割的关系。在西方，尽管家与国的关系从古希腊时期开始就充满了争议，并一直持续到 17 世纪的君权之争，① 但对于家庭（确切地说，应该是"家族"）的政治性功能几乎没有什么异议。18 世纪末以后，随着工业化大生产的发展，以及由此带来的技术进步和物质享受，家庭结构和形态都发

---

① 在柏拉图看来，君权、政治家和家庭是对等的，而亚里士多德则认为家庭和王国、父亲与君主之间有着本质的区别。到了 17 世纪，以罗伯特·菲尔麦（Robert Filmer）的《家父》（*Patriarcha*）为代表的一方认为，君主的绝对权力可以追溯到亚当，国君等同于上帝，一国之主就是一家之主，故应该享有绝对的君权和父权，而以约翰·洛克（John Locke）为代表的一方则认为，政治社会与"以血缘关系为纽带的家庭"并不同构，二者存在根本差异，国君不同于"父亲"，因而不能享有至高无上的权力。See Su Fang Ng, *Literature and the Politics of Family in Seventeenth-Century England*. Cambridge：Cambridge University Press，2007.

生了变化，人们对家庭的理解和期待也发生了转变，家成了培养个人情感的私密场所，家庭日常生活也逐渐成为人们关注的焦点。维多利亚时期的人们对家庭的热情达到了前所未有的高度，这种现象在大多数文本中都表述为"家庭崇拜"（"cult of domesticity"，而不是"cult of family"）。

一、关于"家庭"的概念

在深入讨论之前，我们有必要区分一下英语中关于"家"的三种不同说法："family""home"和"domesticity"，尽管在汉语中常用同一个词"家"或"家庭"表示，但它们的意思却并不完全等同。其中"family"和"domesticity"与"home"区分度较大，前两者侧重家庭，后者则与"家园"有关。关于"domesticity"，其词干为"domestic"，在英语中作为"family"的同义词，两者常常可以互换。人们也习惯性地认为，"家庭"文化（domestic culture）与家庭文化（family culture）是一样的。然而，正如哈罗斯在《家庭文化》一书里明确指出的，尽管家庭是理解"家庭"文化的核心内容之一，但严格意义上讲，二者并不能画上等号。二者之间的"等同"，与其说是天生的，不如说是"随着18世纪以后一系列文化、社会和经济变革而逐步形成的"[①]。确切地说，应该是随着核心家庭观念的确立而得以形成的。当"家庭生活"（domestic life）主要指"家庭实践"（domestic practices）等的时候，其含义就并非是家庭（family）一词所能涵盖的了。

一些词典也对二者的意义进行了甄别，如在 Webster 词典（第三版）中关于"family"一词主要有以下几层意思：（1）包括仆人在内的家族；（2）生活在同一个屋檐下的一群人；（3）社会的基本组成单元，一般有2~3个成人。可以看出"family"强调家庭成员关系。而"domesticity"的词根"domestic"主要意义有：（1）与家庭有关的；（2）与家里的供给、服务和活动有关；（3）家庭的，或家庭成员的。可见，"domesticity"除了和家庭成员有关，在英语中，"domesticity"还包含了一切与家庭相关的事务，如各种家庭活动和家庭实践，其含义远远大于"family"一词。

受思维和习惯的影响，汉英两种语言中某些不可译现象给"domesticity"这个词的翻译造成了很多困难。虽然目前国内有限的研究中，把"domestic"或"domesticity"翻译成"家庭"，如把"the ideology of domesticity"翻译成"家庭意识形态"，而把"the cult of domesticity"翻译成"家庭崇拜"，把

---

① See Joanne Hollows, *Domestic Culture*. New York: Open University Press, 2008, p. 11.

"domestic ideal"翻译成"家庭理想",等等。尽管在汉语中都译作"家庭",但直接翻译成"家庭",在汉语的语境中,我们就很容易把意义局限在"family"这个词里,从而忽略了"domesticity"的其他几个重要维度。

目前国内有部分学者也注意到这个问题。在《外国文学评论》2016年第2期上刊登的《"文明"的"持家":论美国进步主义语境中女性的国家建构实践》一文中,作者首次将英语"domesticity"译成"持家",而不是像以往的研究那样翻译成"家庭"。虽然,"持家"一词是否准确译出了"domesticity"的涵义有待商榷,[①]但至少说明,已有学者看到了"domesticity"与"家庭"二者之间的差异和不对等。可以说,对"家庭"(domesticity)概念理解的不准确也是目前国内关于维多利亚时期家庭研究难以深入的一个重要原因。因汉语中没有与"domesticity"一词完全对应的词,为了行文方便,本书亦将其翻译成"家庭"。

就政治的维度而言,目前研究得比较多的是"家庭政治"("politics of family")和"家园政治"("politics of home"或"the politics of homeplace"[②])。前者主要从家庭功能主义角度探讨家作为社会的细胞如何发挥其功用,从这个意义上看,家与国家政治、经济等公共领域的关联是显而易见的。这方面的经典著作有恩格斯的《家庭、私有制和国家的起源》和亚可·唐勒斯(Jacques Donzelot)的《为家庭制定政策》(*The Policing of Families*)。前者详细论述了家庭发展史与国家政治之间的关系,后者论证了政府如何通过家庭治理国家。20世纪80年代以后,随着后殖民批评的兴起,在散居族裔文化里,家园的重建成为重要主题,"家园政治"也成为学界关注的对象之一。相比之下,对于维多利亚时期小说中再现的家庭日常生活场景的研究(确切地说,应该是关于这个时期"家庭"政治的研究)则比较受局限,下文将对此逐步展开讨论。

在英语中,尤其是在维多利亚时期的语境下,"家庭"("domesticity")与"家"("family""home")都有着很大的区别,它不仅关乎家庭成员,还涉及家务劳动、家庭阅读和家庭拜访等日常家庭活动,以及家庭建筑、室内布置、家庭饮食和家庭卫生等与家庭密切相关的物质性维度。"家庭"(domesticity)还和秩序、卫生、科学管理和品位等概念有关。安·麦克林托克(Anne

---

①　这样处理,可以很好地翻译出上述"domesticity"的第二个涵义,弥补简单地将该词翻译成"家庭"的缺陷。但美中不足的是,这样的翻译是以牺牲上述"domesticity"的第三个涵义——"家庭的或家庭成员的"(如家庭中最主要的婚姻关系)为代价的。

②　贝尔·胡克斯曾在自己论著中使用"homeplace"一词。See bell hooks, *Yearning: Race, Gender, and Cultural Politics*. New York: Routledge, 2015, p. 76.

McClintock)甚至还将家庭与一夫一妻制度、节俭、秩序、积累、分类、质化和规范等中产阶级价值理念联系起来。[①] 在具体的历史语境下,这个词也有一些特殊的指涉。历史学家莉奥诺·达维多夫(Leonore Davidoff)和凯瑟琳·霍尔(Catherine Hall)从对 1835 年的《家庭经济》杂志(*Domestic Economy*)的研究中得出以下结论:维多利亚时期"家庭"(domesticity)的意义是广义的,具体包括女性持家、照顾孩子、承担社会责任、合理安排时间和收入,而当时的两性"分离领域"之说,几乎是不言自明的。玛丽·普维(Mary Poovey)则直接从女性的角度出发,认为既然维多利亚家庭的中心是女性,那么"母性"和"女性道德"也应该是"家庭"的主要特征。[②]"女性"和"家庭"在 19 世纪甚至可以看作相似的概念。基于以上观点,文中的"domesticity"主要涉及"女性崇拜"和家庭内部装饰、建筑、礼节和卫生等日常生活的维度。

二、国内外研究

在现有的国内研究中,关于维多利亚时期家庭历史研究和文学研究的论文多以家庭(family)为研究对象,大致可以分为以下两大类:一类是关于这个时期中产阶级家庭观、婚姻观的研究,如《维多利亚时代中期英国中产阶级中上层的家庭意识探究》(2003)、《英国工业革命时期资产阶级的家庭观及其成因探析》(2003)、《维多利亚时期英国中产阶级的家庭观念》(2012)、《特罗洛普作品中英国社会转型期的婚姻家庭观》(2013)和《论〈无名的裘德〉中的婚姻》(2014)等。另一类主要是围绕维多利亚时期女性形象展开的研究,如《父权文化对女性的期待——试论西方文学中的"家庭天使"》(1996)、《论英国维多利亚前期中产阶级妇女的地位》(2001)、《家庭天使——从性别研究的角度分析狄更斯笔下的女主人公》(2001)、《英国维多利亚时期"家庭天使"的内涵和特点》(2005)等。这些论文普遍认为,维多利亚时期女性地位低下,社会既定的女性角色——"家庭天使"是使她们成为受害者的罪魁祸首。

应该说,第一类研究对我们研究维多利亚时期的家庭观(family)有重大的意义,第二类研究针对维多利亚时期家庭中以女性为中心这一特点展开讨

---

① See Anne McClintock, *Imperial Leather: Race, Gender and Sexuality in the Colonial Contest*. London: Routledge, 1995, pp. 167-168.

② See Leonore Davidoff and Catherine Hall, *Family Fortunes*. London and New York: Routledge, 2002, p. 187; Mary Poovey, *Uneven Developments: The Ideological Work of Gender in Mid-Victorian England*. Chicago: The University of Chicago Press, 1988.

论，通过具体的文本很好地分析了作为受害者的维多利亚时期的女性。前者主要从家庭内部成员之间的关系入手，后者则主要从女性的维度分析家庭话语。但这两类研究的共同点是，只看到维多利亚时期家庭的某一个维度，忽略了维多利亚语境下"家庭崇拜"的其他几个重要维度，如家庭活动、家庭事务等，这在一定程度上阻碍了人们对维多利亚时期无处不在的"家庭理想"的深入而全面的理解。此外，上述第二类关于"家庭天使"的研究，由于对家庭其他维度的忽略，认为"家庭天使"对女性只有负面影响的观点，也有失偏颇。这种看法在国外 20 世纪 80 年代前的研究中比较普遍，但从 80 年代开始，随着文化研究和新历史主义批评的兴起，对维多利亚时期"家庭天使"的角色，或者说对"家庭"话语的看法，逐渐发生了某种根本性的转向，这一点在国内却鲜有提及，在下文的国外研究综述部分将进一步分析。

　　从 20 世纪早期一直到 20 世纪 70 年代，受女权运动的影响，这种以"女性崇拜"（Cult of Womanhood）和"分离领域"为中心的"家庭"话语几乎遭到了西方批评界清一色的批判，批评家认为它默许了"家庭天使"角色的合法性，使女性处于屈从者和受害者的境地，极大地束缚了她们的独立性和自主性，剥夺了她们自我实现的权利。早在 1899 年，凯特·肖邦（Kate Chopin）就在《觉醒》（*The Awakening*）里质疑了女性作为"女儿、妻子和母亲"的自我牺牲的角色，并因此被视为"新女性"的代表人物之一。1929 年，弗吉尼亚·伍尔夫在《一间自己的屋子》（*A Room of One's Own*）中《莎士比亚的妹妹》（"Shakespeare's Sister"）一文里，用她一贯的流畅笔法，描述了一个具有莎士比亚天赋的女性最终只能在日复一日的"持家"琐事中扼杀才华的故事。20 世纪 60 年代，女权主义的经典之作《女性的奥秘》（*The Feminine Mystique*），矛头直指女性传统的家庭角色，尖锐地批判了将中产阶级女性局限于家中的"幸福家庭主妇"神话。1977 年，伊莱恩·肖瓦尔特（Elaine Showalter）的《她们自己的文学》（*A Literature of Their Own*）一书对 19 世纪的女性文学做了很好的梳理，对女性文学传统的建立起到了重要的作用。但受那个时期批评语境的影响，在她笔下，那些曾关注"持家"的女性作家，如盖斯凯尔等，被戏称为"典型的维多利亚女性"，并遭到批评界的冷落。总之，在女权主义的话语框架下，20 世纪大部分时期，维多利亚时期的"家庭"成了束缚女性自我发展（entrapment）的代名词。目前，我国关于维多利亚时期的"家庭"政治的研究，大多数属于这个范畴。

　　20 世纪 80 年代以后，随着文化批评的兴起，人们对建立在"分离领域"基础之上的女性"持家"文化也有了新的认识，历史学家或女性批评家逐渐发现，家庭空间并不总是女性追求自由之路上的绊脚石；相反，它还在一定程度上促使女性成功走出私人领域，迈入公共领域。这个时期关于家庭话语的研究，主要是从女性参与政治和职业化两个维度展开。在政治方面，"分离领域"可以成为女性为自己争取政治权利的重要武器。1987年，帕特丽夏·霍利斯（Patricia Hollis）在《淑女选举：1865—1914年英国地方政府中的女性》（*Ladies Elect：Women in English Local Government，1865－1914*）一书中就指出，维多利亚女性在地方选举中获胜，靠的正是"'分离领域'这张王牌"①，她们无意颠覆传统女性角色，恰恰相反，她们征用了女性的家庭角色，不断强调自己的"特殊知识"仅限于家和家庭，只能服务于那些年幼或虚弱的需要帮助的人，从而获得最广泛的支持和同情。丽莎·提克纳（Lisa Trickner）也在《女性景观：1907—1914年间选举阵营》（*The Spectacle of Women：Imagery of the Suffrage Campaign，1907－1914*）一书中认为，"分离领域"的语言为女性提供了在公共空间发言的机会，即便是当时最激进地要求选举权的女性，也懂得使用"分离领域"的话语，如在游行过程中使用带有刺绣的横幅或推着婴儿车等方式表现女性气质，将大街空间演变成"家庭空间"，从而使得自身行为符合社会规范。

在职业化方面，普维的《不均衡的发展：维多利亚中期英国性别的意识形态作用》（*Uneven Developments：The Ideological Work of Gender in Mid-Victorian England*）则另辟蹊径，利用文化研究的方法，使用丰富的历史文献和文学文本，有力地论证了包含于"分离领域"话语中的性别差异是如何成为一种意识形态，在维多利亚时期的医疗、法律、文学和职业等领域中运作的，这从一个侧面向我们说明了家庭私人领域与公共领域的相互渗透和交融。② 此外，在《对责任的期盼：1868—1883年间英国维多利亚女性护理职业化之战》（*A Zeal for Responsibility：The Struggle for Professional Nursing in Victorian England，1868－1883*）、《"天使"与"公民"：1854—1914年间作为军队护士的英国女性》（*Angels and Citizens：British Women as Military Nurses，1854－1914*）等论著中，也都涉及维多利亚女性是如何利用"家庭"话语推进护理业的职业化进程的。在1998年出版的《维多利亚时期小说中的

---

① See Patricia Hollis, *Ladies Elect：Women in English Local Government，1865－1914*. New York：Clarendon Press, 1987, p.187.

② 值得一提的是，在本书最后一章里关于南丁格尔的讨论。在这一章里，普维分析了南丁格尔如何征用"分离领域"的话语，以"退"为"进"，重申女性的护理业与职业无关，与金钱无关，它是"上帝召唤"的事业，是女性道德典范的象征，从而确立了护理业在英国国民心中的地位，使其逐渐得到中产阶级的认同，并吸引更多中产阶级女性的加入，这为日后护理业可以名正言顺地成为英国女性职业奠定了坚实的基础。See Mary Poovey, *Uneven Developments：The Ideological Work of Gender in Mid-Victorian England*，pp.192－193.

职业性"持家"：女性、工作与家庭》　　（*Professional Domesticity in the Victorian Novel：Women，Work and Home*）一书中，还探讨了女性"持家"话语与女性职业化之间的关系。目前，国内也有少数学者（主要是历史研究者）意识到这个问题，但总体上看，由于语言的障碍和对维多利亚语境下"家庭"（domesticity）的认识不足，目前国内对"家庭"政治的研究大多仍停留在西方20世纪70年代以前的家庭女性是"受害者"（victimization）的观念。

　　总体而言，20世纪80年代以后，不少学者都试图指出，在家庭话语的作用下，"家庭"并不总是女性追求经济和政治的独立自主之路上的绊脚石。在庞大的父权体系下，"家庭"话语可以成为女性寻求自我发展的重要武器，让她们成为"戴着镣铐的舞者"。这种话语的悖论在于，它谨守性别差异的话语模式，但同时又在一定程度上超越性别二元对立。

　　20世纪80年代末，出现了一批研究维多利亚时期小说中的"家庭"（domesticity）政治的论著，其中以南茜·阿姆斯特朗（Nancy Armstrong）、玛丽·普维（Mary Poovey）和伊丽莎白·朗兰（Elizabeth Langland）的著作为主要代表。这些作品与以往的研究相比，不再只是局限在性别研究基础之上，如阿姆斯特朗的《欲望与家庭小说：小说的政治史》（*Desire and Domestic Fiction：A Political History of Novel*）就考量了看似远离公共领域的家庭私人领域在现代性进程中的作用，她从18世纪末和19世纪几部经典小说入手，利用福柯的话语－权力分析，将"家庭女性崛起"视为"重大历史事件"，①进而说明女性家庭活动对现代个人（modern individual）②的形成有着重要的作用。该书详细论述了家庭女性在历史上并非总是被动的、缺席的，她们也有积极的一面。可以说，这本书最大的贡献在于它突破了以往只是从女性权利的角度谈论"家庭"政治，站在一个更广阔的角度，探讨了家庭日常生活的政治性。如在谈论勃朗特的小说《谢莉》（*Shirley*）的相关章节里，作者揭示了文本中的家庭阅读场景是如何透露并生产了当时国家主流政治意识形态的。但由于特定的历史局限，该书仍未突破女性研究的视域。该书主要解释了女性在现代个人的形成过程中所起的重要作用，看到了社会权力话语通过家庭产生的影响力，但作者却忽视了家庭话语作为一个整体对社会产生的作用。③事实上，琐碎的家庭生活并非专属于女性，男性也和它有密切关联。因而，基

---

①　Nancy Armstrong，*Desire and Domestic Fiction：A Political History of Novel*，p. 3.

②　在普维笔下，"现代性自我"指的是个人不再以血统和家族作为主要身份，而是以自我感知能力为主要体验的个体生命。

③　See Elizabeth Langland，*Nobody's Angels：Middle-class Women and Domestic Ideology in Victorian Culture*．Ithaca and London：Cornell University Press，1995，p. 12.

于性别政治基础之上的研究，在分析小说中的"家庭"政治的时候具有一定的片面性和局限性。

普维在《不均衡的发展：维多利亚中期英国性别的意识形态作用》中多次提到"边界案例"（border cases），但她的讨论主要集中在英国本土范围，除了在分析南丁格尔的章节里对女性与帝国的关系略有提及，对"家庭"政治的研究几乎没有跨出英国国界，在很大程度上忽视了"家庭"话语与帝国之间的深层关系。而朗兰在《不是任何人的天使：维多利亚时代文化中的中产阶级女性和家庭意识形态》（*Nobody's Angels: Middle-class Women and Domestic Ideology in Victorian Culture*）一书里尽管引入了阶级的维度研究了家庭内部的权力关系，看到了维多利亚时期中产阶级女性如何在家庭内部参与社会等级的建构，该书与 20 世纪 90 年代以前关于维多利亚时期持家话语的研究相比，有了很大的突破，但与之前的研究一样，该书仍以性别、尤其是女性为主要基点，延续了 80 年代之前的性别维度，忽略"家庭"话语在家庭外部的意识形态功能，具有一定的片面性。

总体上看，关于维多利亚时期英国"家庭"话语的研究，经历了一个从否定、批判到逐步接纳、肯定的过程。虽然两种观点看似矛盾，但其中却隐藏着一个共同的出发点，即二者都是基于性别政治，尤其是女性主义思想之上的，这样的研究符合大量女性作家在英国维多利亚时期出现的历史实情，体现了人们对这一特殊群体的持续关注。它丰富了人们对维多利亚时期"家庭"话语的理解，大大拓宽了女性研究的视野，对女性研究有着深远的影响和重大的意义。同时，它也丰富了人们对"家庭"政治的理解，纠正了一直以来人们认为"真正的"政治只发生在公共领域的偏见。正如哈罗斯所说的那样，女权主义最主要的遗产就在于其发现私人领域也深深烙上了政治的色彩。① 然而，我们也要看到，就当时的历史背景和思想基础而言，这种基于性别政治的研究仍以"分离领域"为基础，有其自身的缺陷。尽管阿姆斯特朗、普维和朗兰等人的研究在一定程度上突破了女权政治的局限，让"家庭"政治有了更广阔的含义，但她们都把男性排除在"家庭"之外，所以有一定的局限性。

应该说，20 世纪 90 年代以前对"家庭"话语的研究在突出女性的同时，忽视了女性内部差异，忽视了男女两性之间的共同点，这显然不利于我们全面把握"家庭"话语在整个社会形态中的作用，也不利于我们更深入地理解维多利亚时期与家庭意识形态有紧密联系的文学作品。不同的性别可能由于同属一个阶层而有许多相似之处，女性之间则可能由于阶层和种族的差异而呈现出不

---

① See Joanne Hollows, *Domestic Culture*, p. 55.

同的面貌。正如凯西·戴维森（Cathy Davison）所说，如果将男女社会关系简化为性别分离关系，那么性别作为一种范畴的有效性将大打折扣，因此我们应该对无法走出自身偏见和喜好的性别批评持保留态度。① 劳思光先生在讨论反理性思潮的三重困局的时候，曾以"女性主义"研究为例说明这种思潮的"片段化"特征。在他看来，只截取女性的社会生活与社会行为，并以这种眼光审视世界，其结果往往只是突出了某种观念，而不是为了更好地了解世界，是一种"片段化"的病态。② 20 世纪以来，关于"家庭"的性别视角的研究恰恰也陷入了这种怪圈。家庭作为人类社会的缩影，虽然在 19 世纪女性意识逐渐加强，但这并不能成为掩盖家庭内部其他社会关系的理由。罗伯特·约翰逊（Robert Johnson）就曾表示，如果将女性放到帝国历史的进程中去考察，其结果将会显示，性别的差异并没有人们想象的那么大。③ 因此，只有跳出女性研究的框架，以此为研究基础，但又不受限于其视角，试着从阶级和种族的角度重新审视维多利亚时期小说中的家庭场景的书写，我们才可能更加全面地认识到这个时期无处不在的"家庭崇拜"里蕴含的"家庭"政治的内涵。

　　19 世纪 50 年代至 70 年代，是维多利亚时期家庭理想达到顶峰的时期，在狄更斯、盖斯凯尔和夏洛特等小说家们的笔下，家庭日常生活场景的描写层出不穷。壁炉、客厅、厨房、晚宴、服装、家庭拜访，美好的家、温馨的家、甜蜜的家，这些都是他们小说中不断出现的意象。这些细致入微的家庭场景描写，真的就如维多利亚时期的人们宣称的那样，是远离政治、经济领域的吗？这些看似琐碎、无用的家庭日常生活的描写，难道真的只和性别政治有关吗？如果不是，它们又是如何参与这个时期的社会整体风貌的建构的呢？它们与当时盛行的大量描写"家庭理想"的社会文本——家庭手册、建筑手册、报纸杂志又构成怎样的协商关系呢？

　　事实上，对"家庭"话语的征用并非女性的特权，琐碎的家庭日常生活也并非远离政治、经济，它具有很强的公共性和政治性。即便维多利亚时期的家庭理念里不断强调的"分离领域"的产生本身也具有很强的政治意图。早在18 世纪，福音教派诗人威廉·考伯（William Cowper）就试图使用田园牧歌般的家庭表达对工业化进程的超越。在他的笔下，男性气质与权力、金钱无关，却与家庭相关。④ 他将个人救赎与家庭结合，试图以此对抗资本主义大生

---

① See Cathy N. Davison, "Preface: No More Separate Spheres," *American Literature*, no. 3, 1998: 445.

② 参见劳思光：《当代西方思想的困局》，上海：华东师范大学出版社，2016 年，第 36 页。

③ See Robert Johnson, *British Imperialism*. New York: Palgrave Macmillan, 2003, p. 131.

④ See Leonore Davidoff and Catherine Hall, *Family Fortunes*, p. 167.

产。"家庭"(domestic)概念与乡村有着重要的联系。到了 19 世纪,随着机械化大生产对英国乡村的进一步侵蚀,虽然人们无法在物理空间上找到远离尘嚣的牧歌般的家园,但却仍期望在闹市中建立"甜蜜之家"。在维多利亚时期的人们眼里,家是心灵栖息的场所,是远离市场和政治的避风港,对于罗斯金和其他无数文化人而言,家不只是一种实体,它更是一个潜在的圣地,具有救世的力量。

维多利亚时期的"家庭"不仅与女性有关,"家庭理想"还可以成为个人贫富的标志、道德的象征,家庭装饰和建筑的品位与社会阶层有着密切的关联,家庭话语甚至可以直接或间接地参与殖民课业。在维多利亚时期的英国,不仅女性征用家庭话语,中产阶级男性在确立自身身份甚至在对外殖民的过程中,也常常征用"家庭"话语,"持家"(domestic)不仅与"公共"(public)有关,还与"外国"(foreign)事务相互交融。因此,要想对维多利亚时期文学作品中的家庭意识形态有更系统的认识,须打破性别的疆界,可将性别当作基点之一,但又不能受限于性别研究。只有考虑当时的具体历史背景,并结合阶级和种族的角度,才可以较全面、深入地理解维多利亚时期的人——而不仅仅是维多利亚时期的女性——对家庭意识形态的征用,从而更系统地理解文学中"家庭理想"话语的深层意义。

此外,目前国内大多关于维多利亚时期的家庭研究改变了维多利亚时期的语境下"家庭"(domesticity)的含义,因此具有一定的片面性,本书试图在英国维多利亚时期的语境下重新认识"家庭崇拜"(Cult of Domesticity),尽可能还原其物质性和日常生活实践的维度。无论在恩格斯的《家庭、私有制和国家的起源》还是在唐勒斯的《为家庭制定政策》以及其他功能主义视域下的家庭研究里,我们都可以看到家与国之间相互影响、相互渗透的关系,但这些研究多从宏观的角度考察家庭的意义,对日常家庭生活的政治维度却鲜有提及。正如 20 世纪法国著名的新马克思主义学者昂利·列斐伏尔(Henri Lefebvre)认为的那样,马克思主要关注的是宏观的经济、政治问题,而对个人的日常生活经验却有些忽视。日常生活虽然看似琐碎、无聊、平淡和乏味,但这些不过是具有欺骗性的表象,将日常生活贴上无足轻重的标签也不过是一个自欺欺人的幻觉。正如郑震所说:"西方社会学的主流曾经长期地被这一幻觉所迷惑,从而遗忘了日常生活这个既熟悉又陌生的世界。"①

对日常生活的忽略,也导致了我们对维多利亚时期文学中家庭日常生活实践的忽视,甚至将维多利亚时期的"家庭"(domesticity)直接理解成家庭

---

① 参见郑震:《日常生活的社会学》,载《人文杂志》,2016 年第 5 期。

（family）。从表面上看，在勃朗特、狄更斯和盖斯凯尔等维多利亚时期小说家的笔下，尽管他们与当时的家庭手册里倡导的一样，不断宣称家庭私人领域是远离政治和经济等公共领域的，但在小说的深层层面，在对家庭日常生活的反复描写中，却不断地揭示了家庭话语所透露的阶级观念和帝国情结等国家意识形态。正如列斐伏尔所说："日常卑微的小事具有两面性，它既是微小的、个人的和偶然的事件，同时也是无限复杂的社会事件，它比其自身蕴含的'本质'要丰富得多。"① 日常生活本身也是一系列社会关系的总和，因此，如果能从家庭日常生活实践的角度，重新解读维多利亚时期的作品中的家庭场景，就会发现，维多利亚时期的"家庭天使"的影响也不局限于家庭私人空间。小说中看似琐碎的家庭生活场景，并非远离政治或经济生活，它常常有意无意地与国家主流意识形态合作共谋。

三、选题意义

综上所述，本书试图从两个方面对以往的关于维多利亚时期的家庭研究进行推进。首先，本书不再只是将这个时期的"家庭"（domesticity）研究局限在女性主义研究的框架之内，即突破之前将"家庭"政治等同于性别政治的做法，而从整个社会的角度，从阶级和种族的角度，更加全面地考察维多利亚时期小说中的"家庭理想"在巩固阶级观念和推进帝国课业的过程中所发挥的作用，为我们解读维多利亚时期的小说提供一个新的视角。此外，本书不是从传统的宏观层面去研究家与国家政治的关系（politics of family）或是"家园政治"（politics of home），而是将"家庭崇拜"（cult of domesticity）放回到维多利亚时期的语境中，主要从家庭的微观层面，即从具体的日常生活的角度，研究维多利亚时期文学作品中的家庭场景、家庭活动与国家意识形态之间的合作共谋的"家庭"政治（politics of domesticity）。

从研究对象上看，本书不只是从宏观的角度研究家庭政治（the politics of family）或家庭成员之间的关系，而是尽可能在维多利亚时期的语境下，从具体的日常生活的角度研究小说中的家庭场景的政治性（the politics of domesticity），揭示当时文学作品中描写的家庭场景与国家意识形态之间合作共谋的关系。从研究观点上看，本书对维多利亚时期"家庭"（domesticity）政治的理解将不再局限于传统女性主义研究视角，而是以性别为基点之一，但

---

① See Henri Lefebvre, *Critique of Everyday Life*：Volume 1，trans. John Moore. London：Verso，1991，p. 57.

又不受限于性别研究，而是联系维多利亚时期具体的历史背景，从阶级和种族的角度，既分析了家庭话语在家庭内部的运作，还看到了它在家庭外部如何对工人阶级实行文化统治，将阶级矛盾悄然转化成家庭道德、家庭品格的矛盾的，并以"文明的""现代的"家庭观自居，以"英国女性"的美德为普世价值，为自身殖民行径立法，并达到与其他宗主国竞争的目的。

从研究方法上看，笔者认为，要想比较系统地了解维多利亚时期文学中家庭政治的内涵，仅从文学文本的角度出发，是远远不够的。正如戴维斯·菲利普（Philip Davis）所说，一部作品的想象力不宜过度取决于它与日常经验的距离，因为现实主义不仅意味着文学要远离日常生活，还意味着它是基于生活的。① 因此，本书以文学文本为主，但也涉及当时的家庭手册、建筑手册和调查报告等重要的非虚构性文本，这样可以更好地看到文学文本中对"家庭"的描写与社会文本中强调的"家庭理想"的互动关系，看到文学文本如何对社会问题做出想象性、象征性的回应。

从现实意义的角度看，对维多利亚时期文学中家庭文化的研究，对中国当下的家庭文化研究也有一定的借鉴意义。英国维多利亚时期的稳定和兴盛，除了经济、政治原因外，还与其家庭文化价值理念的成功传播密切相关。当今的中国也处于重要的历史转型期，其发展模式与维多利亚时期的英国有着诸多类似之处。文学既是对现实的反映，又在一定程度上建构现实。"他山之石，可以攻玉"，通过对英国维多利亚时期小说中的家庭日常生活文化的研究，可以帮助我们更好地看待我国在家庭文化传统继承和新时代家风建设方面所面临的机遇和挑战。

第二节　研究思路

本书通过对维多利亚时期文学文本和历史文本的细读，试图解答下列问题：维多利亚时期的家庭私人领域是否真的就像其宣称的那样是远离政治、经济等公共领域的？"家庭"真的只是女性的专属领域吗？维多利亚时期的人为什么要不断强调这种分离？这个时期文学中关于家庭日常生活情景的书写，是以怎样的形式参与公共事务的呢？

---

① See Philip Davis, *Why Victorian Literature Still Matters*. Chichester：Wiley-Blackwell，2008.

一、研究对象

在研究对象上，下文将分别从文体、年代和作家三个角度展开说明。与诸多历史时期一样，英国维多利亚时期的文学创作形式也是多样化的，本书将以小说为重点研究对象，这主要由这种文体在这个时期的主导性地位决定的。首先，这个时期是小说创作的巅峰时期，而且小说阅读遍及全国上下，正如安东尼·特罗洛普（Anthony Trollope）所言，上至首相下至厨房女仆，英国几乎成了无人不读小说的国家。事实上，当时不仅有首相阅读小说，还有首相直接创作小说，如本雅明·迪斯雷利（Benjamin Disraeli）。约翰·萨瑟兰（John Sutherland）认为，在 1837 年到 1901 年之间，在英国约有 60000 部小说问世，有 7000 人认为自己是小说家。① 无论从哪个角度研究维多利亚时期的文学，即便不认为"小说无处不在"，也必然会觉得，"小说里无所不有"。② 而且，正如当时的政治家和文学家迪斯雷利所说，小说提供了影响舆论的最佳机会。③ 无论从创作的角度、受众的角度还是从社会影响力的角度，小说在维多利亚时期英国的作用都非同小可。因此，本书将选取小说文类作为主要研究对象。

在年代的选择上，由于维多利亚时期跨度较长，④ 本书选择 19 世纪 40 年代到 70 年代的作品作为主要研究对象。这样的思考主要出于以下几个原因。首先，维多利亚中期也被称作"维多利亚的正午时刻"（Victorian Noon Time），它是英国历史上的"多事之秋"，也是众多思想碰撞的转型期。在 19

---

① See John Sutherland, *The Stanford Companion to Victorian Fiction*. Stanford: Stanford University Press, 1989, p.1.

② See Patrick Brantlinger and William B. Thesing, eds., *A Companion to the Victorian Novel*. Oxford: Blackwell Publishing, 2002, p.2.

③ 殷企平：《推敲"进步"话语——新型小说在 19 世纪的英国》，北京：商务印书馆，2009 年，第 35 页。

④ 维多利亚女王是英国历史上在位时间最久的女王，她在位的 1837 年到 1901 年称为维多利亚时期。但在政治领域，莎莉·米切尔认为，历史学家常将 1832 年（《改革法案》通过）看作是维多利亚时期的开始。事实上，思想和观念的变化很难用具体的时间进行规约，维多利亚精神在女王上台之前就开始了，而女王的离世也不意味着"维多利亚主义"（Victorianism）的结束。在 F. M. L. 汤普森（F. M. L Thompson）看来，这个时代始于 1830 年（利物浦和曼彻斯特之间铁路开通），并持续到 1900 年左右。也有学者认为，这个时代一直延续到第一次世界大战前后。See Sally Mitchell, *Daily Life in Victorian England*. London: Greenwood Press, 2009, p.3; F. M. L Thompson, *The Rise of a Respectable Society: a Social History of Victorian Britain 1830－1900*. London: William Collins Sons & Co. Ltd., 1988, p.14.

世纪中叶的 30 多年里,英国在政治和经济上可谓风云迭起:1840 年,英国发动侵华的鸦片战争,人民宪章第一次送交国会;1846 年,《谷物法》取缔,代之以自由贸易;19 世纪 40 年代里,"英格兰状况"(the condition of England)① 进一步加剧;1848 年,② 法、德、波、匈等国发生革命,英国宪章运动者在伦敦举行大规模游行;1845 年到 1860 年是爱尔兰闹饥荒的时期,也是英国铁路高速发展期和欧洲各国革命爆发期;1851 年,伦敦举行万国博览会,确立了英国在世界的地位,同一年里,英国也掀起了 19 世纪最大的反天主教浪潮;③ 1853 年,克里米亚战争爆发;1857 年,英属殖民地印度发生叛乱;1859 年,达尔文的《物种起源》(On the Origin of Species by Means of Natural Selection)出版;1867 年,英国议会改革。对于这个时期,用小说家狄更斯的话说,它是最好的年代,也是最糟糕的年代。可以说,这个时期贫富分化进一步加剧,阶级矛盾层出不穷,但同时也是整体社会环境趋于稳定和维多利亚时期各种价值理念(包括家庭价值观念)的成熟时期。

此外,因为时局动荡,这也是一个政论性和文学性等期刊大量增加的时期,这些刊物拥有的读者数量和影响力也不断加强。在文化论坛上活跃的除了史学家、批评家以及社会分析学家外,一大批的作家也试图通过虚构的文学手法参与社会重大问题的讨论,参与时代精神的形塑。维多利亚时期也是小说创作的巅峰时刻,许多与这个时代齐名的经典小说家,如查尔斯·狄更斯(Charles Dickens)、夏洛特·勃朗特(Charlotte Bronte)等,都在这个时期进入创作的多产期。随着印刷业的发展,大众图书的生产和流通都进入了新的历史时期,维多利亚时期人的识字率大有提升,小说的公众影响力也非同一般(当时小说的公众影响力在某种程度上相当于 20 世纪的电视或 21 世纪的网络)。一方面,作家们继续秉持文学反映社会现实的书写传统;另一方面,作家们还以"文以载道"为己任,希冀通过文学话语参与社会实践,在文化和政

---

① 也译作"英国情况"。该词最早由卡莱尔所创,写在《宪章运动》(Chartism,1839)一书里,主要用来指 19 世纪中叶英国城乡对立,贫富悬殊的境况。在桑德斯看来,盖斯凯尔的《玛丽·巴顿》,夏洛特的《雪莉》以及狄更斯的《艰难时世》等均可列入此类。参见王佐良:《英国散文的流变》,北京:商务印书馆,2011 年,第 143 页;See Andrew Sanders, *The Short Oxford History of English Literature*. Oxford:Oxford University Press,2000,p. 421.

② 1848 年是英国历史上极不寻常的一年,这一年《共产主义宣言》出版,盖斯凯尔和勃朗特先后发表自己的第一部长篇小说。因此有学者还曾撰文《1848》,收录在《维多利亚文学和文化》一书中。See Antony H. Harrison, "1848". Herbert F. Tucker ed.,*A Companion to Victorian Literature & Culture*,Oxford:Blackwell Publishing,1999.

③ See K. Theodore Hoppen, *The Victorian Generation: 1846−1886*. Oxford:Oxford University Press,2008,p. 2.

治上逐步达到改良社会的目的。而家庭功能的转变和家庭文化的兴盛，又使得"家庭"成为这些作家创作的重要源泉。因此，选取这个阶段小说家的作品作为研究对象，可以较好地帮助我们审视维多利亚时期文学中的"家庭"话语的意义。

在文本选择上，本书联系当时英国的社会文本，如家庭行为手册、家庭建筑手册和社会调查报告等，重点分析了 19 世纪中叶狄更斯、盖斯凯尔以及勃朗特等与维多利亚时期齐名的经典作家笔下对家庭日常生活场景的再现。本书主要从性别、阶级和种族等维度，考察维多利亚时期文学中家庭场景、家庭日常活动如何有意或无意地参与国家意识形态的建构，即小说中使用的"家庭"修辞如何成功地帮助中产阶级在国内确立自身的文化领导权，使得中产阶级文化对内既区别于贵族文化，又区别于底层阶级文化，中断后者结盟形成对抗力量的可能。

值得一提的是，本书每一章都选有狄更斯的作品，这主要出于以下几点考虑：一方面，这是由狄更斯在英国文学史上的特殊地位决定的。狄更斯笔下的许多人物，如奥利弗、史刻鲁挤和大卫·科波菲尔等，几乎与莎剧中的哈姆雷特、罗密欧和福尔斯塔夫一样享有盛名。此外，狄更斯还被看作是典型的维多利亚时期的作家。在保罗·大维斯（Paul Davis）看来，狄更斯的英国和维多利亚时期的英国是同义的。[①] 这种说法也许有些夸张，但不可否认的是，狄更斯的作品具有重大的时代意义。而且，狄更斯还在他的大多作品里都涉及家庭的元素，他本人就曾创办《家常话》杂志并认定自己是"家庭的倡导者"（prophet of hearth），与他同时代的评论家也认为他带来了温馨的家庭幸福。[②]用朱迪丝·弗朗多斯（Judith Flanders）的话说，狄更斯是家庭生活方方面面的记录员（"chronicler of domestic life in all its shades"）。[③] 狄更斯本人在维多利亚时期的影响及其对"家庭理想"的贡献都决定了任何关于这个时期家庭的研究，都不可能回避他的作品。

本书所选择的另外几位作家也都具有时代的代表性且在文学领域成绩斐然。如特罗洛普，虽然国内对其关注不多，但 J. 希利斯·米勒（J. Hillis Miller）教授在提及其小说的社会性时，认为自己只是在给其作注罢了。[④] 我

---

① See Paul Davis, *Critical Companion to Charles Dickens: a Literary Reference to His Life and Work*. New York: Facts on File, Inc., 2007, p. ix.

② See John O. Jordan, *The Cambridge Companion to Charles Dickens*, p. 120.

③ See Judith Flanders, *Inside the Victorian Home*. New York: W. W. Norton & Company, 2004, p. 7.

④ 参见陆建德：《自我的风景》，广州：花城出版社，2015 年，第 27 页。

国学者钱青教授对特罗洛普在真实反映维多利亚社会现实问题上，也给出了高度的评价，称之为"时代的喉舌"①。此外，所选的另两名小说家（勃朗特和盖斯凯尔），也是为数不多的进驻英国威斯敏斯特教堂"诗人角"的女作家。

二、本书结构

本书主体分为四个部分，大致遵循从"国内"到"国外"的安排。考虑到维多利亚时期社会的三个主要阶层，本书前三章依次围绕中产阶级与贵族、中产阶级与劳动阶层（包括工人阶级和家仆群体）两组关系展开。第四章则将研究重点从英国国内关系转移到对外关系上，主要探讨阶级关系、性别关系是如何通过家庭道德和家庭品格的隐喻，投射到殖民关系和种族关系上的。就前四章而言，除了上述中产阶级与另外两个阶层之间关系这一条主线索外，还有一条围绕"家庭"展开的次线索，即每一章所选作品特征以及作家的背景，选择与之相契合的"家庭"维度展开论述。

需要指出的是，虽然笔者在分析某一部小说的时候，常常只能选取相应的一个或多个"家庭"的维度，但这并不代表其他几个维度就不存在。例如，在探讨中产阶级与贵族的文化领导权争夺问题上，本书主要关注家庭内部布置和食物的角度，但这并不意味着二者在对女性的认识上是一致的。其他几章也有类似的问题。事实上，作为维多利亚时期最重要的观念之一，"家庭"的修辞几乎全面参与这个时期政治和文化层面，但如果每个章节都将"家庭"的各个维度一网打尽，一方面会让文章结构显得混乱，另一方面还会导致各章之间交叠重复。因此，笔者对每部小说中再现的"家庭"的维度的选择并没有面面俱到，而是基于小说本身的内容以及小说作者的身份与思想倾向，选择其中最具有代表性和典型性的维度进行分析。

出于此种考虑，笔者在全书的结构安排上便没有将每个作家单列一章，而是根据其不同作品与本书主题的相关度，在同一章中连缀两个或多个作家的多部小说，选择其中"家庭"修辞所涉及的共同的话题进行分析，这样处理虽然在一定程度上影响了人们对单个作家思想的线性发展的观察，但却可以让人们看到不同作家在面对同一问题的时候，是如何通过对家庭日常生活的表征，彼此进行协商、对话并进入社会公共话语场的。

---

① 参见钱青：《英国19世纪文学史》，北京：外语教学与研究出版社，2006年，第304～310页。

第一章　"绅士之家"：家庭文化的品位之争

家庭之所以被称为维多利亚时期小说家的创作源泉，一方面是由于家庭自身的发展和变化造成的。19世纪的家庭与前工业时期的家族相比，一个最核心的变化是对"情感个人主义"的重视，而这一点与资产阶级的精神相契合。小说的崛起和维多利亚时期中产阶级的兴起是不可分离的，二者几乎是同步的。小说对个人日常面对的问题的关注，尤其是对生产个人的家庭私人领域的重视，意味着对个人的情感和需求的重视。另一方面，随着宗教光环的逝去，维多利亚时期的文学不仅具有娱乐功能，还承载着引导大众、调和社会阶层矛盾等社会功能。这个时期小说中大量关于家庭关系、家庭生活细节的探讨，尤其是有意无意之间透露的关于新旧家庭范式的比较，在很大程度上削弱了残留的贵族文化的优越性，[①] 促进了中产阶级文化领导权的确立。

第一节　维多利亚时期文学中的"家庭"

在西方文学史上，书写家庭的题材可谓层出不穷。19世纪是现代家庭模式成型的重要时期，对当今社会的家庭形态仍有深远的影响。在英国19世纪的文学中，因个人情感主义的崛起、家庭结构的变化、女性作家的崛起以及家庭功能的转变等原因，关于家庭的书写也呈现出与以往不同的面貌。虽然维多利亚时期的家庭模式不是单一的，但占主导地位的是中产阶级家庭，"家庭"小说则是对这个阶层的家庭最好的文学表征。此外，从文学自身发展的线索上看，"家庭"小说并非异军突起，它在一定程度上批判地继承了19世纪早期描写贵族的"银叉小说"的传统，尽管这一点学界很少提及。

---

① 在英语中，表示维多利亚时期贵族的词有"landed elite""landed class""gentry"和"aristocracy"。这几个词虽有微妙的区别，但常常是通用的，所以本书不做具体区分。

一、中产阶级与贵族

关于"中产阶级",最简单的一种解释就是,它是介于极其富裕的少数人和工人阶级中间的阶层。当今世界的许多国家都以财富作为阶层划分的重要标准。在前工业社会的很长一段时间里,贵族文化在西方社会占据主导地位。到了19世纪,随着工业化大生产的发展,英国的社会构成也发生了重大变化,"阶级"一词取代了以往的"等级"(order)、"身份"(estate)等表述。[①] 这个时期的社会主要由三个阶层构成:(1)由旧贵族和乡绅组成的上层社会;(2)由工业家、制造商以及由律师、银行家和医生等专业人士组成的中产阶级;[②](3)19世纪50年代约占英国成年人口一半的工人阶级。可见在当时,除了金钱,家族门第观念也是重要的考量标准。

恩格斯在《英国工人阶级状况》一书中曾做如下解释:"'Mittelklasse'(中等阶级),也就是英语中的'middle-class',或'middle-classes'(中产阶级),同法文的'bourgeoisie'(资产阶级)一样是表示有产阶级,即和所谓的与贵族有所区别的有产阶级。"[③] 在19世纪的英国,中产阶级与工人的区别在于他们拥有财产,有一定的社会地位,同时他们又因参与劳动而区别于贵族。[④] 但在拥有大量经济机会的社会转型期,阶级身份具有很大的流动性,不同的阶层往往有意设置文化壁垒阻碍下层阶级往上层流动。因此,中下层要想向中上层流动,只有财富是远远不够的。就像狄更斯在《小杜丽》里提到的莫多尔先生一样。从金钱上看,莫多尔先生早已跻身于少数极其富裕的阶层,但无论这位貌似尊贵的先生在商界和政界何等叱咤风云,只要一见到家中那位训练有素、颇有贵族管家遗风的男主管,便如丧家之犬,威严扫地——只敢朝着总管家的鞋子转动他的眼珠,并不曾将眼睛抬起来。[⑤] 莫多尔先生是"上流社

① See Sean Purchase, *Key Concepts in Victorian Literature*. New York: Palgrave Macmillan, 2006, p. 22.

② 18世纪就开始使用"中间阶层"(middling ranks, middle sort)一词。它指各种社会阶层,而非某个集体的、有自觉性的群体。到了19世纪初,尤其是1832年之后,"中产阶级"(middle class)的概念开始盛行并逐渐有了较为明确的指称对象。See Charles Ludington, *The Politics of Wine in Britain: A New Cultural History*. New York: Palgrave Macmillan. 2011, p. 6.

③ 〔德〕弗里德里希·恩格斯:《英国工人阶级状况》,《马克思恩格斯全集》第2卷,北京:人民出版社,1957年,第280页。

④ Gordon Wright, *France in Modern Time: From the Enlightenment to Present*. London: Longman, 1981, pp. 285-286.

⑤ 参见〔英〕查理斯·狄更斯:《小杜丽》,金绍禹译,上海:上海译文出版社,1993年。

会的施主"，给这个阶层带来了物质享受，但他却仍被排挤在上流社会的大门之外，就连自己那位"颇知上流社会"的夫人也认为他只会凝神想公务，缺乏上流社会的"洒脱"，不配待在上层社会。① 可以说，在 19 世纪的英国，除了出生门第、财富多寡可以决定阶层归属外，还有一套无形的区隔标准，这套标准也可视作上层社会对阶级流动性的一种回应。

社会阶梯中的上层总是担心被中下层超越，上层贵族试图利用门第之见和家族出身将上升中的阶层拒之门外。② 在社会流动性较大和经济机会较多的历史时期，这种阶层身份焦虑表现得愈为明显。在维多利亚时期，阶层的划分并非固定不变的，阶层之间的边界会相互渗透。上层社会的贵族也可能因为经济原因，失去政治地位并主动向急于得到上层社会认可的工业资本家或银行家伸出橄榄枝，而中产阶级也不失时机地将经济资本转化为政治资本和文化资本，努力向上层社会攀爬，或者是不慎破产，一夜之间跌入低谷，成为社会底层。从 19 世纪初开始，新兴的中产阶级文化逐步吸收贵族文化，并形成具有自身特色的文化。维多利亚时期是乡绅贵族和工业资产阶级两个统治阶级争夺领导权的时期，这两个阶层一个是残余文化的代表，另一个则是逐步占据主导地位的文化价值的代表，二者的关系错综复杂并充满流变性。③ 由于经济利益和政治结盟等因素，一些乡绅可能会和逐步取得社会地位和尊敬的工业资产阶级二代联姻，而后者也需要利用前者的社会地位进一步巩固自己的身份。但在利益交织的过程中，二者之间的矛盾依然存在。

到了 19 世纪，中产阶级已经意识到，金钱资本并不能保证持久的自由，他还必须通过获取政治发言权才能取得最终的胜利。经济地位的崛起的确让资本家在政治上有了更多的发言权，但这还远远不够。贵族和资产阶级这两个社会阶层除了在政治、经济领域有一番较量外，在文化领域也展开了一场博弈。一直以来都在西方占统治地位的贵族虽然在政治领域的地位有所下降，但却不会轻易放弃文化领导权。与此同时，中产阶级也必须寻找一种合适的话语来维护自身文化的合法性。家庭作为培养"情感个人主义"的重要场所，成了中产阶级借以建构自身文化领导权最为重要的修辞手段。这个时期涌现的大量家庭

---

① 参见〔英〕查理斯·狄更斯：《小杜丽》，第 548 页。

② 在 19 世纪 30 年代，萨克雷和狄更斯都加入《弗莱泽杂志》（*Fraser's Magazine*）和《潘趣》（*Punch*），刻画那些试图模仿富裕阶层的"假绅士"（the gent）。

③ 本处借用雷蒙·威廉斯关于文化的观点。在威廉斯看来，每个历史阶段都可能存在三种不同的文化形态：主导文化（dominant culture）、残余文化（residual culture）和新兴文化（emerging culture）。See Raymond Williams, *Marxism and Literature*. Oxford: Oxford University Press, 1977, pp. 121－127.

手册、家庭礼仪指南，都从一个侧面显示了新兴的中产阶级要占据家庭文化这个场域的迫切希望以及对自身身份的焦虑。

中产阶级在自觉或不自觉地接近上层社会的情趣的时候，也不断加入新的文化因素，使之区别于贵族的家庭观念。核心家庭观念取代了传统的贵族阶层（estate）① 的家族观念，家不再是政治、经济等公共领域的延伸或附庸，它应该是独立的、私密的、个人的。至少在观念层面上，中产阶级家庭文化强调，"家"作为培养个人情操和恢复个人活力的私密空间，不受外部世界金钱和权力的玷污，是灵魂的栖息地，是一种"理想"，一种精神性的存在。这种家庭观念较之于贵族将家视作炫富或地位标志的家族观，显然更具有时代气息，更能吸引广大群众竞相效仿。可以说，在传播家庭观念的同时，中产阶级也在植入一套文化价值理念。在关于"家庭理想"的书写中，大量的家庭手册、家务管理指南发挥了重要的作用。与此同时，小说作为这个时期受众最广、传播最迅速的虚构文本，对家庭的描写也是乐此不疲，以想象的方式参与建构中产阶级文化领导权的争夺战。这个时期甚至出现了大量描写中产阶级"家庭"的小说。

二、"银叉小说"中的贵族之家

在谈论 19 世纪英国小说的时候，许多文学史在介绍完简·奥斯汀之后，直接转到 19 世纪 40 年代后的勃朗特或狄更斯，而对这之间的小说创作却避而不谈。的确，相对于 19 世纪中后期较成熟的小说，这个阶段的小说显得稚嫩，可读性不强。但这个过渡期的许多小说类型却影响着后来的维多利亚时期的小说。与 19 世纪中叶小说的兴盛相比，19 世纪 20 年代到 40 年代期间，即在奥斯汀时代之后到狄更斯时代来临之前的这几十年中，小说似乎在文学史中销声匿迹了，这个时期几乎没有什么小说成为日后的经典。这个时期小说在文学史上记载的相对匮乏并不意味着小说的不存在；相反，这可能暗示了小说类型的多样性、复杂性和不成体系。事实上，这个时期的小说具有很强的社会指向性，就小说类型本身来看，都能反映当时各个阶层对身份的流变和不稳定性的担忧。如"纽盖特"（Newgate）小说是对底层人物的犯罪行为的写照，"银叉小说"（silver fork fiction）则为平常人提供了对上层贵族生活的想象图景，此

---

① "estate"有别于"class"，虽然二者均可翻译成"阶层"，但两个词有微妙的区别。"estate"这个词在英语中常指贵族阶层，具有世袭性质，官方意味较重，而"class"则指"社会群体"（social group），是一种自发形成的阶层或群体。See *Longman Dictionary of Contemporary English*. Harlow：Longman Group UK Limited，1993.

外，还有处于萌芽期的工业小说以及中产阶级的家庭现实主义小说（"domestic" realism）。其中，前两种小说类型到了维多利亚时期都逐渐淡出，工业小说在维多利亚早期依然占有重要的地位，而随着一系列法案的实施，工人劳动环境、日常生活的改善和政治地位的逐步提高，劳资矛盾也趋于平和，甚至被成功地转化为性别矛盾或家庭品格问题，这类小说也渐渐成为背景。最终，中产阶级家庭现实主义小说对前三种类型的小说兼收并蓄，成为维多利亚时期占主导性地位的小说类型之一。

这几种小说中特别值得一提的是"银叉小说"，西奥多·胡克（Theodore Hook）的《说与做》（*Sayings and Doings*）、《生活速写系列》（*A Series of Sketches from Life*），本雅明·迪斯雷利（Benjamin Disraeli）的《薇薇安·格雷》（*Vivian Grey*）和爱德华·布尔沃的《帕勒姆，一位绅士的经历》（*Pelham，Or，Adventures Of A Gentleman*）等，都属于此类。"银叉小说"，顾名思义，是关于那些"衔着银叉"降世的具有"高贵"出身的人的故事。这种类型在西方文学史中占有一席之地，但在国内的英国文学史中却鲜有提及。它是维多利亚早期出现的一种特殊的小说类型，主要描写贵族家庭里的奇闻妙事，也被称作"时尚小说""时髦小说"（fashionable novels），以贵族"公子哥"（Dandies）①为中心人物，不遗余力地描绘上层社会的穿着、礼节和娱乐活动。乔治四世和卡洛琳皇后的家庭绯闻使得皇室贵族的名声一落千丈，皇族的家事成为人们茶余饭后的消遣。"银叉小说"应运而生，满足了常人对一向高不可攀的贵族家庭的窥视欲望。

"银叉小说"问世之际就受到一些重视文学的感化和教育功能的文化人的反对。如威廉·哈兹里（William Hazlitt）就认为，这些小说对整个国家挣扎在死亡边缘的劳苦大众熟视无睹。在他看来，胡克和迪斯雷利的一些小说里透露的不过是一种"奴性、自我主义和傲慢的伪装"，这些小说不过是有意或无意地在怂恿新兴中产阶级成为溜须拍马、缺乏同情心和沉迷于英国等级制的奉承者。小说中出现的各种关于成为贵族标志的物品的描写，犹如商品的广告一般。在哈兹里看来：

> 一个收获意外之财的人，要想成为一名"绅士"，能从"银叉小说"中获得的，不过是一些赤裸裸的物质享受的建议，如该穿什么样服装——诸如该找什么样的帽商、裁缝、袜商、鞋匠或美发师之类，以及该上哪个剧院或到哪里去观光。至于一些决定人的内在文化品质的内容，像如何举

---

① 也可译作"纨绔子"。参见程巍：《隐匿的整体》，开封：河南大学出版社，2009年，第3页。

止得体，如何谈话，如何观看，如何感受和思考等，这类小说却丝毫没有触及。[①]

的确，"银叉小说"从一开始就饱受非议，而且未在英国文学史上给后人留下深刻的印象，但它却记载了那个年代的社会风范和伦理，反映了当时的社会变化、阶级变动以及捉摸不定的政治景象。尽管现在人们很少阅读或研究这类小说，但正如马太·罗莎（Matthew Rosa）所说，它对后来的维多利亚时期小说留下了不可抹去的一笔。[②] 在某种程度上，中产阶级的家庭现实主义小说就与它有着密切的关系。

作为一种小说类型，"银叉小说"在文学史上昙花一现，最多持续了二十多年，但它却在奥斯汀时代和狄更斯时代起到过重要的过渡作用。而且这类小说中的许多元素，尤其是关于贵族家庭的"品位"或"时尚"的描写，在 19世纪中后期的许多作家，如萨克雷、勃朗特和狄更斯的笔下能找到其影子。这也折射出，中产阶级文化领导权的确立和巩固几乎贯穿整个 19 世纪。如果说"银叉小说"是只在乎那些"用银叉吃鱼的极少数人"，是那些铺张浪费、只在乎外在形式的贵族文化的代表，那么维多利亚时期兴盛的"家庭"现实主义小说里关于家庭的描写则充分体现了中产阶级务实、节俭和重视家庭亲密关系的理念，在一定程度上，它还是对 19 世纪二三十年代的一种独特的小说类型——"银叉小说"的回应。

三、"家庭"小说中的中产阶级家庭

维多利亚时代中期，有时也被称作"维多利亚时期的正午"[③]，也是许多经典小说家创作的高峰期，如狄更斯、萨克雷、勃朗特姐妹、盖斯凯尔等。小说阅读成为一种越来越普及的娱乐活动，一方面主要是由于当时大众识字率的提高，另一方面则要归因于出版业的繁荣。各种印刷术的发展是保证小说大量、有效地发行和重印的前提。作为维多利亚时代精神核心之一的个人主义（individualism），在小说中也不断得到印证。如在被看作这个时期"成长小

---

① Dianne F. Sadoff, "The Silver Fork Novel". John Kucich and Jenny Bourne Taylor eds., *The Oxford History of the Novel in English：The Nineteenth-Century Novel 1820－1880*, 2011. http：//www. oxfordscholarship. com/view/10. 1093/acprof：osobl/9780199560615. 001. 0001/acprof－9780199560615－chapter－7, July 23, 2017.

② See Matthew Whiting Rosa, *The Silver-Fork School: Novels of Fashion Preceding Vanity Fair*. New York：Columbia University Press，1936，p. vii.

③ See Sean Purchase, *Key Concepts in Victorian Literature*，p. 168.

说"（Bildungsroman）典范之作的《简·爱》（1847）和《大卫·科波菲尔》（1850）中，无论是简·爱还是大卫，内心的成长都与他们对婚姻的看法紧密相关。两部小说都描写了主人公童年时期的悲惨生活，并在不断地学习和成长中，对爱情、友情和家庭有了新的认识，并最终获得成功，步入幸福的婚姻殿堂。这也可以看出，家庭作为培养个人的重要场所，成了许多小说描写的中心。这类小说通常也被视为"家庭"现实主义小说（"domestic" realism）或"家庭"小说（"domestic" fiction）。它以描写中产阶级家庭生活为主，"关注当时家庭、工作、爱情和日常生活等问题"①，狄更斯、勃朗特姐妹、盖斯凯尔和特罗洛普等都是这类小说的代表作家。

维多利亚时期的"家庭"现实主义小说，涉及的范围很广。从创作者和接受者的角度看，由于女性是这类小说的主要创作者和读者，它可以指主要以这个群体为目标读者的小说；从内容上看，一切与家庭相关的小说均可视为此类，从这个角度看，维多利亚时期的大多数小说都可以算作此类，包括19世纪中叶兴起的"轰动性小说"（sensation novel）② 以及后来的侦探小说。这类小说兴起于18世纪，在维多利亚中期的英国达到鼎盛阶段。这与当时英国整个社会语境对家庭的强调不无关系。同时，从审美的角度看，"家庭"现实主义小说并非异军突起，它有自身的发展脉络，在某种程度上，它是对书写贵族家庭生活的"银叉小说"的一种回应：前者着力展现贵族家庭生活的方方面面，后者则着重体现中产阶级家庭的点点滴滴。当然，这只是一个大致的划分，贵族文化与中产阶级文化并非泾渭分明，中产阶级文化在维多利亚时期并非既定的概念，而是一种不断被建构的理念。在维多利亚时期的很长一段时间里，二者都相互渗透，相互吸收，小说中对家庭的描写也不是非此即彼，大多时候我们也会看到，小说家常将二者并置，"言在此而意在彼"，通过对家庭内部空间的描写，阐发自己对社会变革及阶层流动的忧思。

维多利亚时期关于"家庭"主题的小说的兴盛有诸多历史原因。它除了与家庭结构和功能变化，以及女性作家和读者的崛起有关外，最重要的是它还和中产阶级意识形态之间有着某种同步关系。劳伦斯·斯通（Lawrence Stone）认为，近代初期人民心理状态上最重要的变化，甚至可能是过去千年西方历史中人民心理状态上最重要的变化，就是"情感个人主义"（affective

---

① Sean Purchase, *Key Concepts in Victorian Literature*, pp. 45，145.

② 参见〔英〕玛格丽特·奥丽芬特：《论轰动性小说》，赵炎秋译，赵炎秋编选，《狄更斯研究文集》，陈众议主编，《外国文学学术史研究》，南京：译林出版社，2014年，第9～12页。

individualism）的兴起。① 而家庭无论在生理上还是在精神上，都被看作是培养个人情感和实现自我能力的最佳场所。

> 家是道德教育的场所，过去如此，现在如此，将来也如此。在这里，男人可以培养起心灵的情感……可以在这个避风港里得到慰藉……才能受到最神圣的情感的熏陶……才可能内省。在家里，也只有在家里，他才能保留自我的骄傲和自尊。②

在 19 世纪的英国，家不仅是体力和情感修复的场所，它还是培养美德的地方。它担任着重要的道德功能，如《伊丽莎烹饪手册》（*Eliza Cook's Journal*）里记载的，"家是世界的主宰，因为正是家赋予了男性们日后进入社会的行为准则和行动标准"。在塞缪尔·斯迈尔斯（Samuel Smiles）的畅销书《自助》（*Self-help*）③ 一书里也写道：

> 无论学校效率如何，家里的典范们对未来的男人和女人的影响要大得多。家是社会的结晶，是民族性格的核心。一个家，无论是纯洁的还是有污点的，都是人们公共生活和私人生活习惯、行为原则和处事准则的发源地。育婴室是一个民族的源头。④

可以说，19 世纪英国的家庭被提升到前所未有的高度，家庭品格的好坏甚至关乎民族品格的好坏和国家未来的兴衰。

换个角度看，一个社会对一个事物的讨论越是激烈，就越说明该事物在这个历史时期的争议性和不稳定性。19 世纪对家庭的关注也是如此。这个时期的中产阶级家庭结构和功能仍然是 20 世纪以后现代家庭的主要模式，但在贵族文化和资产阶级文化共同属于支配性文化的 19 世纪的英国，贵族的家族文化还具有相当的影响力，而被中产阶级视为"情感个人主义"发源地的家庭，许多理念还有待形成。同时，中产阶级家庭观还承载着其价值观念。正如达维多夫所说，贵族主要靠奢华的排场、奢侈的消费品展示家族财富和地位，从而维护那种高高在上、可望而不可即的社会地位，而中产阶级则更关注适度的家

---

① 〔英〕劳伦斯·斯通著：《英国的家庭、性与婚姻 1500—1800》，刁筱华译，北京：商务印书馆，2011 年，第 4 页。

② See Mary Poovey, *Uneven Developments*, p. 77.

③ 塞缪尔·斯迈尔斯的《自助》是 19 世纪英格兰的一部畅销书。乔治·奥威尔（George Orwell, 1903–1950）曾说过，他父亲一生只读过两本书：《圣经》和《自助》，从中可见该书的影响力。参见〔美〕罗兰·斯特龙伯格：《西方现代思想史》，刘北成、赵国新译，北京：金城出版社，2012 年，第 352 页。

④ Claudia Nelson, *Family Ties in Victorian England*, p. 4.

庭消费以及个人在家庭中汲取的养分。[①] 这种家庭理想又很自然地和节俭、勤劳等品质联系起来。对身份的焦虑、对个体生命的关注加上对文化领导权的期待，使得家庭成为 19 世纪备受人们关注的话题。与贵族的家庭观相比，毫无疑问，中产阶级的家庭理想对广大劳动者也很有吸引力。在维多利亚时期的文学中，这种理想也不断被书写。一方面，这是文学对社会现实的一种反映和回应，但同时，根据奥斯汀的"言语行为"（speech-act）理论，文学语言还有一种"以言行事"的能力，在不断地言说中实现特定的效果，[②] 从而达到对读者的塑形作用。广大群众在享受阅读的同时，也不自觉地受到文本内部理念的影响，无意之中认同中产阶级家庭观念，以及其背后所附带的文化理念。

四、小说中的家庭"物"语

在维多利亚时期，人们常常热衷于用各种物件装饰家庭内部空间。例如，维多利亚时期中产阶级家庭多使用织物或细小的代表个性的物件将家庭空间布置起来，这些织物或布巾多为女性手工制作。霍布斯鲍姆在《资本的年代》里这样形容维多利亚时期的人对家庭布置的兴致：

> 在 19 世纪中叶，资产阶级家庭室内陈设给人最直接的印象是东西甚多，放得满满当当，盖得严严实实，常用窗帘、沙发垫、衣服、墙纸等掩饰起来，不论是何物件，皆求精品，没有一张画不镶上框架，而且是回纹雕花、金光闪闪的框架，甚至外面还罩上丝绒；没有一张椅子不配上垫子，或加上罩子；没有一块纺织品不带穗子；没有一件木器不带雕花；没有一样东西不铺上布巾，或不在上面放个装饰品。[③]

与前工业时期不同，维多利亚时期的中产阶级家庭女性不再是为生活所需而进行劳动，她们把手工艺创作当作一种娱乐，而有闲暇进行这类活动恰恰成了中产阶级女性的地位的象征。

在这个时期的小说中，关于家庭物件的描写也很常见，而且不再局限于织物，家具、食物、画像和餐具等都是常见的意象。在现有的关于维多利亚时期

---

① See Leonore Davidoff and Catherine Hall, *Family Fortunes*. London and New York: Routledge, 2002, p. 21.

② See Terry Eagleton, *The Event of Literature*. New Haven and London: Yale University Press, 2012, p. 132.

③ 〔英〕艾瑞克·霍布斯鲍姆：《资本的年代》，张晓华等译，南京：江苏人民出版社，1999年，第 313 页。

文学的家庭的研究中，就婚姻关系、亲子关系以及女性地位等维度进行分析的成果丰富。家庭成员是家庭构成的主体，从这个维度探讨家庭关系，可以深化我们对那个特定历史时期的家庭的理解与认识。但同时也要看到，我们在关注现实主义小说中的主题和情节的时候，却常常忽略这些物件所蕴含的意义。

事实上，这些物件并非只是作为小说人物的附属品，即我们今天的文学批评里常说的"反衬人物心理活动"的功能。在小说中，它们可以独立存在，诉说一个不同版本的故事。由于时过境迁，同样的事物，在维多利亚时期的人的眼中与今天人们的看法或许迥然不同，如《简·爱》提到的关于乔治三世的画像，在南茜·阿姆斯特朗看来，是一种"迷恋"。① 这样的解读是否戴上了我们自己所处的时代的"有色眼镜"呢？这些贵族的画像在 20 世纪或 21 世纪看来或许显得古风古韵，有种怀旧之美，但在 19 世纪，乔治家族的各种绯闻闹得满城风雨，② 在其后不久的文人眼中，在勃朗特的眼中，其肖像画是否仍有古朴之风、崇拜价值，是很值得人们商榷的。

对这些物件的误读，至少说明有学者已经看到其背后的某种意义，但更多的时候，我们仅仅将它们看作一种陪衬，忽略其存在，正如艾琳娜·弗里德古德（Elaine Freedgood）所说，大多时候物件都被看作是"毫无意义"的。③ 在维多利亚时期的文学关于家庭内部空间想象的语言中，关于家庭陈设、食物的描述可谓琳琅满目，令人应接不暇。或许我们可以用"拜物主义"（fetishim）一笔带过，但这远远不够，因为它忽视了不同作家之间创作意图的个体差异，忽视了这些没有生命的物件是可以诉说专属的"物"语的。正如茱莉亚·布朗（Julia Brown）所说，它们既是象征物，还是一种"媒介"：不仅传递了对过去的回忆，如家中的照片、纪念品表达了对亲人怀念，而且它们本身就是一种"语言"：家里的一切——家具、布料、墙纸，物件的多寡、摆放对称与否，光和影的使用以及它所展示或阻挡的"外部"空间的大小——都是

---

① See Nancy Armstrong, *Desire and Domestic Fiction: A Political History of Novel*, pp. 210–211.

② 乔治三世在历史上是一位颇有争议的君主，晚年精神失常，太子威尔士亲王（即后来的乔治四世）以摄政王的身份进行国家统治。1820 年，乔治四世与王后卡洛琳的婚姻案件闹得沸沸扬扬。国王要求和在他看来鲁莽轻率、行为不端的王后离婚。王室的离婚事件最后发展为党派之争。在英国的法庭上出现了史无前例的公审王后的场面，连续几个星期，全国各大报纸都充斥着王室家族内部的各种丑闻、不正当的性关系以及国王扩充军队、制造假证的新闻，公众对王室生活的腐朽大为不满。参见〔法〕菲利浦·阿利埃斯和乔治·杜比主编：《私人生活史》，第四卷，周鑫等译，哈尔滨：北方文艺出版社，2009 年，第 37～38 页。

③ See Elaine Freedgood, *The Idea in Things: Fugitive Meaning in the Victorian Novel*, Chicago and London: The University of Chicago, 2006, p. 1.

一种人工的、物质的语言。①

如果忽视这种语言的存在，我们就很难准确地把握原著，并且难以理解当时那一批颇有建树的文人是如何利用文学的想象和虚构的各种手法，对社会问题进行有效的回应，而这些对于当今同样属于转型期的中国的文艺创作，也有一定的指导意义。当然，我们不可能完全摘下时代的"有色眼镜"，像一名真正的维多利亚时代的人一样进行"观看"，但至少可以借助文本前后语境以及一些非虚构文本，重新定位这些物件在小说中的意义。下文将以《简·爱》和《我们共同的朋友》来说明维多利亚时期的经典作家们是如何通过文学虚构的方式，让家庭摆设或日常食物"说话"，从而促进具有中产阶级品位的家庭文化观念的确立的。

第二节 《简·爱》：从"庄园"到"家居"

就维多利亚时期关于"家"的命名而言，从一开始的"庄园"（Park，Mansions，Hall，House）到后来对"屋"（cottage，room）的认可，② 可以看到在物理空间上家的规模在逐渐缩小，家族的概念也逐渐被愈来愈个人化和私密化的小家庭所取代。对于《简·爱》这部小说，以往的研究（包括许多对这部经典进行重写的作品，如《藻海无边》等）多从女性主义或后殖民主义的角度探讨压迫与被压迫的关系，其中较有影响力的有桑德拉·吉尔伯特、苏珊·古芭的《阁楼上的疯女人》和斯皮瓦克的《三个女性文本和对帝国主义的批判》（1986）。前者主要分析了小说中伯莎作为"疯女人"形象的压抑和反抗，后者则试图论证作为个体的艺术家如何不假思索地触及帝国主义话语场，并在不经意之间参与了帝国话语的建构。③ 这些研究从家庭里的女性人物开始，探讨了小说中的压迫与被压迫的关系，促进了人们对性别与种族问题的理解。不过我们也应该看到，在《简·爱》中除了对人物的刻画外，还有大量关于家庭内部空间的描写，这种描写在今天看来显得拖沓冗长，不仅在普通读者

---

① See Julia Prewitt Brown, *The Bourgeois Interior*. London：University of Virginia Press，2008，p. 3.

② 如常见的乡村庄园（府邸）（country house），狄更斯笔下的荒凉山庄（Bleak House），乔治·艾略特笔下的曼斯菲尔德庄园（Mansfield Park）以及《霍华德庄园》中的威克汉邸宅（Wickham Mansions）等等。

③ See Gayatri Chakravorty Spivak，"Three Women's Texts and a Critique of Imperialism". Julie Rivkin & Michael Ryan eds.，*Literary Theory：an Anthology*. Oxford：Blackwell Publishing Ltd. 2004，pp. 840−842.

眼中被看作是影响情节进展的累赘之笔，就连许多批评家也不以为然。其实，从小说的结构上看，简·爱的故事主要围绕四个家庭场所展开——盖茨黑德府、桑菲尔德庄园、沼泽居、芬丁庄园。每到一处，叙述者就通过简·爱的视角对这些空间的内部摆设重笔渲染。布斯在《小说修辞学》中认为，任何书写都有作者的意图，就连早期戏剧中出现的合唱等都值得好好研究。① 如果说代表压抑或压迫的伯莎是掩盖在隐性文本中的重要形象，那么在小说的显性文本对几个不同的家庭内部空间布置，尤其是对桑菲尔德庄园和沼泽居的细致的刻画，又说明了什么呢？

一、"老宅子"：桑菲尔德庄园

在桑菲尔德庄园，从一个房间到另一个房间，从楼梯到大厅，叙述者对家庭内部布置进行了最为详尽细致的描绘，这在勃朗特的其他几部小说中，是不多见的。虽然，桑菲尔德庄园给简·爱的第一印象是一幅和谐的家庭图画，但随着她慢慢进入庄园的中心区域，这种家庭的温馨感渐渐消失，取而代之的是"威严""华丽""豪华""宏伟壮丽"，是令人不适的感觉。② 从客厅、餐厅到三楼的房间，从楼梯、扶手、长廊到天花板，从椅子、窗帘到地毯和壁炉，从华丽的青铜灯、大钟到染色玻璃，从橡木到胡桃木，从土耳其地毯、帕罗斯大理石，到波希米亚闪光玻璃装饰物，紫色、白色和红色，各色各样，琳琅满目，桑菲尔德庄园里可谓是珠光宝气，无所不有。关于这些物件的描述，简·爱用到的最多的一个词便是"古老的"。阿姆斯特朗认为，勃朗特故意在家庭框架里引入陌生的文化物件，并去除其文化特性，重建了一套关系。阿姆斯特朗还引用本雅明的"迷恋价值"（cult value）一说，认为对庄园各个房间的描绘是中产阶级对无法复制的旧贵族的"迷恋"。③ 这种看法虽有一定道理，但却很难解释简·爱为什么对这种奢华感到不适应，为什么当她看到普通现代风格的陈设，心里便十分高兴，更重要的是，勃朗特最后为什么要让桑菲尔德庄园灰飞烟灭？

从家庭观念的角度看，庄园内的陈设虽然是旧贵族的象征，但这并不代表

---

① See Wayne C. Booth, *The Rhetoric of Fiction*. Chicago: The University of Chicago, 1983, pp. 98—109.

② 〔英〕夏洛特·勃朗特：《简·爱》，林子译，哈尔滨：哈尔滨出版社，2002 年，第 83～91 页。本书中，同一作品再次出现在脚注中只标示作者、书名和页码。

③ See Nancy Armstrong, *Desire and Domestic Fiction: A Political History of Novel*, pp. 210—211.

勃朗特或简·爱迷恋这套旧贵族价值体系；恰恰相反，这套价值体系是要被摧毁的观念体系。旧贵族家庭与现代家庭一个主要的区别是，旧贵族将婚姻看作是延续家族血统或增加家族财产、地位的手段，在这样的体系中，如伊瑞格蕾所说，女性完全被当作商品在男性之间流通。[①] 桑菲尔德庄园的男主人公罗切斯特是这套旧贵族价值的代言人。在他眼中，简·爱不过是另一个值得他炫耀的器物。在小说第二十四章里，罗切斯特不顾简·爱的再三反对，执意要用各种珍稀的珠宝、首饰和绸缎对她进行打扮，"我会亲自把昂贵的钻石项链套在你脖子上，把发箍戴在你额头……把手镯按在纤细的手腕上，把戒指戴在仙女般的手指上"[②]。此外，还要用当时贵族流行的欧洲游对简·爱进一步包装，这样她就具备同别人公平地比较的资本，有了"价值"，即商品的交换价值。

桑菲尔德庄园充斥着商品的气息，这些琳琅满目、充满异域风情物件的背后并非是英国中产阶级本土价值观念的体现，它只会让人想起英帝国主义在海外的巧取豪夺和被英帝国主义欺压的殖民地的黎民百姓。简·爱不过是以这些奴隶所受的不公正待遇的修辞，为同样处于被歧视和不平等地位的女性鸣冤。而桑菲尔德庄园里的物件恰恰是奢华的象征，它将物件从原来的场所隔离后放置在一个陌生的环境，组合成新的意义空间。这些"古老的"物件既是东方的象征，也是英国贵族借以炫耀自己身份的表现。这里看不到任何体现家人亲密关系的物件，缺乏中产阶级向往的家庭空间的个性化的点缀。这样的地方与其说是家，不如说是博物馆或教堂之类的公共空间。小说里写道："楼梯和扶手都是橡木做的，光滑细腻，楼梯上的窗子都是高高的花格窗，这种窗子和直通一间间卧室的长长的过道，看上去不像家庭住所，而像古老的教堂。"[③] 这恰恰与维多利亚时期中产阶级的家庭文化观念格格不入。在中产阶级崇尚的家庭理念里，家庭是私人的空间，他们努力让家庭从手工业等经济场所分离，为了让家远离政治经济，从而形成两个"分离领域"。而桑菲尔德庄园则通过充满异域风情的豪华家装，将家重新卷入公共空间。

此外，肖像画是维多利亚时期的人喜欢使用的一种家庭装饰物，它能唤起人们对特殊人物或事件的回忆，显示了房屋主人的一种身份、品味和归属感。中产阶级的兴起使得人们更加关注日常生活。在绘画艺术中，有很大一部分是表现日常生活的点点滴滴。在平常的维多利亚时期的家庭里，风景画、日常生活画以及家庭成员的肖像画占了一大部分。勃朗特的好友伊丽莎白·盖斯凯尔

---

① See Lucy Irigaray, *This Sex Which Is Not One*, pp. 177—191.

② 〔英〕夏洛特·勃朗特：《简·爱》，第 234 页。

③ 〔英〕夏洛特·勃朗特：《简·爱》，第 85 页。

(Elizabeth Gaskell)在《妻子和女儿》(*Wives and Daughters*)里描述的乡绅哈姆利家里,挂的是大儿子的照片。无论家中悬挂的是皇亲国戚的肖像,还是日常生活中的亲人,都代表着家庭价值的取向。在重视个人情感的中产阶级家庭文化中,家庭物件是有特殊的光韵(aura of objects)的,它们不再是家族地位的象征,而是个人灵魂的标志,是家庭成员亲密关系的体现。[①] 然而在桑菲尔德庄园,大厅墙上依然挂着的是"护胸铁甲"的威严男子和"戴着珍珠项链"的贵妇人,[②] 几乎找不到任何代表私人情感的物件。勃朗特通过简·爱之口,说明自己对这种贵族做派的反感。对画作的描写体现了勃朗特对中产阶级文化观念的默认。这一点在她的另一部小说《维莱特》(*Villette*)里,进一步得以体现。

在《维莱特》里,有一章专门提到露西逛画廊的情景。勃朗特借露西之口发表了一番自己对绘画艺术的看法。露西认为,相比于那些矫揉造作的"带有伟大姓名"的大幅之作,还是那些生气蓬勃的以写实主义为主的佛兰德斯(Flemish)小绘画更有吸引力。其中一幅名为《克娄巴特拉》的名画,虽有收藏品之称,珠光宝气、尽显奢华,但在露西看来,它充其量只是个哗众取宠的庞然大物,了无生气,令人厌倦,真正令她倾心不已的还是那些充满日常生活情趣的静物小画。[③]

在《简·爱》这部小说中,简·爱对桑菲尔德庄园的描写不禁让人想起小说中的另一个场所——米尔科特乔的旅店。米尔科特乔在小说中是个重要的场所,它是简·爱从学校踏入社会的转折点,也是简·爱即将走向婚姻殿堂前预备的场所。它第一次出现的时候,是在简·爱即将到达桑菲尔德庄园的路上。简·爱曾在米尔科特乔的旅店借宿,并这样写道:

> 你看到的是米尔科特乔乔治旅店的一个房间。这里同其他旅店的陈设没有什么两样,一样的大图案墙纸,一样的地毯,一样的家具,一样的壁炉摆设,一样的图片,其中一幅是乔治三世的肖像,另一幅是威尔士亲王的肖像,还有一幅是沃尔夫之死。[④]

这段描述中,简·爱连用五个"一样的",[⑤] 不屑之情跃然纸上:无论是

---

① See Julia Prewitt Brown, *The Bourgeois Interior*, p. 135.

② 〔英〕夏洛特·勃朗特:《简·爱》,第86页。

③ 〔英〕夏洛特·勃朗特:《维莱特》,吴钧陶、西海译,上海:上海译文出版社,1994年,第293~294页。

④ 〔英〕夏洛特·勃朗特:《简·爱》,第81页。

⑤ 英文原文为"such"。Charlotte Bronte, *Jane Eyre*. London: The Continental Book Company, 1946, p. 101.

旅馆墙上挂着的乔治三世还是威尔士亲王等画像，都是皇室贵族的象征，让简·爱感到不适。简·爱对旅馆的这种布置尚且不屑，更不用说对于桑菲尔德庄园家庭内部的贵族肖像画了。也难怪当她初次看到庄园墙上挂的"穿着护胸铁甲十分威严的男子"和"头发上搽了粉戴着珍珠项链的贵妇人"两幅画的时候，便觉得不适应。① 与旅馆一样，桑菲尔德庄园墙上的肖像也以皇亲贵族为偶像，这是否也在暗示，缺乏中产阶级向往的个性化的布置、缺乏对普通人物命运关注的桑菲尔德庄园在某种意义上也如同这旅馆一样，属于公共领域的一部分，只有公共价值，而没有体现私人情感意义呢？这样千篇一律的布置和以皇室贵族为尊的肖像画，显然是与简·爱心目中的家的理念相对立的。叙述者特意提醒读者注意：这幢屋宇是一座绅士的住宅，而不是贵族的院府。② 但屋里的贵族肖像和"庄严肃穆又华丽"的装饰，却无时无刻不在表明，庄园缺乏家庭私人空间亲密气息的布置，一个本该是"绅士之家"的场所，却成了个地地道道的贵族府邸。对此，简·爱并不适应，她唯一能做的就是走出大厅，到草地和周围幽静的小山中寻找自由呼吸的空气，具有田园气息的大自然更让简·爱有家的感觉。

在带有异域风情和贵族气息的桑菲尔德庄园里，不仅各种物件充满了商品气息，就连人与人之间的关系也被商品化。家庭内部的秩序不过是外部贵族"家父制"的反射。在简·爱与罗切斯特即将举行婚礼的时候，还是在米尔科特乔，简·爱进一步感到了旧贵族体系给女性施加的压力。在这里，罗切斯特将简·爱当作"玩偶"一样，要将她与土耳其王的后宫全部嫔妃做比较，用"苏丹在赐予奴隶金银财宝之后自感满足"的目光看着她，③ 从上到下"审视"着简·爱，并称简·爱不仅是他生活中的骄傲，而且也让他大饱眼福。④ 我们看到，简·爱几乎完全被物化，她是罗切斯特"凝视"的客体，她的个体诉求一再被漠视。简·爱的自然价值已经完全被交换价值掩盖，如商品一样，她必须同别人"比较"之后才具备价值，她不过是罗切斯特欲望的载体。在福柯看来，凝视的主体同时也是"权力的眼睛"。⑤ 简·爱和罗切斯特曾有个对峙的过程，她曾经试着用注视者的眼光去"观看"："我不安地瞧着他的眼睛在五颜六色的店铺中扫描，最后落在了一块色泽鲜艳、富丽堂皇的紫晶色丝绸上和一

① 〔英〕夏洛特·勃朗特：《简·爱》，第86页。
② 参见〔英〕夏洛特·勃朗特：《简·爱》，第86页。
③ 〔英〕夏洛特·勃朗特：《简·爱》，第244页。
④ 参见〔英〕夏洛特·勃朗特：《简·爱》，第262页。
⑤ 参见陈榕：《凝视》，赵一凡等主编，《西方文论关键词》，北京：外语教学与研究出版社，2006年，第357页。

块粉红色的高级缎子上。"① 简·爱仍然不愿放弃"观看"的权力。"我在此大胆地与我主人兼恋人的目光相遇。尽管我尽量地避开他的面容和目光,他的目光却非常固执地搜寻着我的目光。"② 简·爱游移不定的目光与罗切斯特的"固执"的目光形成了鲜明的对比。在一整套父权象征体系前,简·爱的任何努力都是苍白无力的。尽管她曾表示过自己喜欢"观察所有的面孔和所有的身影","注视他们对我来说是一种独特的乐趣",③ 她观察桑菲尔德庄园来来往往的人与物,但最后发现,自己不过是罗切斯特"观看"的对象,从来就不曾跳出桑菲尔德庄园象征的旧体系。

桑菲尔德庄园各种奇特珍稀的摆件是旧贵族的象征,而简·爱不过是贵族又一个值得夸耀的物件(aristocratic display)。在父权象征体系中,女性不过是男性欲望的自我投射,是他们自我炫耀的客体。正是在这个意义上,简·爱必须离开桑菲尔德庄园,回到"荒野文化"中去,让庄园的一切付之一炬,从而销毁这里的一切秩序。在最后的芬丁庄园里,简·爱不再是依附在罗切斯特身边、"被观看"的商品,而是具有观看能力的女性主体,她成了罗切斯特的"眼睛"。④ 之前的"男性观看"在这里荡然无存,与在桑菲尔德庄园时不同,罗切斯特也不再把简·爱当作任由自己打扮,投射自我欲望的商品了。"现在,别去管那些豪华衣物和金银首饰了,这些东西都如粪土一样。"⑤ 在芬丁庄园,简·爱成了罗切斯特的"眼睛""眼珠",成了观看的主体,而不仅仅只是被观看的、投射男性欲望的客体。在伊格尔顿看来,《简·爱》这部小说努力要做的事情,就是让简·爱在社会规范许可的范围内,实现自我。⑥ 但同时,我们也应该清醒地看到,这里出现了一个悖论:简·爱在获得主体性的同时,似乎也消解了日常生活中女性主体的合法性地位,因为只有当罗切斯特身体出现残缺后,简·爱才能成为真正的观看的主体,才能与他平等对话。也就是说,女性只能和有缺陷的男性对等,显然,这弱化了女性的主体地位,强化了女性只能是具有某种缺失(want)的男性"他者"的观念。

中产阶级家庭文化与贵族家庭文化相比,最大的区别就在于前者重视家庭亲密关系,至少在观念上,努力把家想象成远离政治、经济领域的私人空间,

① 〔英〕夏洛特·勃朗特:《简·爱》,第243~244页。

② 〔英〕夏洛特·勃朗特:《简·爱》,第244页。

③ 〔英〕夏洛特·勃朗特:《简·爱》,第177页。

④ 〔英〕夏洛特·勃朗特:《简·爱》,第420页。

⑤ 〔英〕夏洛特·勃朗特:《简·爱》,第415页。

⑥ See Terry Eagleton, *The Event of Literature*. New Haven and London: Yale University Press, 2012, p. 183.

而后者的家很大程度上仍然是公共空间的延伸。这些贵族依然过着以家族为中心、靠继承享受一切的生活,正如哈贝马斯在《公共领域的结构转型》一书里写的,18 世纪法国的城市贵族仍然过着十分保守的社交生活,无法允许一种资产阶级意义上的私人领域的存在。[①] 即便是 19 世纪中叶的英国,依然有一部分乡绅家庭延续着这种以公共性为主的家庭生活。家还是私人的场所,也是举行公共活动的地方,尤其是乡村的贵族邸宅(country house)。

> 地主和贵妇们对乡村生活具有影响力,他们不仅决定着村民的租金和生活状况,还主持地方的政治选举、慈善活动和文化活动,管理着地方的医院、工厂和学校。与教区一样,乡村的房子也是举行这些活动的中心。这些大厦可能有上百间屋子,马厩、仓库、温室、花园和公园。[②]

如盖斯凯尔的《妻子与女儿》里描写的整个镇的人都在伯爵夫人乡下大厦里等待她的到来,这种短暂的庆典可以帮助伯爵在选举活动上更受欢迎。值得一提的是,这些房子里甚至还有宏伟的大厅和美术馆。可见,英国贵族和上层乡绅的家庭空间仍有许多公共职能。

二、"温馨之家": 沼泽居

在《简·爱》这部小说里,尤其是关于沼泽居的描写上,我们可以看到勃朗特是如何演绎这个词汇的。可以说,"沼泽居"几乎体现了中产阶级家庭观念的一切。"沼泽居"的名字本身就显示了对家庭远离尘世的欲望。它建立在苍茫无边的荒原之中,作为荒原文化的一部分而存在,是一种乌托邦的想象。在齐格蒙·鲍曼(Zygmunt Bauman)看来,荒野文化象征着不受约束、不受管制的"自然状态",是"一种内含自我平衡和自我维持机制",[③] 它拒绝统治者或管理者的干预,与强调社会等级和秩序的现代文明相冲突。正如欧内斯特·盖尔纳(Earnest Geller)所说,"荒野文化(wild culture)中的人一代又一代地复制着自身,无需有意识的计划、管理、监督或专门的供给"[④]。这样的家拒绝一切社会秩序的干预,不仅在具体事物层面远离尘嚣,还在空间上实现了隔离。这是维多利亚时期的人试图摆脱机械化大生产的企图,尽管在这个

---

① 〔德〕尤尔根·哈贝马斯:《公共领域的结构转型》,曹卫东等译,上海:学林出版社,1999年,第 48 页。

② Lydian Murdoch, *Daily Life of Victorian Women*. Santa Barbara: Greenwood, 2014, p. 92.

③ 〔英〕奇格蒙·鲍曼:《立法者与阐释者:论现代性、后现代性与知识分子》,第 111 页。

④ Earnest Geller, *Nations and Nationalism*. Oxford: Basil Blackwell, 1983, p. 50.

时期显得不太可能。

从某种意义看上，中产阶级建筑里的花园和周边环境布置可以看作是远离传统贵族统治的象征①，而荒原中的沼泽居则是对远离公共领域的家庭理想的最佳隐喻。在圈地运动愈演愈烈的 19 世纪中叶，寻求私人领域和公共领域的空间隔离的理想也注定要破灭。简·爱将理想之家建在荒原之中还与英国当时的社会动荡有关。勃朗特的家乡霍沃斯（Haworth）靠近约克郡西区（West Riding of Yorkshire）的羊毛工业区，在 19 世纪 30 年代到 40 年代，西区也处于北边的激进主义和宪章运动最为厉害的时期。② 可以说，勃朗特生活的年代也是英国社会阶级矛盾最为尖锐的时期，这个时期也被马克思称作英国历史悲剧的时期。在这样动乱的土地上，整日目睹各种社会矛盾，许多时候即便足不出户，依然能闻到大街上的火药味。但这并不妨碍作者在文学的想象世界里建立一个远离现实的理想的精神家园，这样的家园应该离现实世界愈远愈弥足珍贵。或许这也在一定程度上说明，为什么荒野家园的意象在勃朗特三姐妹小说里都占有重要地位。

此外，对荒原之家的渴望在某种程度上延续了西方文学的荒原文化传统，自从人类从伊甸园被神赶出来之后，人们总是期望回归那个花园，希望在人间找到精神伊甸园。而从家庭文化的角度出发，与简·爱的荒原之家离得最近的传统可以追溯到 18 世纪的福音教派诗人威廉·考伯（William Cowper）。考伯试图使用田园牧歌般的家庭表达对工业化进程的超越。在他的笔下，男性气质与权力、阶层和金钱无关，而与家庭相关。③ 他将个人救赎与家庭结合，以此对抗资本主义大生产。"家庭"（domestic）概念与乡村有着重要的联系。在考伯的笔下，男性气质与金钱、本领没有关系，它只和一个人是否懂得享受"家庭"（domesticity）的乐趣有关。在考伯的诗歌里，与其说"家庭"是作为实在物存在，还不如说它是作为抵制工业化进程的理想存在。他在《任务》（The Task）一诗里描绘了家庭生活的乐趣：

> 拨动火苗，拉上百叶窗吧，
> 放下窗帘，把沙发推成一圈
> 在水壶丝丝欢唱冒泡
> 升起一道水蒸气

---

① See Leonore Davidoff and Catherine Hall, *Family Fortunes*, p. 362.

② See Terry Eagleton, *Myth of Power：A Marxist Study of the Brontes*. New York：Palgrave Macmillan，2005，p. 3.

③ See Leonore Davidoff and Catherine Hall, *Family Fortunes*, p. 167.

　　觥筹交错但绝不贪杯

　　让我们一起迎接这个平静的夜晚吧①

　　温暖的火花和舒适的百叶窗不仅将寒风和暴雨挡在门外，还将18世纪的社会动乱挡在门外。令人放松的沙发，惬意的家庭谈话都是家庭生活的乐趣。当然，考伯的家庭乐趣并不局限于家庭内部，他对园艺也颇有一番见解。总之，在考伯笔下，尚有不同于都市的乡村家庭作为避难所，《简·爱》中的沼泽居可以看作这一传统的延续。而到了19世纪中叶，随着圈地运动的加快，这种空间上的分离注定只能是一种空想。

　　与桑菲尔德庄园令人不适的家庭内部装饰相比，简朴而温馨的沼泽居成了简·爱对理想家庭内部空间的诠释。首先，这里没有无处不在的权威，没有豪华的、令人窒息的装饰，也没有被商品化的危险。在沼泽居，人与人、人与自然和谐相处，处处"洋溢着玫瑰色的暖意"，充满着家庭的温馨与舒适。

　　房间的沙子地板擦得很光洁，还有一个核桃木餐具柜，上面放着一排排锡盘……我们看见一座钟、一张白色的松木桌和几把椅子，桌子上点着一个蜡烛，烛光一直是我的灯塔。一个看去有些粗糙，但也像她周围的一切那样一尘不染的老妇人，借着烛光在编织袜子。②

　　在这个简陋的厨房里，一切就像一幅宁谧和谐的家庭画，简·爱甚至还可以听到"煤渣从炉栅上落下的声音""屋子的角落的时钟的滴答声"和"窸窸窣窣的编织声"。③与桑菲尔德庄园金碧辉煌的宏伟的贵族气派相比，沼泽居的一切——无论是"光洁的地板""核桃木餐具""钟"，还是"烛光"都是琐碎而平凡的，但同时又是贴近日常生活的，是温馨惬意，能打动人心的。这里特别值得一提的是小说中对家具所使用的木材的描写。无论在简·爱舅舅的家里还是在桑菲尔德庄园，家具主要使用的木材都是红木、橡木。如盖茨黑德府赫然矗立的红木床，还有红木大橱柜、红木梳妆台、红木椅子，而桑菲尔德庄园的主要木料则是橡木，如橡木扶手、光滑的橡木楼梯、橡木雕刻的钟壳和装着橡木门的床等等。到了沼泽居，则变成较常见的松木了。在热衷于各种分类和分级的维多利亚时期的人眼中，木材也有等级之分。红木是尊贵和奢华的象征，也是权力的标志，而松木则是平常百姓的家具。从盖茨黑德府到沼泽居，高贵的红木被日常的松木所取代，暗示了秩序的重建，平等互爱的关系代替了

---

① See Leonore Davidoff and Catherine Hall, *Family Fortunes*, p.165.

② 〔英〕夏洛蒂·勃朗特：《简·爱》，第304页。

③ 〔英〕夏洛蒂·勃朗特：《简·爱》，第305页。

尊卑有别的秩序。① 沼泽居是一个与外部空间截然不同的秘密空间，它的内部结构虽不似桑菲尔德庄园的那般金碧辉煌，但却简朴、整洁、温馨，像一副安静祥和的静物画，给人以精神上的宁静。这一点是极尽奢华的桑菲尔德庄园不可企及的。

《简·爱》中出现的关于家庭内部细节的描写，可以看作是对当时流行的家庭手册的回应。小说作为一种文学形式，其地位并没有得到广泛的认可。在18 世纪末期，它常常被看作是低俗的读物，使得广大女性阅读群体不务正业、想入非非，还因此侵占了人们本该用来阅读宗教读物和古典文学著作等陶冶情操的作品的时间。沃尔特·司各特（Walter Scott）用小说书写历史，在某种意义上可以看作是在为小说这种文学形式立法，而塞缪尔·理查森（Samuel Richardson）在《帕米拉》（Pamela）中对家庭礼节长达几百页的描写，试图让小说贴近当时盛行的家庭手册的风格，对人们日常生活有一定的指导作用，尽可能提升其社会接受度，这在一定程度上也可看作是为小说正名的尝试。到了 19 世纪中叶，虽然小说的合法地位已经确立，但女性对自己的作家身份仍然感到焦虑。勃朗特、盖斯凯尔和艾略特均有以化名发表作品的经历，这是最好的例证。② 在《简·爱》中，对家庭内部空间（如家庭布置和家庭食物）的反复描写，至少可以在一定程度上拉近与读者的距离，降低被审查制度筛除的风险。

另一方面，就文学体裁而言，正如卢卡奇在《小说理论》中所说，每个时代都可能产生与这个时代的精神文化特征相契合的文学体裁，文学的体裁是不同时代文化精神的外化形式。③ 在《小说的兴起》一书中，伊恩·瓦特（Ian Watt）也论证了小说的崛起与资本主义社会之间的某种必然联系。④ 勃朗特对家庭内部的详细描写，既是对当时家庭手册的回应，也是小说"家庭"传统的延续。《鲁滨孙漂流记》中男主人公与父亲决裂之后，在荒岛上修建了一个与家类似的洞穴。洞穴之家有基本的生活用品，还有与外部野蛮世界隔离的墙体，这可以看作是个人远离商业社会的隐喻。正如考伯创作了大量关于家庭生

---

① 具有讽刺意味的是，获得遗产后的简·爱迫不及待地为沼泽居购置了一套旧的红木家具，试图以此提高家庭的"品位"。简·爱的这个行为一反她先前的志向，突然变得对家里的"洗洗刷刷"之类家务感兴趣，这一行为是对当时社会的矫饰之风和令女性处于无所事事的制度的一种强有力的反讽。

② 夏洛蒂·勃朗特曾使用 化名"柯勒·贝尔"（Currer Bell），伊丽莎白·盖斯凯尔曾使用"科顿·马特·米尔斯"（Cotton Mather Mills）一名，而乔治·艾略特的本名则为玛丽·安·伊万斯（Mary Ann Evans）。

③ 〔法〕吕西安·戈德曼：《论小说的社会学》，吴岳添译，北京：中国社会科学出版社，1988年，第 3 页。

④ See Ian Watt, *The Rise of the Novel*. London：Chatto and Windus，Ltd.，1957.

活的诗歌，不仅是因为他对家庭的热爱，更是现代化进程中个人对机械对宁静的田园生活的破坏而表现出的一种妥协策略：家成了避风港，成了喧嚣世界中人类灵魂的栖息地。在简·奥斯汀笔下，许多乡绅之家远离都市，家庭空间布置的品位多为主人身份和地位的象征。到了勃朗特笔下，家庭内部布置还是文化领导权的争夺场所，奢华的贵族之风和淳朴的中产阶级家庭风尚有意无意地被并置。与早期关于家庭内部描写的小说一样，《简·爱》中不断出现的自然意象和温馨的家庭场面描写，说明叙述者对英国田园传统的怀念，但更为重要的是，小说中的"家庭"描写也具有更多的个人色彩，体现了资产阶级对个人主体欲望的诉求。

简·爱关于沼泽居空间的描述，让人想起那一幅幅静谧、祥和的家庭日常生活的静物画，尤其是荷兰的绘画艺术。现代家庭理念始于 17 世纪的荷兰，并与当时的荷兰绘画艺术有着密切的关联。16 世纪荷兰便开始海外扩张，发展生产，成为继西班牙、葡萄牙之后的海上强国。在传统的封建家庭里，日常生活与工作交织在一起，而在荷兰资产阶级的"黄金时期"（Dutch Golden Age Painting），工作从家庭私人空间中分离出来。资产阶级私人空间的最佳表述体现在绘画中，画中随处可见资产阶级个人充分享受各种生活乐趣的场面。[1] 对私人空间的需求促使资产阶级努力维系其家庭领域与世隔绝的状态。[2]在荷兰，交通的便利，商业的发达，使它成为欧洲第一个资本主义国家。荷兰利用地理位置和思想文化上的独特优势，不断扩大对外贸易，一度成为"海上马车夫"。经济的繁荣又进一步促进了文化的发展，荷兰的绘画风格也成为欧洲其他许多国家竞相效仿的风尚。荷兰绘画的特征之一就是宗教或英雄不再是仅有的主题，普通人的日常生活逐渐进入艺术家的视野，并成为绘画的中心，如日常的食物、厨房布置等。[3]

在维多利亚时期的文学中可以看到，荷兰画对英国家庭生活的影响至少表现在以下两个方面：一方面是在物质层面上的影响，荷兰的许多器物直接进入英国家庭空间，并成为当时英国的一种风尚，这一点在当时的许多家庭手册和文学作品中都有提及。例如，在《简·爱》一书中，当简·爱详细描绘自己拥有的第一间屋子的时候，除了提到许多椅子、桌子、钟和碗橱等基本家具外，她还特别提到橱柜里有一套荷兰白釉蓝彩陶茶具。无独有偶，勃朗特在小说

---

① 〔俄〕卢那察尔斯基：《论欧洲文学》，蒋路、郭家申译，天津：百花文艺出版社，2011 年。

② See Julia Prewitt Brown, *The Bourgeois Interior*, p. 6.

③ 这些在当时许多著名的画作中均有体现，如《牛奶女工》（*The Milkmaid*）、《代尔伏特的家庭小院》（*The Courtyard of a House in Delft*）、《打盹的老妇人》（*The Old Woman Dozing*）、《幸福的夫妇》（*A Happy Couple*）等。

《维莱特》中写道，英国主妇布莱顿太太，虽客居海外，却依然保持着英国家庭布置的风格以及那一间美观别致、怡人耳目的"老派荷兰式的大厨房"①。荷兰画里的家居生活对英国人的家庭布置观念有深远的影响，从某种意义上讲，这一点似乎印证了19世纪末王尔德所说的"生活模仿艺术"。

维多利亚时期的英国文学与荷兰画之间的关系并不仅仅停留在物质层面。绘画和文学作为虚构性艺术，二者都源自现实又不同于现实，在表述（articulation）方面也有类似之处。在文学作品中，描绘家庭生活的文字如诗如画，诗与画达到了和谐的统一。在简·爱所憧憬的沼泽居里，家庭内部的一桌、一椅，还有那正在烛火边编织的夫人构成了一幅美好的生活画。这种画面感在勃朗特别的作品中也有所体现。②

在小说最后，简·爱甚至还可以拥有真正属于自己的私人空间——"一间自己的屋子"，实现了约半个世纪后的女作家弗吉尼亚·伍尔夫才敢公开表达的诉求。

> 我日思夜想的家呀——我终于找到了一个家——一间小屋。小房间的墙壁已经粉刷过，地面是黄沙铺成的。房间里有四把新漆过的椅子，一张桌子，一个钟，一个碗橱。橱里有两三个盘子和碟子，还有一套荷兰白釉蓝彩陶家居。楼上是一个面积跟厨房一样大小的房间，里面摆放一个松木床架和一个衣柜。③

与桑菲尔德庄园的奢华相比，简·爱的小屋简朴而实用。通过自己的努力，购置与自己社会地位相符合的物件，这也是维多利亚中产阶级家庭观念倡导的价值观之一。首先，沼泽居没有那种咄咄逼人、居高临下的威严肃穆的气氛，这里虽然空间不大但却安排得紧凑而实在。其次，这里提到的两个房间，一个因烛光而温馨，另一个则因刚粉刷过的墙和新漆过的椅子，而显得干净透亮，给人耳目一新的现代感，而不像桑菲尔德庄园，处处散发着"古老的"气息。最后，在室内装饰方面，沼泽居提到了许多简单而实用的小物件，而不是像桑菲尔德庄园里那些昂贵而绚丽的器物，仅仅是为了陈设而陈设，供人欣赏而用的。关于这些小物件的描写，在勃朗特的另一部小说《维莱特》里更是被发挥到了极致，在关于保罗的家的描述中，④ 除了一些精致的、充满个性化的

---

① 参见〔英〕夏洛特·勃朗特：《维莱特》，吴钧陶，西海翻译，上海：上海译文出版社，1994年，第413页。
② 〔英〕夏洛蒂·勃朗特：《简·爱》，第253页。
③ 〔英〕夏洛蒂·勃朗特：《简·爱》，第331页。
④ 〔英〕夏洛特·勃朗特：《维莱特》，第728页。

装饰外，"小"字出现的次数足有十次之多，微小的家庭空间取代了以往宏伟的家族空间。正如本杰明所说，只要谈及人性，我们都不该忘记笼罩在启蒙主义之下的中产阶级的狭小的房间，资产阶级早期朴素、天然的（unpretentious）家庭内部摆设代表了"真正的人性"。① 家庭建筑空间的缩小也是对家庭私密性的向往的必然结果。家不再是交流公共事务或显示好客（hospitality）和家族财富的场所，它应该是和平而舒适的，是个人培养自我和恢复精力的私密空间，正如当时在《家庭朋友》（*Family Friend*）上刊登的《好妻子》（"The Good Wife"）一文里所写的那样：

> 男人若想获得内心的平和与宁静，家必须是一个充满静谧、和平、欢乐和舒适的场所，这样的家才能让他恢复精力并精神抖擞地面对外部世界的劳苦和烦恼。如果他在家里无法休憩，那么他只会脾气暴躁，闷闷不乐，心情抑郁或怨天尤人……家一旦消失，男人也将陷入绝望。②

小巧而别致，这才是维多利亚时期中产阶级的理想之家。在中产阶级家庭文化中，客厅是远离政治的，是个人休憩的场所，舒适是他们理想家庭室内布置的主要原则。

勃朗特小说中的家庭布置对舒适、宁静和自然的追求，还在一定程度上反映了当时各种家庭手册里提倡的理念。最能概括这个时期中产阶级家庭特点的当属罗伯特·克尔（Robert Kerr）的《绅士之家》（*The Gentleman's House*），这部家庭建筑手册对"舒适"做了专业的阐释："通过充分利用一种令人愉悦的复杂的方式，即便是最小范围地使用，形成完整的构造，其中的每一部分都各司其职，最后的整体将呈现完美的结果，这个结果几乎难以用语言传达——家庭舒适。"③ 在一个充斥着工业理性逻辑的社会，对舒适家庭的期望喻示着远离喧闹和嘈杂，同时不受尘世干扰，它意味着尽可能缓解个人焦虑感和人与人之间的紧张，意味着休憩、和平和静止。对家庭舒适的期待，进一步表明中产阶级家庭期望远离政治、经济等公共领域的决心，表明了中产阶级对家庭私人领域与工作场所分离的渴望。这一观念甚至一直延续到当代。布尔迪厄的社会调查显示，直到 20 世纪，"舒适"仍是中产阶级对家庭内部布置的主要表达

---

① See Walter Benjamin, *Selected Writings*, Vol 3. trans. Edmund Jephcott et al. eds., Cambridge, MA: Harvard University Press, 2003.

② See Claudia Nelson, *Family Ties in Victorian England*, p. 31.

③ Robert Kerr, *The Gentlemen's House*. London: John Murray, 1871, p. 12.

词汇之一。①

·工业革命的发展和商业的繁荣让维多利亚时期的人享受到了空前的物质财富，金钱成为新的衡量个人成功与否的标准，与此同时，维多利亚时期的人却有意识地试图与纯粹的物质和金钱划清界限，特别强调作为培育个人的家庭空间是与以政治和商业活动为中心的公共空间相对立的，家被视作道德性和精神性的标志，它必须远离政治、经济等公共事务。因此，维多利亚时期人总是想尽一切办法，不让家成为炫耀商品的公共场所，无论事实上情况如何，至少在观念上必须如此。也就是说，家必须是避难所，是"无情世界里的避风港"（a haven in a heartless world），家庭不再被看作政治和经济世界的补充，而是要远离那个世界。维多利亚时期的中产阶级的家庭观认为，家庭应该是体现个人因素、道德人格和符合身份的社会地位的场所，家庭购置的装饰品绝不能出现"危险的、罪恶的物质主义"倾向。② 所以，在家庭布置上，他们也避免豪华奢侈之物，而是尽可能使用能体现主人品位的小物件。尽管简陋的家庭布置是主人财力有限的象征，但对于希冀远离资本主义市场的维多利亚时期的人而言，这样朴实而不失典雅，简陋而不失品位的家庭布置，正是他们所追求的。勃朗特在《简·爱》中描写的朴素的沼泽居恰恰体现了维多利亚时期的中产阶级量力而为的现代文明家庭的价值理念。

此外，沼泽居还是中产阶级亲密关系的典范。在斯通看来，现代家庭与旧体制家庭的最大区别，就是"从疏远、服从以及父权体制"到"情感个人主义"（affective individualism）的变化。③ 沼泽居具备了许多现代家庭的关键特征。在这里，包括女管家在内的所有家庭成员之间可以享有亲密无间的关系。与桑菲尔德庄园的庄严肃静不同，沼泽居家庭成员之间没有等级观念，这里如乌托邦一样，人人各司其职，互敬互爱。与约翰家两姐妹一样，简·爱可以尽情享受学习德文、阅读席勒的乐趣，她可以有自己的职业，让自己的技能有用武之地，还可以感到艺术家般的"颤栗"④。总之，在这里，简·爱获得了她梦寐以求的乌托邦式的自由，她的能力也得到充分的施展。

勃朗特家族的背景比较特殊复杂，其父帕特里克·勃朗特（Patrick Bronte）出身于贫穷的爱尔兰农民家庭，祖辈从爱尔兰小木屋搬到村舍最后再到佃户农场，一路充满艰辛。他也当过铁匠、麻布织工和校长，最后走入牛

---

① See Pierre Bourdieu, *Distinction: A Social Critique of the Judgment of Taste.* trans. by Richard Nice. Cambridge: Harvard University, 1984, p. 247.
② See Lydian Murdoch, *Daily Life of Victorian Women*, p. 95.
③ 〔英〕劳伦斯·斯通：《英国的家庭、性与婚姻 1500—1800》，第 4 页。
④ 〔英〕夏洛特·勃朗特：《简·爱》，第 340 页。

津，是马克思笔下典型的"小资产阶级"。但他却采用"勃朗特"这样古老而带有贵族味道的名字，旨在试图精明地斩断与卑贱出身的一切瓜葛。[①] 但从学校毕业后，勃朗特家的三姐妹几乎是被"抛到"不熟悉的压力重重的社会中。三姐妹的当务之急是如何生存下去，想成立学校的愿望也因资金不足而屡屡受挫。与其他谋生方式相比，家庭教师虽然也不受尊重，但算是相对体面的工作，同时也可以在一定程度上发挥谋职者的智力。不过，对于出身于"有教养（genteel）"家庭的勃朗特而言，服务文化水平不如自己的人，又让三姐妹觉得有失体面，伤害自尊。勃朗特曾通过简·爱表达了自己对这一职业的看法，在提到沼泽居里与自己志趣相投的表姐妹当了家庭教师后，勃朗特借简·爱之口写道，这些家庭根本不配雇用有教养的家庭教师。[②] 而"勃朗特"这样有着悠久历史的姓氏，不但不会让她在从业过程中高人一等，反而令她在心理上备受屈辱，更深切地体验到被社会隔离的感觉。可以说，勃朗特对贵族有种矛盾的态度，一方面，她向往往昔的贵族精神，那个阶层也曾是自己的归属，但同时，她也看不惯这个阶层低俗、势利和唯我独尊的文化品位。

在小说《维莱特》中，作者通过露西小姐透露，尽管她曾欣赏樊箫小姐身上英国女性所特有的美，这在欧洲大陆的女性身上是找不到的，[③] 但却看不惯她那种徒有其表的懒洋洋的、矫揉造作的贵族做派。[④] 贵族出身的女性的自私与中产阶级女性的无私形成鲜明对比。樊箫小姐对约翰先生（露西眼中真正的绅士）很不屑，认为他不过是个中产阶级市民罢了，并宣称自己绝对不会当一个中产阶级市民的妻子。[⑤] 但露西却对樊箫小姐靠继承财产、不劳而获的生活表现出轻蔑和厌恶。如果说樊箫小姐依然代表贵族的生活方式，那么露西所向往的独立自主的生活无疑是贴近中产阶级的生活的。

与懒惰的贵族阶层不同，被樊箫小姐取笑的中产阶级自食其力、自力更生。勃朗特曾在《维莱特》里通过露西在伦敦街头漫游时的遐想，充分表现出对这个新兴阶层的优秀品质的肯定。

> 我爱市中心区胜过爱其他地方。市中心区似乎认真得多：它的业务、它的匆忙、它的吆喝，都是如此严肃的事情、景观和声响。市中心区在谋生——西区却在享乐。你在西区也许觉得有趣，但是在市中心区你是深深

---

① See Terry Eagleton, *The Event of Literature*, p. 9.
② 〔英〕夏洛特·勃朗特：《简·爱》，第 324 页。
③ 〔英〕夏洛特·勃朗特：《维莱特》，第 122 页。
④ 〔英〕夏洛特·勃朗特：《维莱特》，第 118 页。
⑤ 〔英〕夏洛特·勃朗特：《维莱特》，第 127~128 页。

地感到激动。①

在露西眼中，休闲、享乐的西区是可耻的，而谋生、奋斗的市中心是令人振奋的，正如在问及自己赚钱的目的的时候，她也不断为自己申辩，认为不以慈善为目的的有偿劳动，若能作为一种谋生手段，也未尝不可。尽管在说理的过程中，露西占了上风，但争辩本身恰恰透露了维多利亚时期男性在公共领域从事商业活动进行谋生逐渐得到认可，而女性进行有偿劳动仍然是非主流的。

与奢华的贵族家庭装饰作风相比，中产阶级重视个人情感、重视家庭成员的亲密性和家装品位的特点也愈发可爱和深得人心。在狄更斯的《双城记》里，曼内塔医生的家是典型的英国式家庭。在家居风格方面，它与法国贵族之家迥然不同。尽管医生一家收入微薄，但在其颇懂持家的女儿的管理下，家庭布置显得简朴而不失优雅。更为重要的是，这里没有宏伟壮观的华丽的物品，但却很好地体现了主人的品位——家里的一切都不是装饰给别人看的，家的布置与主人的家产、血统和家族没有直接关系。家不再反映这些传统的、公共的经济和政治等外部因素，相反，家是主人精巧的构思，家庭装饰充分体现了主人的主体性，在很大程度上，对维多利亚时期的中产阶级而言，家的品格甚至就是个人品格的象征。曼内塔医生家庭布置的"趣味""想象力""得体""和谐"和"鉴赏力"② 等词与侯爵家里的"华丽""高贵""令人赞叹"和"家族"观念形成了鲜明的对比，这些词汇恰恰体现了维多利亚时期中产阶级关于家庭文化甚至对生活的态度。可以说，两种家的对立也是中产阶级作为现代自我的身份与贵族的政治身份之间的对立。

维多利亚时期是"物质"的世界，然而人们往往忽视这些家庭物品的自身意义，只把它们简单地看作是烘托气氛而一笔带过。对家庭内部空间的详细描绘可以看作是对当时家庭手册的一种模仿，也可以看作女性作家对自身身份的担忧，因此需要用这种适合女性阅读和书写的家庭布置来为自己的创作取得社会的认可，获得女作家身份的合法性。通过对家庭布置的描写，一方面，就像伊格尔顿所说，工业资产阶级与乡绅或贵族文化之间的矛盾几乎统治了勃朗特一生，但同时个人的也是历史的，个人的意识形态常常受社会大结构的影响，所以无意之间，它也透露出中产阶级家庭文化的价值取向，透露出新兴中产阶级与贵族争夺文化领导权的过程。可见在家庭这个貌似甜蜜的、远离公共领域的私人场所里，也充斥着文化权力的博弈。

维多利亚时期家庭文化具有重要的修辞功能，在小说里，关于家庭内部空

---

① 〔英〕夏洛特·勃朗特：《维莱特》，第66页。
② 〔英〕查尔斯·狄更斯：《双城记》，黄平译，哈尔滨：北方文艺出版社，2012年，第71页。

间的描写，也常常在无意之中透露出中产阶级文化的优越性，"舒适"成了维多利亚时期家庭的重要论辩武器，相对于传统贵族住宅的奢华、宏伟，维多利亚时期的中产阶级则重视家的整洁、质朴、节制和亲密无间等特点，在观念上试图让家摆脱公共性的特征，不断强调家庭是个人的、私密的，是远离政治、经济等公共事务的场所。这些颇有吸引力的家庭价值观念后面，同时也承载了中产阶级文化观念中对个体的尊重，展示了这个阶层总体文化的优越性。

如果说勃朗特依然向往 18 世纪或是前工业时期那种远离尘嚣的荒野中的乡村小屋，那么务实的狄更斯则更愿意相信，中产阶级之家无处不在，即便在喧嚣俗世之中，通过个人的努力，仍然可以享受家的温馨和家庭生活的快乐。通过对看似微不足道的日常食物的描写，狄更斯揭示了资产阶级日常生活中隐藏的浪漫元素，揭示了平凡人物的平庸生活的诗意和淡淡的幸福感，并将中产阶级的"家庭理想"进一步演绎。

第三节 《我们共同的朋友》：从"盛宴"到"家餐"

《我们共同的朋友》（*Our Mutual Friend*）被马克思主义社会批评家看作是狄更斯晚期最伟大的四部长篇小说之一，杰克·林德赛（Jack Lindsay）甚至认为这部著作充分显示了狄更斯可以与莎士比亚相匹敌的才华。[①] 但奇怪的是，这部作品在中国却没有引起人们足够的重视。在 CNKI 期刊网上，只能搜到寥寥数篇相关评论。其中比较有代表性的是 2013 年发表在《外国文学研究》上的《"朋友"意象与共同体的形塑——〈我们共同的朋友〉的文化蕴涵》和 2016 年刊登在《外国文学》上的《舞台灯火下的狄更斯小说艺术——城市戏剧文化和〈我们共同的朋友〉》两篇文章。前者主要从批判金钱至上观念的维度，分析了"朋友"意象与共同体建构之间的关系；后者则主要探讨了小说如何在戏剧改写的基础上，回应工业革命中"人的异化"的主题。事实上，这部小说涉及的人物之多，意象之广，给读者留下了许多阐释的空间。下面将试图从家庭意识形态的角度，对小说中两个不同家庭中的食物描写进行分析，探讨狄更斯是如何使用"家庭"话语参与中产阶级家庭文化理念建构的。

《我们共同的朋友》这部小说围绕多条线索展开，在给约翰·福斯特（John Forster）的信里，狄更斯曾说过，这部小说是有关"一名年轻的假装死

---

① See Paul Davis, *Critical Companion to Charles Dickens: a Literary Reference to His Life and Work*. New York: Facts on File, Inc., 2007, p. 297.

亡的男子、两名假装有钱的男女婚后在上流社会继续行骗,以及一些'非常新的人'"的故事。① 在小说中这些人物依次是罗克史密斯先生、拉莫尔夫妇和新晋上层社会的"一个崭新住宅区中一幢崭新房子里的两位崭新的人"——文尼林夫妇和"崭新的新人"② 波德斯纳普先生等人。这些人物又因"垃圾山"的继承问题相互关联。贝拉·威尔弗作为小说最重要的女主角之一,虽然善良、美丽,但在刚开始的时候也与小说中其他许多人物一样,以金钱作为毕生的目标,后来在罗克史密斯先生的引导下,目睹了不少因财富而腐化的家庭关系,思想逐渐发生蜕变,开始真正地尊重情感和精神的力量,并与罗克史密斯先生终成眷属。威尔弗一家与罗克史密斯先生因为婚约关系、租佃关系而成为一种同盟。就这三类人而言,小说在提及文尼林家的盛宴后(第一部第二章)仅间隔一章就详细描绘威尔弗一家的晚餐(第一部第四章),让两个家庭场所形成鲜明的对比,其用意是十分明显的。

一、"红木监狱":文尼林家的盛宴

文尼林家举办的盛宴不仅布置奢华,对客人的邀请也颇有讲究。由于宴会的目的不是为了增进人与人之间的情感,而是为了维系政治地位或经济关系,因此,就连不认识的人也可以成为"贵宾"。③ 在以幽默著称的狄更斯的笔下,出席晚宴的那群人物虚伪造作的丑态跃然纸上。特韦姆洛更是因其特殊的地位——"勋爵的表弟"而成为各种宴席上的嘉宾,这类人被戏称为"有利可图的家具般"的人物,④ 按照其功能的大小,因不同的利益集团随时拼凑或解散。这样的家庭聚会虽不同于以往的家族聚会那样,以炫耀家族财富为目标,但它同样将家视为缔结政治联盟的公共场所,以利益为中心,漠视个人之间真诚的情感交流,与维多利亚时期许多文化人所提倡的将家视作个人休憩和远离经济、政治等公共领域的私密场所的理念是格格不入的。

在文尼林家的宴会上,不仅邀请的"嘉宾"都颇有来头,餐桌上的食物也是琳琅满目。从"冰冻甜食"到来自世界各地的食品,无奇不有,极尽奢华。其中最值得一提的是各种名酒的供应。餐桌上提供的不是英国普通家庭的酒,而是由"分析化学家"这样专人服务的充满异域风情的酒,"沙步利白葡萄酒"

---

① See Paul Davis, *Critical Companion to Charles Dickens: a Literary Reference to His Life and Work*, p. 297.
② 〔英〕查尔斯·狄更斯:《我们共同的朋友》,第127页。
③ 〔英〕查尔斯·狄更斯:《我们共同的朋友》,第10~11页。
④ 〔英〕查尔斯·狄更斯:《我们共同的朋友》,第9页。

(Chablis)、"香槟酒"（Champagne）、"波尔图葡萄酒"（port）、"红葡萄酒"（claret）、"玛德拉葡萄酒"（Madeira）等词时时挂在这些大人物的嘴边，[①] 仿佛有了这些名贵的舶来品后，他们的地位也陡然上升。这些酒象征着文尼林一家对高贵、奢华和高级烹饪术的追求，也透露出这种家庭不过是徒有其表，有家庭之名，却无家庭亲密关系和私密空间之实。这一点在"文尼林"这个名字上也得到了很好的体现。

小说中的人名"文尼林"的英文为"Veneering"，该词并非狄更斯的首创。早在托马斯·韦伯斯特 1844 年的《家庭经济百科全书》里就提到过这个词。它原本在家具行业中使用得较多，指的是在廉价的木头外面裹上一层薄薄的昂贵的木质（如红木）。后来逐渐有了贬义，如当时在《家庭真理》中就有这么一句话：制作粗糙或镀层的家具，蜜月还没有结束，就坏得差不多了。狄更斯使用"文尼林"（Veneering）之名，并通过对其举行盛宴的细节刻画，显然是有意讽刺那些徒有其表、华而不实的暴发户。这一点在狄更斯描绘与文尼林为友的另一新人波德斯纳普（Podsnap）家的餐具时候，表现得更为直白：

> 结实得可怕是波德斯纳普的盘子的特点。每件东西都做得尽可能笨重，尽可能地占据空间。每件东西都在自我吹嘘："你在这里看见我像个丑八怪，似乎我不过是铅而已，其实我是这么重的贵重金属，每盎司可值钱呢。不想把头熔化掉看看吗？"有一只肥大的分隔饰盆，污渍斑斑……[②]

与波德斯纳普一样，这样的餐具毫无内涵和品位可言，它们不过是各种物件的堆积，其主要目的是为了炫耀主人的财富。

可想而知，在这些"新人"家中的用餐气氛也是毫无活力的。在宣布入席的仆人眼中，这些食物如毒药，斟酒的仆人是郁郁不乐的，尤金也是心情抑郁，还有没精打采的莫蒂以及那位机械人般的乐师。这样的盛宴，纵有再高贵的礼节、再名贵的食物，其结果也只能是令人感到如"关在红木监狱里备受折磨"[③]。

同时，值得一提的是，文尼林家里这些酒多产自法国，对法国名酒的追捧反映了当时上层社会生活的奢靡，又透露出以狄更斯为代表的文化人对法国文化的矛盾看法。英、法两国，或者说英国和欧洲大陆一直都有着某种貌合神离的关系。虽然到了 19 世纪中叶，英国的综合国力逐渐赶超法国，但后者作为

---

① 〔英〕查尔斯·狄更斯：《我们共同的朋友》，第 11~17 页。
② 〔英〕查尔斯·狄更斯：《我们共同的朋友》，第 127 页。
③ 〔英〕查尔斯·狄更斯：《我们共同的朋友》，第 131 页。

历史上的文化大国，仍是英国上层社会的向往之地。欧洲被看作是提升品位的场所，这一点在狄更斯的另一部小说《小杜丽》中有涉及。杜丽一家获得大笔财产继承权后，为了提升品位，第一件重要的事情就是为小杜丽姐妹找了一位在礼节上合乎上层社会标准的家庭女教师，然后一起到欧洲旅行。狄更斯对此举也进行了无情的嘲弄。对于新兴的中产阶级而言，他们一方面希望得到上层社会的认可，但上层社会乡绅贵族的生活方式仍与法国贵族有着藕断丝连的关系，因此，他们又迫切希望区别于欧洲大陆的独特的英国式的品位，这一点在家庭文化上表现得尤为突出。

在法国学者菲利浦·阿利埃斯和乔治·杜比主编的五卷本《私人生活史》里也明确指出，19世纪是私人生活的黄金季节，而英国的私人生活又是最发达的。[①] 本书从家庭日常生活入手，既讽刺了英国上流社会的故作姿态，同时也是在教化广大群众，晓之以理，动之以情，用文学想象的方式告诉人们什么才是真正有品位的生活。这一点，在极其重视文学与社会互动功能的维多利亚时期，显得尤为重要。

通过食物描写，讽刺法国贵族的骄奢淫逸，在狄更斯的另外一部小说——《双城记》里表现得更为明显。《双城记》这部小说，正如狄更斯自己在出版序言里所说，受到了"无法超越的"卡莱尔先生的《法国大革命》的影响。卡莱尔当年写这部作品的目的，并不只是增加一部法国历史书籍而已，正如当年的托克维尔在写《美国的民主》的时候，其目的是为了引发人们思考欧洲的政治前途。狄更斯也在这部小说中通过描写法国的高官达贵和普通民众，折射了他对当时英国状况的深切担忧。

小说里的巴黎爵爷正是这种过着挥霍无度的生活形象的原型，在他豪华的府邸里，虽然他能毫不费力地吞下许多东西，但吃一块巧克力却需要四个壮汉的帮助。[②] 夸张的手法和细致的描绘将这类寄生虫的形象刻画得入木三分，狄更斯的不屑、厌恶和讽刺之意也溢于言表。这名法国侯爵就像一个"巨婴"，什么事情都要别人代劳，连端盘子的力气都不愿意使，过着衣来伸手饭来张口的生活。

侯爵除了在饮食方面骄奢淫逸，在家庭布置方面也是尽显荣华富贵：他的房间很大，是个套间，里面的家具"华贵"而"引人注目"，一切都是"奢华精美，完全符合一个奢侈时代和挥霍过度侯爵的身份"。[③] 然而，这一切不过是建

---

① 参见〔法〕菲利浦·阿利埃斯和乔治·杜比：《私人生活史》，第2~4页。
② 〔英〕查尔斯·狄更斯：《双城记》，第79页。
③ 〔英〕查尔斯·狄更斯：《双城记》，第79页。

立在大众的痛苦之上，侯爵家的一切看起来的确豪华漂亮，但在光天化日之下仔细查看，这华厦不过是建立在欺诈、剥削和挥霍之上的摇摇欲坠的破塔楼而已。

讽刺法国侯爵奢侈生活的背后，狄更斯也是在影射对英国国内的贵族的不满，如果这些社会的吸血鬼继续过度剥削百姓，浪费资源，无视劳苦大众的窘迫，其下场跟这些最终死在断头台下的法国贵族相去不远。家庭布置的华丽外表是建立在剥夺广大人民基础权利的基础之上的，这些漠视人民的阶层，即便曾是高贵的绅士、国家的祥瑞，最终也难逃被他们曾经剥削的充满仇恨的人送上绞刑架的厄运。

《双城记》与《我们共同的朋友》两部小说发表时隔不到五年，狄更斯不遗余力地描写食物、进食过程，并非空穴来风。与法国一样，英国也有无视民生、草菅人命的上层阶级，这个阶层既有之前的贵族，更多的却是那些通过各种方式发财致富跻身上流社会的"新贵"。这些"新贵"中有不少不过是毫无节制的暴发户，正如艾瑞克·霍布斯鲍姆（Eric Hobsbawn）所说：

> "新贵"（Parvenu）一词自然变成了"挥金如土之人"的同义词。无论这些资产阶级是否模仿贵族的生活方式，或是像鲁尔区的克鲁伯及其同行的工商界巨头一样，造起了古堡，建立起类似容克帝国但比容克帝国更坚实的工业封建帝国，但是因为他们有钱可花，而且挥金如土，遂不可避免地使他们的生活方式逐渐向放荡不羁的贵族靠拢，他们的女眷更是过着接近于贵族的那种毫不节制的生活。[①]

可以说，维多利亚时期的小说家通过对家庭生活的书写，积极参与家庭理想的讨论，对中产阶级家庭文化理念的建立起到了良好的作用。正如狄更斯一样，他们通过对家庭日常生活的褒贬，传播了一种值得社会仿效的有益的价值理念。如果说文尼林家的盛宴提供了反面的例子，那么威尔弗一家简单、愉快的晚餐则可以看作一种家庭生活典范。

二、"悦耳的音符"：威尔弗家的晚餐

在物质方面，威尔弗的家虽与文尼林家或波德斯纳普家不可同日而语，但他们却可以充分享受一顿简简单单的晚餐带来的快乐。在罗克史密斯支付他们

---

① 〔英〕艾瑞克·霍布斯鲍姆：《资本的年代》，张晓华等译，南京：江苏人民出版社，1999年，第321页。

一笔并不算特别丰厚的房屋租金后，一家人便热烈地讨论晚餐的问题：

> 经过对小牛排、小牛杂碎和龙虾的相对优点的一番讨论后，决定选用
> 小牛排。……雷·威本人则出去采购食品。他很快就回来了，手里拿着一
> 张卷心菜叶，上面躺着那东西，羞答答地拥着一小片腌腿。杂耍剧场似的
> 桌子上摆着两只盛满酒的瓶子，剧场里闪烁跳动着火花；火炉上的煎锅里
> 立即传出悦耳的音响，仿佛在演奏一支合适的舞曲。①

食物对于威尔弗一家而言不仅仅是补充能量、维持生命的重要源泉，更是
享受家庭日常生活之美妙的重要标志。威尔弗一家对食物的选择和讨论展示了
其乐融融的美好画面：家是休憩的场所，是培养亲密关系的地方。无论最终的
选择是小牛排、小牛杂碎还是龙虾，食物本身并非晚餐的重点，重要的是它切
切实实地满足了人们对家的渴望，增进了彼此之间的感情。这是一种精神上的
享受，食物也具有了精神般的意义，这一点正是许多维多利亚时期的人孜孜以
求的，也是文尼林等人对贵族奢靡之风的俗气模仿不可企及的。

这段描述里提到的火炉是值得注意的，它是维多利亚家庭的象征物，是温
暖和舒适的象征，而"悦耳的音乐"则暗示了家庭的和睦：

> 两瓶酒中一瓶是苏格兰啤酒，一瓶是朗姆酒，后者的香味在沸水和柠
> 檬皮的催化下弥漫全室，高度汇合于温暖的炉边，以至于在这个与众不同
> 的烟囱管帽上，屋顶上掠过的一阵风会像一只巨大的蜜蜂一样，嗡嗡叫过
> 之后，一定带着一股芬芳的酒香匆匆离去的。②

"芬芳"的酒香是家庭的感觉，同时也将温暖、舒适的家庭内部空间区分
于寒冷的外部。酒在狄更斯的小说中是一个重要的意象，尤其是朗姆酒
（rum）和潘趣酒（punch）这两种果汁酒。它不仅是一种酒，还是个人品格和
民族身份的象征。在《大卫·科波菲尔》中，善良真诚、乐观积极的米考伯先
生是最善于调制潘趣酒的。每一次制作过程，都是心情的愉快之旅，是餐桌的
美食和心灵的馈赠的结合。

在我国学者王佐良先生看来，狄更斯可以在最实际、最具体的描写里透出
最虚幻、最有诗意的气氛。③ 其实，这种诗意不仅表现在小说家对伦敦大雾的
描写中，还渗透在家庭日常生活细节描写之中，米考伯先生制作潘趣酒的场面
便是最佳的例证之一。小说中每一次潘趣酒的制作都和米考伯先生有关，而这

---

① 〔英〕查尔斯·狄更斯：《我们共同的朋友》，第40~41页。
② 〔英〕查尔斯·狄更斯：《我们共同的朋友》，第41页。
③ 参见王佐良：《英国散文的流变》，北京：商务印书馆，2011年，第133页。

个人物又是最具有英格兰民族品质的，他具有绅士风度，乐观而幽默，无论处境多么恶劣，都对生活抱有感恩的心，百折不挠，保持活下去的勇气，这种精神是让英国人骄傲的中产阶级精神，是让英格兰民族成为优秀民族的重要特征。与这种坚毅的品质最相称的自然是充满英格兰风味的潘趣酒了。这种酒与英格兰民族的精神一样，醇香而不浓烈，悠远绵长，令人回味无穷。

　　狄更斯小说中反复出现酒的意象并非偶然。无论是上层社会还是底层社会，酒在英国人的日常生活中都有着重要的地位。18世纪末到19世纪早期，在骄奢的乔治时代里，人们甚至以能喝"六瓶酒"作为男性气质的重要标志。[①] 到了19世纪中期，受福音派教义关于家庭观念以及维多利亚女王以身示范的道德观的影响，舆论界出现许多反对饮用度数过高的酒的声音。度数较低的或不含酒精的雪莉酒（sherry）或鸡尾酒（cocktail）逐渐成为社会风尚。这些酒还承载着爱家（domesticity）、节制（sobriety）、体面（respectability）[②] 和文明（civilization）的内涵，这些也是中产阶级所提倡的理念，它与上层贵族所持的"炫富式消费"（conspicuous consumption）理念有很大的不同。

　　如果说朗姆酒和潘趣酒是英格兰中产阶级的标志和家庭品质的象征，那么文尼林家宴会上品类繁杂的外国酒则代表了当时英国社会的暴发户急功近利的德行。大量的商品给投机商提供了发迹的好时机，而这些跻身政治圈的人物却缺乏文化涵养，一味用金钱来包装自己。相比之下，文尼林家的宴会却像"红木般的监狱"[③]，令人窒息。家庭宴会的目的是为了实现政治联姻，正如小说中所说："文尼林家的酒席堪称上乘，否则就没有新来的人了。"[④] 这样的家庭聚会是没有什么亲密关系可言的，有的只是尔虞我诈和利益的交织，以及上层社会对道听途说的流言蜚语的消遣。奢华的美味，如果没有精神性的寄托，那是令维多利亚时期的人所不齿的。也正是因为这是物质泛滥的年代，人与人之间变成了赤裸裸的利益关系，维多利亚时期的文人敏锐地意识到宗教与道德的沦落可能隐含的社会危机，才特别强调精神的意义。在以罗斯金为代表的文化

---

　　① 历史学家查尔斯·拉丁顿（Charles Ludington）曾对这个时期醉酒与男性气质的关联有比较独到的分析。See Charles Ludington, *The Politics of Wine in Britain: A New Cultural History.* New York: Palgrave Macmillan. 2011, p. 184.

　　② 英语中有时也写作"decorum"。从广义上看，"爱家"和"节制"均包含在"体面"一词里，它是维多利亚时期的人特别在乎的一个词。该词还有独立、自助、责任和良好的行为含义。同时，它还是衡量一个人是否为绅士的重要标志。See Charles Ludington, *The Politics of Wine in Britain: A New Cultural History*, pp. 226−229; Sally Mitchell, *Daily Life in Victorian England*, pp. 264−266.

　　③ 〔英〕查尔斯·狄更斯：《我们共同的朋友》，第131页。

　　④ 〔英〕查尔斯·狄更斯：《我们共同的朋友》，第12页。

人看来，家的作用等同于宗教，理想的家应该是私密性的象征，是人们得以寻找灵魂依托的静谧场所。而小说中文尼林的家则仍是政治、经济和权益交流的场所，是属于早期贵族式的家，与维多利亚时期的人所向往的理想的家相去甚远。通过对食物的描写，狄更斯展现了两种不同的家庭生活空间，揭示了食物后面蕴藏的深刻的文化之争。无形中也是向读者传达这样的价值观：中产阶级家庭文化提倡节俭、自立和务实的理念更具有吸引力。

狄更斯对食物的兴趣不仅表现在食物本身、食客或进食的过程，还表现在食物的制作方面。在《双城记》里精明能干的女管家普罗斯小姐与法国侯爵家中用作摆设的关乎"家族耻辱"的虚张声势的壮汉形成了鲜明的对比。其实在当时的英国，仆人也有各种等级之分，仆人的多少甚至成为阶级身份高低的标志，而不少家庭为了炫耀财富与地位，特意雇用大量的仆人。正如狄更斯讽刺的侯爵，竟然需要四个壮汉帮助其进餐。但在受人敬重的曼塔内医生的家中，无论什么食物，到了普罗斯小姐手中，均能变成一道美味佳肴。

> 在小家庭的家务料理中，普罗斯小姐主要负责厨房工作，而且总是表现出色。她做的虽是平常饭菜，却烹调极佳，配料得当，设计精美，半英国式半法国式的口味，别出心裁。……就连仆妇女佣们都视她为了不起的魔法师，或灰姑娘的仙女，随便从园子里拿来一只家禽、一只兔、一两棵青菜，她就可以随意把它们变成任何她所喜欢的佳肴。[1]

与伯爵家用餐的繁文缛节相比，曼内塔医生家里的每一餐，既没有用来张扬排场的仆人，也没有各种山珍海味。在务实而精明的普罗斯小姐的安排下，一切都显得简单、得体，在她身上，充分显示了能把简单的日常食物加工成日常美味的英格兰民族特有的优秀的家庭品质。

在《日常生活的实践》（第二卷）里，西塞都指出，日常食物风俗是历史的小分支，在"隐形的日常生活"里，在安静的、重复的日常系统中，一个人按照习惯行事，在这些机械化的操作下，隐藏的却是习俗的姿态、礼仪、符码、节奏和选择。[2] 狄更斯没有像现代理论家那样在食物与文化的关系方面留下系统的论著，但他却在小说中不断自觉或不自觉地透露出饮食习惯背后所代表的各种文化符码，并通过餐桌文化形象而生动地描绘（其中包括食物本身、进食过程和礼节以及烹饪手法）——尤其是他那应用自如、令人啼笑皆非的幽默手法，对这些食物所承载的文化进行褒贬——向人们传达了什么样的家庭文

---

① 〔英〕查尔斯·狄更斯：《双城记》，第 75 页。

② See Michel de Certeau eds., *The Practice of Everyday Life.* Volume 2, *Living and Cooking.* trans. Timothy J. Tomasik. Minneapolis: the University of Minnesota Press, 1990, p. 171.

化值得仿效，什么样的日常生活方式应该摒弃，这对于处于转型期的英国社会有着极其重要的作用。

此外，对食物的描写还和狄更斯对读者的重视有关。韦恩·布斯认为，任何作者都不可能不考虑潜在的读者，包括许多自诩如实的现代派作家，更不用说维多利亚时期的小说家了。[①] 与许多生前不受重视，去世后方被挖掘的伟大作家不同，狄更斯在生前就深受维多利亚时期的人的喜爱，是一位"明星般"的作家。[②] 能取得这样的成就，除了作品本身的艺术成就外，还和他充分重视读者的感受和想法密切相关。在《远大前程》（*Great Expectations*）这部小说里，狄更斯原本想以悲剧结束，但当出版商劝他考虑当时读者的期待的时候，狄更斯便听从建议，一如既往地以大团圆结束。可以说，狄更斯的创作是关于并且也是属于维多利亚时期的读者的。家常的食物，是充满中产阶级味道的，而这个群体也是当时阅读其小说的主要群体。"他的社会观是通过中产阶级价值观表达出来的。他以乐观的情节结局来赞美中产阶级价值观。只有以中产阶级价值观来写作，狄更斯才能保持自己在文学市场中的地位。"[③] 对中产阶级食物的细致刻画，可以看作是他在满足读者需求上的某种尝试。在物资富足的维多利亚时期，大量的家庭手册对烹饪进行了详尽的刻画，维多利亚时期的人不仅钟爱阅读，也钟爱美食制作。狄更斯高明之处就在于他挪用家庭话语，敏锐地察觉到当时的社会习俗和时尚，在日常家庭生活的描写中，巧妙地融入价值判断，体现出一个文人时时刻刻将建构良好社会风气作为己任的情怀。

三、厨房的精神性作用

厨房是家庭的一部分，象征着远离公共空间的精神世界，正如狄更斯所说，它更是"家庭生活的优越性"[④] 的标志。在《我们共同的朋友》这部小说里，莫蒂默和尤金的住所里有一个别致的厨房。厨房里有各种日常可用的小东西，如"小面粉桶、擀面杖、香料盒、陶罐阁架、砧板、咖啡豆研磨器，非常雅致地摆有陶器、炖锅和平底锅的碗橱，烤肉用的铁叉转子，可爱的水壶，还

---

① See Wayne C. Booth, *The Rhetoric of Fiction*, p. 89.

② 参见〔美〕唐娜·戴利等著：《伦敦文学地图》，上海：上海交通大学出版社，2011年，第99页。

③ See James M. Brown, *Dickens: Novelist in the Marketplace*. London：Macmillan，1982，p. 1.

④ 〔英〕查尔斯·狄更斯：《我们共同的朋友》，第281页。

有一整套碟盖盘罩"①。由于屋里主人绝不会煮饭,这些物件并没有什么实际的用途,但此处干净、整洁的厨房并非只是满足人的生理需求,它更是家作为一种理想和精神性标志的关键所在。

家是培养自我的场所,在物质和精神上都是如此。厨房是食物的来源,是满足人们物质需求的地方,这一点似乎有悖家的精神性作用。而维多利亚时期的人也的确在如何让中产阶级远离厨房的物质性方面下了不少功夫。在许多家庭管理和建筑指导书籍中,都可以看到关于如何让客厅和卧室远离厨房味道的建议。在家庭内部建筑方面,厨房修建在远离客厅的地方,中间常常有狭长的暗道隔开,以免气味传到客厅,同时也是为了远离象征生理性的仆人,让他们在不需要的时候即刻消失在楼道之后。在《小杜丽》(Little Dorrit)中,狄更斯用戈文这个"浪荡子"的负面形象突出了家庭空间的重要地位。戈文太太的家混乱、肮脏的厨房则直接说明了这些人何以脾气暴躁、性情乖戾。

> 来访的客人总是目不转睛地望着主人,装作并没有闻到三英尺之远的厨房烧菜的味儿;面对着无意中打开的小课室的人,装作没有看见里面的瓶瓶罐罐;薄薄的一层帆布将房间隔成两半……另一边男仆与女佣在大声嚷嚷,然而客人却装作坐在古时代的静谧中。②

如果说家庭手册用一种客观的口吻告诫人们家应该是怎么样的,那么狄更斯等文人则利用文学虚构的手法,展现了"理想之家"与"混乱之家"的内部布置的差异,同时深化了家的品格与个人品格之间的关联,无形中也对大众起到了教化作用。

食物与身份的关系在 21 世纪的读者看来并不陌生,就"人如其食"(We are what we eat)四个字至少有两层意思,其中一层是文化层面的。我们一说起某些食物常常就会想起某个特定的国家或人群,如饺子与中国、寿司与日本、葡萄酒与法国,等等。在 16 世纪,北意大利人将西西里岛人(Sicilians)称作"通心粉食者"(macaroni eaters);在 19 世纪,爱尔兰人也被英格兰人称作"土豆族"。此外,不同宗教也有各自食物的禁忌和偏好,如伊斯兰教信奉者不食猪肉,印度教信奉者不吃牛肉等。尽管食物与身份之间的关系并非一成不变的,但不可否认,二者之间总是有一定的联系。③

---

① 〔英〕查尔斯·狄更斯:《我们共同的朋友》,第 281 页。

② 〔英〕查尔斯·狄更斯:《小杜丽》,第 429 页。

③ See Peter Scholliers, "Meals, Food Narratives, and Sentiments of Belonging in Past and Present". Peter Scholliers ed., *Food*, *Drink and Identity: Cooking*, *Eating and Drinking in Europe since the Middle Ages*. Oxford: Berg, 2001, pp. 3−5.

这四个字的另外一层意思则是生理层面的。小说《我们共同的朋友》中提到的朗姆酒也好，潘趣酒也罢，这些食物既是英国的，也是不同于贵族阶层的中产阶级文化的。狄更斯笔下对家庭日常生活的描写，尤其是对食物的描写构成了其写作的一大特色。对食物的质地、气味、烹饪方式和场所以及进食的氛围，他都进行了细致的描绘，或嘲讽，或赞美，从来都是不惜笔墨。狄更斯大费周章、不厌其烦地对食物进行如此详细的刻画，而维多利亚时期的读者并未因此而感到厌烦，一方面要归功于狄更斯在叙述中插科打诨的幽默手法之引人入胜，另一方面还和这个时期的人对生理学和体质学的认识有一定的关系。食物不会直接成为人体的一部分，但它却直接为人体所吸收，间接成为人体的有机组成部分。哲学家尼采认为，个人之间的情感、品味之所以不同，与个体之间生活方式、营养摄入、消化情况的不同以及血液和大脑中无机盐含量的多寡有关。[①] 简·本尼特在《有生气的物质：物的政治生态学》（*Vibrant Matter: A Political Ecology of Things*）中提到人类对于食物的理解是很有限的。在生物学家那里，它不过是我们能量所需；而在社会学家那里，食物也只是一种文化仪式，但在 19 世纪，不同食物的摄取被认为会对个人品质和民族品格产生影响。"食物进入我们的身体，成为我们的一部分。它影响着我们的情绪、认知和性情。在我们决定吃什么，怎么吃和何时停止进食的时候，它还影响着我们的道德情感。"[②] 也就是说，食物以及进食地点和方式在一定程度上决定了一个人是什么样的人，食物并非只是被动的，它还可以成为主动的影响者（player）。

狄更斯通过对不同家庭的几次餐宴的描写，对上层社会虚伪做作、铺张浪费的作风进行了无情的讽刺，同时他又不失时机地对普通家庭的餐会进行了生动描写，刻画了简朴、舒适和其乐融融的中产阶级家庭聚会场面。家庭日常生活是平凡的，但也是最能代表中产阶级文化品位的。在斯蒂芬·茨威格看来，狄更斯是中产阶级的象征，他的伟大之处在于将艺术性与英国的传统和时代精神完美地融合，对家的热爱充分体现了狄更斯对中产阶级生活"平淡中潜在的诗意"的赞美。[③] 狄更斯的小说对文尼林和威尔弗家里聚餐的描绘，展示了两种截然不同的家庭观。在社会的转型期，作为维多利亚时期最有影响力的作家之一，狄更斯的小说也在无形之中巩固了中产阶级家庭理念。因为比起一些矫

---

① See Friedrich Nietzsche, *On the Genealogy of Morals and Ecce Homo*, trans. Walter Kaufmann and R. J. Hollingdale. New York: Vintage, 1969, p. 130.

② See Jane Bennett, *Vibrant Matter: A Political Ecology of Things*. Durham and London: Duke University Press, 2010, pp. 42—51.

③ 〔奥〕斯蒂芬·茨威格：《狄更斯》，刘白译，赵炎秋编选，《狄更斯研究文集》，陈众议主编，《外国文学学术史研究》，南京：译林出版社，2014 年，第 25～33 页。

揉造作、附庸风雅的上层社会的家庭观念（如文尼林之家），以威尔弗之家为代表的家庭理念无疑更具有吸引力。家庭是维多利亚时期最为重要的概念，中产阶级在家庭文化上所体现的优越性无疑也促进了人们对其文化领导权的认同。

当然，我们也应该看到，维多利亚时期的"家庭"观念并非一成不变的，在不同的时期或在同一时期的不同作家笔下，也会有所不同。就在狄更斯极力倡导厨房应该是精神的场所，厨房的味道不该进入其他场所的时候，与他同时代的盖斯凯尔却在《妻子与女儿》（*Wives and Daughters*）一书中，通过滑稽可笑的吉普森太太坚决抗议吉普森先生将奶酪味道带入客厅的行为，讽刺了这种只重视形式，忽略个人实际情感需求的做法。即便在狄更斯的小说中，逐渐成为主流的中产家庭文化也并非总是和睦而美好的，如《大卫·科波菲尔》中大卫与朵拉的婚姻和《远大前程》中郝薇斯的无疾而终、抱残守旧的婚姻以及皮普的择偶标准在某种意义上都是一种失败。即便在和谐、温馨的威尔弗一家里，威尔弗先生和威尔弗太太之间也有着不可逾越的鸿沟，但正如葛桂录先生所说，在质疑和批判这些家庭关系的背后，隐藏的却是对建立真正的中产阶级家庭理念的深深的忧思，其最终归宿仍是建立理想的家园。① 维多利亚时期是现代家庭价值观念形成的重要时期，而这一切都离不开这些关注个人成长和社会变革的文人的讨论。他们的观点或许有分歧，小说提供了相互交换意见的场所，最后却是殊途同归——一切都是为了构建一个美好的"英国之家"。

小　结

"家庭理想"在很大程度上是一个希冀获得普遍性和统一性的雄心勃勃的意识形态，那些具有强烈道德意味和指导作用的家庭手册和报纸杂志固然可以快速指导人们如何进行家庭布置，一定程度上强化了人们对家庭理想的认识。然而，我们知道，"家庭理想"是中产阶级的道德规划，好的消息的传播，却不能保证大众必然接受。规范性的家庭理想与描述性的家庭理想也常常背道而驰。正如乔斯和列维森所说，贵族对中产阶级训导的冷漠，是一个十分棘手的问题。② 晓之以理固然必要，但若能动之以情，就能有更广泛的影响力。维多

---

① 葛桂录：《英国文学研究的学术历程》，陈建华主编，《中国外国文学研究的学术历程》，重庆：重庆出版社，2016年，第361页。

② See Karen Chase and Michael Levenson, *The Spectacle of Intimacy: A Public Life for the Victorian Family*, p. 6.

利亚文学家庭内部布置和食物的描写，看似中立、客观，实则充分利用维多利亚时期人的"敏感的"（sensitive）神经，让其在不经意之间接受中产阶级家庭文化，贬抑传统的贵族家族观念。

在维多利亚时期，小说不仅具有娱乐性，更重要的是，它还被赋予引导世人的使命。印刷术的发展和图书馆的开放，让当时的小说就像 20 世纪的电视和 21 世纪的互联网一样，具有强大的传播功能。维多利亚时期文学中关于家庭的书写，既与个人主义和人们对情感私密性的需求有关，同时也与中产阶级建立独立于旧的政治、经济体系的夙愿有密切关联。所以，小说中关于家庭细节的书写反映了时代的需求，但同时它也对判断两个统治阶层文化孰优孰劣的人们暗加影响。从这个意义上讲，维多利亚时期文学中关于家庭琐碎事务的书写并不只是被动地反映现实，它还可以能动地反作用于现实，影响着人们的判断，具有重要的塑形作用。但文学与家庭手册不同的是，后者带有教导的意味，而前者却可以在不知不觉中灌输一种价值理念，让读者在认可一种家庭文化的同时，认同这种文化的代言人。当绅士的房子被看作"在任何层面，都是更好的那类人的方便而舒适的英国住所"①的时候，英国社会很自然地就分化为上层与底层了，同时也将劳苦大众的房子排除在外了。

总之，维多利亚中期这些小说关于家庭布置和餐桌文化的书写，既是对当时盛行的家庭文化的反映，同时也是参与塑造家庭文化观念的路径，在客观上巩固了中产阶级的文化领导权。"家庭"话语的作用除了体现在中产阶级与贵族之间文化领导权的博弈上，还体现在对社会底层的规范上。

---

① Robert Kerr, *The Gentleman's House*, p. 1.

第二章 "家，甜蜜的家"：工业革命中的家庭隐喻

在维多利亚时期中产阶级的叙述里，贵族的宫殿并不是真正意义上的"家"，无论是从物理空间，还是从情感上看，它们都不过是冰冷的建筑，是又一代奢侈之人挥霍和炫耀的场所罢了。与此同时，工人阶级的家由于男主人和女主人的缺位，加上经济的拮据，常常呈现出脏乱无序的局面，所以难以称得上是"真正的家庭"（true domesticity）。关于穷人家庭的描述，在当时许多社会分析家的笔下都有记载。但狄更斯和盖斯凯尔等不少文人却做了不同的尝试，在暴露穷人之苦的同时，他们更希望能借手中之笔唤起上层对下层的同情或减少穷人对富人的仇视，这一点在他们对普通大众的家庭日常生活进行再现的时候，表现得尤为突出。

第一节 工业革命的社会背景及小说创作

19 世纪 30 年代到 40 年代是英国历史上的多事之秋，这个时期也被称作"动乱的年代"（Time of Trouble）①、"饥饿的四十年代"（the Hungry Forties）。事实上，在英国发展史上，不只出现过一次动乱，唯独这个时代以"动乱"之名冠之，可见其自有不同寻常之处。任何历史时期的社会动乱并非孤立存在，它常常与社会的进步、思想的变革齐驱并进。1830 年，世界上第一条以蒸汽发动的公共铁路线——利物浦和曼彻斯特铁路投入使用（英国首条铁路的应用几乎与这个国家的议会改革同步）。从此，英国的铁路修建工程便进入了迅速发展阶段。截至 1850 年，共有 6621 英里铁路线连接英国主要城市。铁路的通行让成千上万的英国民众有了更多与外界接触的机会，自然也让

---

① See Stephen Greenblatt ed. , *The Norton Anthology of English Literature*, Volume E. *The Victorian Age*. New York: W. W. Norton & Company, Inc. , 2006, pp. 982-983.

他们有机会了解现行政治体制的不合理之处。工业革命的浪潮之下，产生了许多像曼彻斯特这样的新兴工业大城市，但英国选举体系仍然十分古老和陈旧，几乎没有这些城市的议员席位。除了上层建筑内部出现矛盾，在经济领域方面更是危机四伏：粮食歉收、高失业率、底层人民生活极度贫困以及各种暴动事件频出不穷——一场更大的社会事件似乎蓄势待发。

一、贫穷的"罪恶"

对于贫穷的本质的探讨，离不开对财富本质的讨论。不平等是人类社会的永恒命题，但在不同的历史时期，对于不平等的存在之合理性的阐释也不尽相同。在前工业时代，神学观点有力论证了贫富分化的合理性。"伟大的存在之链"认为，一个人的位置是先定的（predetermined），贫穷与富裕都是上帝安排好的。财富是罪恶的，贫穷是上帝对个人的考验，一个人愈能接受贫穷与困苦，愈能证明上帝对他的眷顾。无论是西方的宗教还是东方的宗教，都将经受苦难视作精神超脱的至高境界。在古老贵族社会的金字塔等级结构里，下层人民服从上天的安排，对统治者俯首称臣，上层阶级则有义务照顾、保护穷人，统治者与被统治者之间是传统的"家长制"关系。

到了19世纪，随着人们对自然的认识、个人主义思想逐渐成熟，当个人被抬到前所未有的高度的时候，其负面影响也显而易见了：个人必须为自己的一切行为负责，贫穷不再是上帝的安排，而是个人的无能和散漫所致，因此是该遭到唾弃的。在19世纪的论著里，我们可以找到许多摒弃穷人的话语。传教士利用太平洋世居民族的修辞来诊断全国范围的社会行为，在他们看来这些工人阶级和那些世居民族一样，是低等的，未开化的。在这个时期的主流话语里，贫富不平等不再被看作是天定的，也不是社会或政府造成的，它与个人道德好坏有关。马克斯·韦伯的《新教伦理与资本主义精神》深刻地揭示了财富观的转变，以前财富是罪恶的，如今只要获取财富的方式是合理的、合法的，就无可厚非。人们可以通过自身的勤劳、节俭等优秀的品质获取财富，财富成了美德的标志；相反，贫穷的根源在于个人品德的缺陷，它是个人懒惰、持家不善等不良品质造成的，是罪恶的。

在这样的状况下，贫穷成了邪恶的化身，许多富人对穷人之苦熟视无睹，穷人则憎恨富人的冷漠自私，随着贫富差距的扩大，二者之间的仇恨也越来越深。当时的社会学家梅修也指出："公众对于穷人的了解，甚至不如对地球上最遥远的部落的了解多。"① 刚刚过去不久的法国大革命的阴影仍萦绕在英国上空，英国的许多仁人志士对此不可能无动于衷，他们用手中的笔将自己的思考有理、有据地公之于众。18 世纪英国的一系列改革给当时的文人提供了发表舆论的场所，他们通过文学、政论或报告等各抒己见，不同的意见相互碰撞，为实现和平变革，避免流血冲突奠定了基础。在这场讨论中，托马斯·卡莱尔（Thomas Carlyle）的《法国大革命》（The French Revolution）的影响可谓极其深远，狄更斯的《双城记》就受到了这本书的启发。尽管文人中有不少激进分子，但大多数文人都害怕法国大革命式的残暴，在他们看来，这场革命也并未带来真正的共和。他们无意颠覆现有制度，而是坚持"渐变式"的社会改良方针，修补社会体系中的不足。在此期间，文学，尤其是广受欢迎的小说发挥了应有的作用。

二、"英格兰状况"小说

19 世纪英国政治能进行改良的原因是多方面的。首先，1688 年的"光荣革命"为资产阶级在 19 世纪进一步夺得文化领导权奠定了坚实的基础。此外，兴起于 18 世纪末、兴盛于 19 世纪的小说也在一定程度上参与了和平话语的构建。印刷术的发展让阅读成为一种重要的教育方式和娱乐方式，这一切使得小说中倡导的宽容、博爱的理念进入维多利亚时期的家庭私人领域，滋养着千千万万的英国人。一方面它可以在一定程度上让工人远离酒馆、集会等曾经帮助资产阶级取得政权的场所，正如伊格尔顿所说：

> 维多利亚时期的英国，鼓励工人阶级男性和女性通过阅读培养他们超越自身处境的同情心。一方面，阅读可以培养宽容、理解和政治稳定；另一方面，人们可以通过这种方式丰富自身体验，在一定程度上弥补了无生气的生活的不足。这也可以防止他们探索自己受压迫的原因。对于文化委员们而言，阅读可以替代革命，这么说一点也不为过。②

另一方面由于小说在当时的重要地位正如 20 世纪的电视和 21 世纪的网络一样，在人们生活中必不可少，因此也是中产阶级获取新知和进行娱乐的重要手段之一。小说家也试图利用文学参与社会讨论，启迪、感化甚至警示中产阶级要看到潜在的社会威胁，从而采取相应的措施。

---

① See James Eli Adams, *A History of Victorian Literature*, p. 147.
② Terry Eagleton, *The Event of Literature*, p. 63.

面对这个时期的动乱，"英格兰状况"小说（亦称作"工业小说"或"社会小说"）应运而生。在狄更斯、查尔斯·金斯利（Charles Kingsley）、伊丽莎白·盖斯凯尔（Elizabeth Gaskell）和本杰明·迪斯雷利（Benjamin Disraeli）等作家笔下均有相关的描绘。这几位作家的侧重点不尽相同。在金斯利的《奥尔顿·洛克：裁缝与诗人》（*Alton Locke: Tailor and Poet*）中，工人劳动条件的恶劣得以充分的揭示，但作者更关注工人阶层如何在不失去自尊的前提下，得到中产阶级的认可，即通过反思工人的行为、自律等问题探讨社会分裂的实质。这种对"真正的绅士"的讨论，从根本上说仍是中产阶级式的，而非工人阶级式的。[①] 而迪斯雷利的名著《西伯尔，或者两个民族》（*Sybil, or Two Nations*）深刻批判了当时英国贫富分化的现状，同时与他早期的作品一样，体现了作者对贵族爱恨交加的矛盾态度。金斯利对工人运动抱有同情态度，迪斯雷利则受卡莱尔的影响，担心这种运动蔓延至社会各个角落，引起社会不稳定，因而呼吁统治阶层采用"家长制"管理，关心下层，避免工人暴动。二者都是以工人工作环境为控诉对象，狄更斯和盖斯凯尔则看到了劳资矛盾更复杂的一面，两位作家还将视点从革命的现场转移到家庭私人领域，表面上看是一种退缩，实则"以退为进"，从维多利亚时期的人所熟知的家庭日常生活的点点滴滴开始，试图通过对远离冲突的私人领域的书写，达到缓和社会矛盾的目的。

在维多利亚时期的小说家中，没有哪位作家像狄更斯那样着迷于中产阶级的家庭生活。如果说莎士比亚是英国英雄的象征，那么狄更斯就是中产阶级的象征：他能将人们对爱到极点的家的热爱继续推进。[②] 无论在狄更斯还是盖斯凯尔笔下，家不仅是家庭手册里赞美的对象，它还是一种重要的修辞。英国是那个时期唯一没有经历 1848 年革命阵痛的国家，这两位作家与当时的许多文人一样，都无意推翻现有体制，他们希望进行一场"渐进式的变革"：希望能通过小说回应社会问题，缓和社会矛盾，从而修正和改良现行秩序，使之继续行之有效。在《圣诞颂歌》（*Christmas Carol*）和《玛丽·巴顿》（*Mary Barton*）中，两位作家都避开冲突现场，以"家庭"作为重要的修辞，或以普世的价值理念呼吁大众回归家庭、热爱家庭生活；或通过对工人家庭生活的描写，感化人心，让所谓的"两个民族"之间的理解成为可能。

---

① See James Eli Adams, *A History of Victorian Literature*, p. 110.

② 〔奥〕斯蒂芬·茨威格：《狄更斯》，刘白译，赵炎秋编选，《狄更斯研究文集》，第 27～33 页。

第二节 《圣诞颂歌》:"家庭"、圣诞节与国族想象

在文学史上,狄更斯不是第一个称颂圣诞季的作家。早在 19 世纪 20 年代前后,美国作家华盛顿·欧文(Washington Irving)的作品里就有 4 部关于英国古老的圣诞传统的作品,这些故事都深深地吸引着狄更斯。和欧文一样,狄更斯也相信,对圣诞节传统的追忆可以恢复现代社会丧失已久的和谐与美好。[①] 一方面《圣诞颂歌》是对当时存在的社会现实的反映,反映了人们对圣诞节的追求,反映了社会贫富阶层分化;另一方面,小说在某种程度上也重塑了维多利亚时期的人对圣诞节的看法,使之成为"小市民最盛大的节日"[②]。在狄更斯笔下,圣诞节不仅是宗教的节日,它更是家庭的节日,是举国同庆的民族节日,书中提到的许多庆祝方式成为当时人们竞相追捧的习俗,从这个意义上说,狄更斯的确是"创造"了西方现代圣诞节。

一、现代圣诞节之"英国性"

从内容上看,这部小说的故事情节并不复杂。小说仿照童话的写法,主要讲述了关于视财如命的老吝啬鬼史刻鲁挤如何通过三个鬼魂的引导,改邪归正,从一个自私、冷漠的人变成一个有同情心的人。在圣诞前夕,史刻鲁挤看到了之前的生意伙伴马莱的鬼魂。马莱戴着挂满各种与金钱相关的物质制造的镣铐——账簿、银箱和钱袋等,警告史刻鲁挤要听从之后的三个鬼魂的建议,否则他死后的结局比他还惨。随后,依次在过去、现在和将来三个圣诞鬼魂的带领下,史刻鲁挤重温了童年时代的自己与家人和雇主相亲相爱的场面,回到了当年未婚妻因他视财如命而与他分手的情景,看到了如今她家里的幸福情景;接着又到了其乐融融欢度节日的鲍伯一家,他们也因最小的孩子蒂姆的病情而染上了一丝淡淡的忧伤;最后史刻鲁挤又听到了在自己的葬礼上大家对他的消极评价,无一人为他的死而难过。在三界鬼魂的引导下,史刻鲁挤大受触动,从圣诞前夜起决心要洗心革面,一改往日的自私自利的吝啬鬼形象,从此变得充满友爱和同情心。

---

① See Penne L. Restad, *Christmas in American: A History*. New York & Oxford: Oxford University Press, 1995, p. 137.

② 〔俄〕卢那察尔斯基:《论欧洲文学》,第 412 页。

这部被看作是狄更斯标志性的作品，不仅仅在于它讲述了一个自私的人变得友善的故事，更重要的是，它几乎"创造了"现代意义上的圣诞节，在现代圣诞文学中具有不可动摇的地位。① 在《圣诞颂歌》里，狄更斯可谓牢牢抓住了维多利亚中期圣诞节复兴的"时代精神"（zeitgeist），影响了现代西方圣诞节的诸多传统，让圣诞有了新的含义，如家庭聚会、圣诞季和舞蹈等充满节日气氛的活动，正如佩尼·L. 雷斯塔（Penne L. Restad）所说："狄更斯用全新的方式表述了圣诞节的本质。"② 总之，狄更斯对圣诞节的特殊表现手法，让他从此与现代西方圣诞节紧密联系在一起。

关于圣诞节的庆祝，虽然各地的方式略有不同，但早期都属于宗教仪式范畴。这一天的记载最早可以追溯到《圣经》里耶稣在伯利恒诞生的那一天。作为基督教最重要的节日之一，其早期的许多仪式中有很多因素是源自异教徒的。英文中的圣诞节——"Christmas"一词由两部分组成，前半部分"Christ"有"基督、诞生"之意；后半部分"-mas"则指"弥撒"。历史上对圣诞节的起源有不同的看法。其中较多人认为，这一天本来是向太阳神表示敬意的，但到了公元400年左右，罗马帝国为了争取尽可能多的教民，便也开始庆祝圣诞节，但前提是必须相信这一天是为了纪念耶稣这位创造太阳的神。

与所有的节日符号一样，在不同的历史时期，随着物质的变化和思想的不同，圣诞节的庆祝方式及其所承载的意义也不是一成不变的。作为西方最重要的节日，这个节日本身的历史，就是西方宗教史和鲜活的社会史。中世纪以后，圣诞的宗教意味更加浓重，庆祝的仪式多与教会有关，不仅要举行圣诞弥撒或圣诞礼拜，有条件的教堂还会演出有关耶稣的戏剧。同时它也更加世俗化。在这一天，农民与农场主交换礼物，国王也会设宴款待骑士。

在圣诞节的各种庆祝仪式中，唱圣歌是很重要的一种庆祝方式。最早的圣诞颂歌可以追溯到公元400年左右的罗马。到了公元900—1000年，北欧的修道院引进圣诞序曲，公元1200年左右，亚当·维克多（Adam Victor）从民间歌曲里提取音乐因素，从这个时期开始，传统意义上的圣诞颂歌就诞生了。1426年约翰·奥德莱（John Awdlay）列出的25首圣诞歌是英国最早的赞歌，这些歌当初很可能只是供祝酒歌手挨家挨户吟唱之用。而我们所知道的颂歌早期则主要是为人们在庆祝丰收和圣诞节等公众场合而使用的。颂歌在教堂里演唱，则是比较晚的事情了。

① See Paul Davis, *Critical Companion to Charles Dickens*. New York: Facts On File, Inc., 1999, p. 66.

② Penne L. Restad, *Christmas in America: A History*. New York: Oxford University Press, 1995, p. 137.

颂歌在教会改革后的新教里比较盛行,马丁·路德本人就曾创作了不少颂歌并鼓励人们在敬神的时候使用。到了 19 世纪,随着印刷术的发展,圣诞节歌曲本也得以广泛的流传,这也促进了颂歌在民间的传播。其中,《一些古老的圣诞颂歌》(*Some Ancient Christmas Carols*)和《圣诞颂歌集》(*Christmas Carols Ancient and Modern*)都深受人们的喜爱。1871 年的《古今圣诞颂歌》(*Christmas Carols,New and Old*)对维多利亚时期颂歌的复兴起到了关键的作用。[①]

现代意义上的圣诞节主要确立于 19 世纪中期,尤其是在英国。在一些人看来,这个节日甚至就是狄更斯"创造的",尤其是在《圣诞颂歌》面世以后。狄更斯对圣诞节庆的兴趣,早在《圣诞颂歌》之前的几部小说里都有所体现[1835 年发表在《贝尔周报》(*Bell's Weekly Messenger*)上的《圣诞节庆》(*Christmas Festivities*)以及《匹克威客外传》里的《偷教堂司事的妖精》("The Story of the Goblins who Stole a Sexton")]。而《圣诞颂歌》这部小说的巨大成功由许多内在和外在的因素促成。从外部原因上看,从 19 世纪初开始,圣诞季在英国逐渐兴起。19 世纪 30 年代到 40 年代期间的牛津运动促进了与圣诞有关的传统宗教仪式的复苏,而维多利亚女王和阿尔伯特王子两名具有重要影响力的公众人物在庆祝圣诞时引入了德国的圣诞树,英国民众竞相效仿,逐渐成为习俗。女王的推动,圣诞歌的流行,使圣诞节的庆祝逐渐成为当时的风气。[②] 在《圣诞颂歌》这部小说里,狄更斯更是抓住了时代精神,对圣诞季进行淋漓尽致的描绘。

从内部看,正如上文所说,小说幽默、轻松,同时弘扬一种善的理念。狄更斯在小说中提及的各种食物甚至成为当时人们在庆祝圣诞节的时候竞相效仿的一种时尚。而对这个节日里蕴含的人文关怀,植入的友爱、互助和同情等价值理念很大程度上影响了后来人们对圣诞节意义的理解。难怪后来有人在过圣诞节的时候感谢的不是圣诞老人,而是感谢狄更斯重新点燃人们对这个节日的热情。

> 我来祝大家圣诞快乐。一百多年前,英国人几乎忘记了圣诞精神。他们只想着如何受人尊敬,如何多赚钱,穷人遭到压迫,关于美和善的圣诞传统也被弃之不顾。直到一个伟大的人物——查尔斯·狄更斯出现了。他出身贫穷,却有着一个爱穷人的心,并让所有的人都明白,要想成为基督徒,就要快乐和慷慨大方。当我回到英国的时候,颂歌也与我同行:贫苦

① https://en.wikipedia.org/wiki/Christmas_carol. May 27,2017.
② See Sally Mitchell, *Daily Life in Victorian England*, p. 230.

而有耐心的人在艰难的时候依旧记得，而那些聪明的、时髦的和有权势的则早已将之抛到九霄云外了。①

虽说圣诞节的"崛起"与狄更斯的小说有一定关系，但若就此说他"创造"了这个节日，不免有些言过其实。毕竟，《圣诞颂歌》面世之际就能得到维多利亚时期的人的追捧，至少说明人们对圣诞节早已有所期待。而且，上文也曾提到，在《圣诞颂歌》之前的一部小说《马丁·瞿述伟》不太畅销，为了重新获得读者的喜爱，狄更斯下了不少功夫。对圣诞节意义的重新挖掘，在某种程度上可以看作是他为了迎合当时读者口味所做的一种努力。同时，这也是他对两年前维多利亚女王庆祝圣诞节活动的一种回应。那么，狄更斯笔下的圣诞节究竟有怎样的特殊含义呢？

现代意义上的圣诞节，最显著的特点是成为一个家庭团圆的重要节日，这个意义在狄更斯笔下得以凸显。首先，在《圣诞颂歌》中，节日的宗教意味淡化，家庭气氛加强。记者出身的狄更斯对大众有着敏锐的观察力②，他的伟大之处，不仅在于他意识到了维多利亚时期的人对圣诞节这样具有民族意义的节日的渴望，还在于他在小说中融入了另一个元素——维多利亚时期的人对家庭亲密关系的向往，并使这个传统节日与家庭理想相结合。

家庭成员作为家庭的中心，在《圣诞颂歌》中，圣诞节也是以他们的团聚为目的。在史刻鲁挤看到的与现世相关的几个场景中，无论是在描写史刻鲁挤前未婚妻的时候还是在描写鲍伯的时候，展现在读者眼前的尽是其乐融融的家庭场面：

> 他们的父亲回家来了，带着一个背着许多圣诞节玩具和礼物的人。于是，那一阵子大喊大叫，大吵大闹，大抢大夺那手无寸铁的脚夫啊！那一阵子用椅子当作梯子，爬到他的身上，深入他的口袋，搜刮他的棕色的纸包，紧紧抓住他的蝶形领带，搂住他的脖子，用拳头擂他的背，以抑制不住的热情踢他的腿啊！每一个包裹打开来的时候所引起的惊喜的呼声啊！③

这是典型的维多利亚时期的家庭场面：舒适的小屋，壁炉里的火呲呲作响，母亲带着孩子静候男主人的归来，之后便是一家相聚，子女打闹的亲密而欢欣的场面。

---

① See Mark Connelly, *Christmas: A History*, p. 42.

② 〔俄〕卢那察尔斯基：《论欧洲文学》，蒋路、郭家申译，天津：百花文艺出版社，2011年，第411页。

③ 〔英〕查尔斯·狄更斯：《圣诞颂歌》，第35页。

除了家人的亲密关系，家庭日常食物的制作和品尝也是这个节日的特色之一。关于圣诞食物的细致描绘是《圣诞颂歌》这部小说最大的特点之一。杜松子酒、柠檬、鹅以及布丁都是小说中不断出现的意象，它们与温馨、甜美的家庭生活气息完全融合在一起。① 写完食物的制作后，作者又用了大量的篇幅描写一家人如何享受节日的温馨，如具体描绘孩子们等待吃鹅的迫切心情，写克拉契太太如何切鹅、鹅的肥美、孩子们的满足，等等。尽管一家人的生活并不富裕，彼得为一周能赚到不到六先令的工资而兴奋不已，而穷学徒玛莎最大的愿望只是睡一个懒觉，但这一切都没有影响一家人的心情。正如奥莉芬夫人（Mrs. Oliphant）不无妒忌地评价道，没有人能像狄更斯一样"在一只火鸡里都能发现这么多的精神力量"②，食物制作的背后蕴藏的是平凡人物对日常小事的享受，透露出的是对本民族的自豪感。

食物是个人的，也是民族的。在狄更斯笔下，那些似乎可以熏陶人类灵魂的食物无一不是具有英国特色的，如上文提及的潘趣酒、朗姆酒，以及在《圣诞颂歌》中大肆描写的布丁的制作。③ 托马斯·赫维（Thomas Hervey）在对圣诞传统的描写中提到英国最特殊的圣诞食物就是葡萄干布丁（plum pudding）了，这一点是其他国家没法复制的。"果干布丁是民族性的食物，在不属于英国的地方很难盛行。在法国根本没有立足之地。"④ 在狄更斯笔下，这种布丁的气味是蒸布的味道，是邻家小作坊的味道，是家常的，它犹如务实、勤劳的英国人一般，是令人振奋的。在狄更斯笔下，布丁制作者克拉契太太那自豪的微笑里似乎蕴含着英国人对本民族文化的自信和骄傲。

在19世纪的圣诞节庆典里，与以往一样，仍有享用圣餐、唱圣歌和接济穷人的各种慈善活动。但同时，它的内涵已经发生了许多微妙的变化。其中最令人瞩目的是圣诞节符号中的家庭含义。虽然，在18世纪，圣诞节也和家庭祷告等活动有关，但它更多的是作为一种宗教性的节日。而到了维多利亚时期，圣诞节不仅仅是一种宗教仪式。在宽容、博爱和友谊等已有的价值观念上，它还承载着家庭团聚的含义。一方面，这和家庭在这个时期的凸显有关。随着核心家庭的建立和巩固，家成了维多利亚时期的人摆脱传统家族束缚，表达现代自我的重要场所。它是甜蜜的，是温馨的，是私密的，是远离资本主义政治和市场等公共领域的重要场所。在罗斯金笔下，它是一个"神庙"，具有

---

① 〔英〕查尔斯·狄更斯：《圣诞颂歌》，第 45~46 页。

② Margaret Oliphant，"Charles Dickens." Cited in John O. Jordan ed., *The Cambridge Companion to Charles Dickens*. Cambridge：Cambridge University Press，2001，p. 121.

③ 〔英〕查尔斯·狄更斯：《圣诞颂歌》，第 47 页。

④ Mark Cornnelly，*Christmas：A History*，p. 14.

宗教般的救赎意义。[①] 家对于维多利亚时期的人有着非同寻常的意义，它是文明的工具，是责任和顺从的标志，是可怕的暴民的对立面。家，甜蜜的家成了"著名的制度"，而圣诞节则是这种制度的最佳表达。[②] 家与圣诞节的联系似乎是天作之合。另一方面，随着工业革命的进程，许多人背井离乡，而铁路的发展带来交通的便利，也使得家庭团聚成为一种可能和期待。在当时盛行、创刊于1842年、以家庭为目标读者的杂志《伦敦插图新闻》（*Illustrated London News*）里可以找到许多关于19世纪圣诞节的主要概念，其中最为重要的一点就是把圣诞看作家庭的节日，家是英国最古老的文化表述，而圣诞节的魅力在于家庭成员的团圆。

狄更斯对于圣诞节的复兴的最大意义，就是用文学的手法，将家庭日常生活的因素融入其中。他的最大贡献不是"创造"了圣诞节，而是用符合维多利亚时期的人的情感的方式，将这个节日演绎得恰到好处。《圣诞颂歌》里幽默的话语，跨越过去、现在和未来三界的奇妙想象以及雅俗共赏的情节，恰如其分地让人们对这个节日的朦朦胧胧的感觉变得更加清晰起来。

二、"家庭理想"与民族统一

狄更斯在小说里并不只是被动地反映现实，这一点尤其体现在他对家的描写上。与他后期的作品相比，在《圣诞颂歌》里，狄更斯并没有太多描述穷人的疾苦，而是对和谐社会充满了乐观、积极的态度，认为不同阶层的人可以没有冲突地共同生活，穷人多些忍耐，富人多些包容，生活就会和谐而美好。在各种社会矛盾几近白热化的19世纪40年代，狄更斯的一曲《圣诞颂歌》不啻为一副缓和剂。对"甜蜜之家"的讴歌，一方面迎合了处于"动乱时代"的人们对和平、稳定生活的向往；另一方面，它也是对当时的社会文化语境的积极回应。

英国街头有许多流浪汉，在法国正是这些无家可归的人群成为社会暴动的主要分子，这也是许多中产阶级极不愿意看到的。造成流浪汉的原因有很多，但在许多社会学家看来，首当其冲的则是缺乏舒适的家庭的滋养。在埃德温·查德威克（Edwin Chadwick）的《卫生报告》里，家庭舒适感的缺失被看作是导致工人游荡在街头或在酒馆集会的主要根源，家庭的失败成为导致个

---

① 〔英〕约翰·罗斯金：《芝麻与百合》，王大木译，桂林：广西师范大学出版社，2005年，第82页。

② See Mark Cornnelly, *Christmas:A History*, p. 11.

人的失败的根本原因。家庭被看作是决定个人健康和道德的场所，由于缺乏家庭生活节制，故而引发了自由的欲望和无源的激情，家庭成了社会道德堕落的罪魁祸首。亨利·梅修（Henry Mayhew）也说，在他对家庭进行调查的时候，街上、酒馆里都是人，而家里几乎空无一人。① 这些"无家可归"者不仅潜藏着颠覆社会秩序的因素，在查德威克看来，他们还对整个社会的健康构成威胁。因为他们不愿意回家，在外群居导致人口过度拥挤，以及男女老少同处一室，既败坏道德，也容易滋生各种疾病，甚至爆发许多让中产阶级闻风丧胆的瘟疫如霍乱。梅修在对都市贫困的详尽的论述中，发现了一个让中产阶级陌生的世界：英国的流浪者（Nomads）不在乎也不知道家庭快乐为何物；壁炉，对于所有的文明种族来说，都是至关神圣的象征，也是鼓励下一代培养优良品格的场所，但它对于这些街头小贩却毫无吸引力。②

对流浪汉的担忧源于更深的恐惧，那就是对法国大革命式暴动的害怕。对于维多利亚时期的许多英国人而言，法国大革命的阴影驱之不散，革命并没有给法国带来真正的共和，反而让全国陷入另一种混乱局面。英国的许多文人并不希望英国上演同样的事件。那么如何避免这种形势呢？在当时许多颇有影响力的英国的社会学家的记载中，贫富分化是造成社会分裂的重要原因，贫穷被看作是因为个人品德败坏造成的，而个人品德败坏则是因培养个人的重要场所——家庭——出问题了。如此推论下去，家庭便成了一切问题的根源。

如何减少这些"无家可归者"或"有家不归者"对整个社会稳定与健康造成的威胁，成了当务之急。此时已经很难说清究竟是指导手册、小说等对家庭的描写使得家庭变得重要，还是家庭本身的意义让市面上充满各种关于家庭的虚构或非虚构文本，观念与现实之间大多时候是相互作用的。但可以确定的是，"家庭"已然成为一种不可或缺的修辞。正如奇格蒙·鲍曼所说，对待这些"危险阶级"，必然要使用陈旧的但又屡试不爽的办法来匡正这一新的群体，即让他们"安居乐业"，融入社会。③ 维多利亚时期的社会观察家已经看到现代家庭的意义，它可以让难以控制和管教的"流浪汉"回归文明的管理制度，回归到家庭生活中。在维多利亚时期的社会学家的论述中已经隐含着对家庭的社会功能和政治功能的描述，并隐约感觉到看似远离政治经济的家庭可以作为一种现代制度，实现对疏离分子的管制。

---

① Cited in Mary Poovey, *Making a Social Body: British Cultural Formation*, *1830 − 1864*, p. 120.

② Henry Mayhew, *London Labour and the London Poor*, vol. 1. London: Griffin, Bohn, 1861, p. 43.

③ 〔英〕奇格蒙·鲍曼：《立法者与阐释者：论现代性、后现代性与知识分子》，第86页。

家是培养个人情感的地方，因此是私密的、内向的，但同时家又占据一定的物理空间，这决定了家也是一种社会建构。上层建筑可以利用改变家庭建筑的外部构造，对个人实施监管。当时的英国政府出于对城市卫生和公共秩序的考虑，的确对贫民窟和工人的家庭建筑采取了一系列变革措施，使得这个时期的底层百姓居住的房屋的格局发生了许多根本性的变化。其中最为显著的是在维多利亚早期和中期，住宅格局逐渐从"细胞式"和"混居式"（cellular and promiscuous）向后来的"开放的、胶囊式的"（open and encapsulated）住宅的改变。① 后一种格局改变了前者房子之间相通、背向大道的结构，改建后的房子彼此是独立的，而且全都面朝大街。这些房子如今不再是封闭在一个狭小的社区里，而是更为公开和开放，看似越来越私密化的家庭空间实际上却变得更为公共化了，当然也就更有利于政府的监管。

从工作中心到家庭中心的转移，既是社会建筑改革和资本流动的必然结果，也离不开文人对"家庭理想"的称颂，尤其是这种理想又和举国同庆的节日紧密联系在一起的时候。在"饥饿的四十年代"里，穷人与富人几乎被看作属于两个水火不容的"种族"。而在《圣诞颂歌》里，他们却相互谅解，相亲相爱。除了是家庭成员欢聚一堂的节日，在某种意义上，圣诞还是全国人民团结一致的日子，是一个具有民族统一意义的节日。在小说中，无论人们出生高贵还是低贱，无论他们平时是安逸还是劳碌，这一天对于所有的人都是平等的，是普天同庆的。狄更斯在这里传达了这样的信息：圣诞的快乐是精神上的享受，与物质多少没有必然联系，只要有一颗善良、感恩的心，穷人也可以安居乐业，把日子过得有滋有味，因此穷人无需羡慕富人；富人也应该慈悲为怀，不要因为太重视金钱利益，而忽略了人类最美好的情感。

《圣诞颂歌》这部小说早期进入中国的时候，没有得到应有的关注。但如果回到维多利亚时期的语境去挖掘这部小说为什么如此受欢迎，就会发现，正如唐娜·戴利所说：

> 查尔斯·狄更斯比其他作家更能传达维多利亚时期伦敦的社会氛围。他对人物和语言、社会背景以及贫富差距的敏锐观察使我们对他所生活的时代了如指掌。在这一点上，没有任何历史学家和记者可以与其媲美。②

---

① See M. J. Daunton, "Public Place and Private Space: The Victorian City and the Working-class Household". Barbara Miller Lane ed., *Housing and Dwelling: Perspectives on Modern Domestic Architecture*. New York: Routledge, 2007, p. 128; E. M. Forster, *Howards End*. Alistair M. Duckworth ed., Boston & New York: Bedford Books, 1997, pp. 55—56, 63.

② 〔美〕唐娜·戴利等著：《伦敦文学地图》，上海：上海交通大学出版社，2011年，第86页。

狄更斯的写实精神源自他丰富的人生经验，更源自维多利亚时期文人改良社会的殷切希望，正如王佐良先生所说，狄更斯不仅是大众的娱悦者，还是社会的良心。[①] 的确，从《圣诞颂歌》中我们就可以看到，狄更斯敏锐地把握了时代的气息，既顺应了圣诞颂歌自身发展的趋势，又迎合了读者的口味，同时参与了国家的团结与和谐的话语建构。这或许可以解释为什么这部作品出来之后无论在出版业还是在银屏之上，都深受人们的喜爱。而美国内战之后对《圣诞颂歌》这部小说的重新挖掘，也从另一个维度说明了圣诞节对民族认同的重要性。

作为西方最重要的传统节日，圣诞节承载了丰厚的历史文化，是民众的精神信仰、审美情趣和消费方式的集中展示日，是民族情感的积淀和价值观念的呈现。在欢庆民族的文化节日中，人们感怀历史，体味文化，潜移默化中产生了与所属民族和群体的情感依存和身份归属，民族认同便在这种深刻的历史和文化的记忆中得以形成和强化。与那些使用数据和图标的社会问题分析家不同，维多利亚时期的文学家诉诸情感，用文学性的语言激起人们对家庭生活的热爱。在狄更斯的《圣诞颂歌》里，无论贫穷还是富有，家庭生活总是充满甜蜜的，通过对史刻鲁挤之前的未婚妻一家和鲍伯一家庆祝圣诞节的家庭场景的细致而生动的描绘，家庭生活的乐趣和吸引力跃然纸上。狄更斯用这种普天同庆的方式，让生活在水深火热之中的穷苦百姓看到了希望，同时也唤起了富人心中的怜悯和宽容。狄更斯的小说并非只是被动地反映了当时圣诞节的庆祝方式，他用生动的笔墨，将家、国和圣诞节巧妙地联系在一起，巩固了维多利亚时期的人对英格兰共同体的想象。

第三节 《玛丽·巴顿》："家庭理想"的破灭与重建

如果说狄更斯以爱和同情为基点，用圣诞颂歌歌颂宽容、博爱的人文情怀，进而构建民族和谐、统一的理想，那么与他同时期的女作家伊丽莎白·盖斯凯尔则在《玛丽·巴顿》（Mary Barton）中通过对穷人日常生活的细致描绘，看到其作为"人"的存在，同时在点点滴滴中书写这个阶层的绝望和无奈，从而唤起中产阶级的良知，鼓励他们采取相应的改革措施，达到缓和社会矛盾的目的。正如桑德斯所说，《玛丽·巴顿》的特点不在于其政治分析或给社会问题提出什么药方，而在于它细致入微的观察，最重要的是，它展示了一

① 参见王佐良：《英国散文的流变》，第182页。

种截然不同的生活方式和感知方式。[①] 这一点尤其表现在她对穷人家庭日常的描写上。

一、"穷人之家"的家庭日常生活

小说开始的前四章，主要讲述了巴顿和老爱丽丝两个家庭，其中有大半的篇幅都在描写两个家庭的内部布置和茶会的准备细节。这样的选择绝非偶然。小说通过两名持家女性，找到了工人和工业资本家之间共通的地方，从而回应当时盛行的穷人与富人属于"两个不同种族"的观点。

（一）温馨的"工人之家"

在工厂生意还比较景气的时候，工人阶级的家庭与中产阶级家庭一样，是舒适而干净的。巴顿太太作为女主人在家庭里有重要的影响力，这一点尤其表现在家庭布置上：

> 那屋子还算宽大，布置得也相当舒适。你走进房来，右面是一个狭长的窗户，配着宽阔的窗栏，窗户两边挂着蓝白相间、棋盘花纹的窗帷，现在全给拉上了，让老朋友们可以在屋子里安闲地欢乐团聚。……火炉和窗户中间的屋角里有一只碗橱，里面装满了杯碗盘碟之类，还有许多说不出名字的东西，旁人会以为一些也没有什么用处——譬如说，垫在刀叉下以免弄脏台布的那种三角玻璃片之类的东西。可是巴顿太太对她这些碗盏家具一定十分看重，因为她把碗橱的门敞开着，不自禁地带着一种顾盼自豪的神气。[②]

尽管维多利亚时期是以金钱和利益为中心的政治经济学的当红时期，工业革命和对外殖民给英国带来了源源不断的财富，但也正因如此，维多利亚时期的人试图让家庭远离资本主义市场和贸易等公共领域，赋予这个私人领域精神性和宗教性的特征。在家庭布置上，典型的维多利亚家庭喜欢把家里摆得满满当当的，但同时不可透出任何炫耀物质的因素，摆设要充满趣味和想象力，尤其是体现在家具的陈设上。除了上述的碗橱别具一格，桌子上还放着具有异国风情的日本漆茶盘，屋子里的颜色与大茶叶罐相映成趣，墙上的图案也恰到好处。维多利亚时期的"两个领域"之说盛行，"家庭崇拜" 　　（cult of

---

① See Andrew Sanders, *The Short Oxford History of English Literature*. Oxford: Oxford University Press, 2000, p. 411.

② 〔英〕伊丽莎白·盖斯凯尔：《玛丽·巴顿》，第17页。

domesticity) 在很大程度上就是以"女性崇拜"（cult of womanhood）为主，家庭布置的方式甚至喻示了女主人的品格。正如霍布斯鲍姆所说："家具还不仅仅是为了使用，不仅仅是主人的地位和成就的象征，家具还有其内涵，表达了主人的个性，表达了资产阶级生活的现状和打算，同时也表示它们还能对人生产潜移默化的影响。"[1] 从这个角度上看，工人家庭出身的巴顿太太在家庭布置上显示出来的品位与格调，与当时的中产阶级女性并没有本质区别。

即便在经济相当拮据的爱丽丝家里，也挂着棋盘格花纹的帷幔，屋子收拾得一尘不染。[2] 虽然穷得都找不到像样的三把凳子，但爱丽丝却可以巧妙地通过简单的组装，临时搭建，菜盘不够，就用茶托代替，尽可能节省开支，在物质条件极度有限的情况下，仍能将家庭茶会举办得有声有色。可以看出，爱丽丝完全具备中产阶级所称颂的女性身上那些优秀的持家能力。通过对家庭日常生活细节的描述，一位善于持家的维多利亚女性形象跃然纸上。

在爱丽丝和巴顿太太的家庭布置中，每一个细节都体现着中产阶级家庭观里提倡的温馨、舒适和整洁等价值理念。工人阶级和资本家，看似完全不同，过着不同的生活，有着不同的风俗习惯，但这种差异并非本质的不同。在经济条件许可的情况下，工人阶级的女性可以和中产阶级的"家庭天使"一样，具有良好的持家能力和较高的审美趣味。由此看来，工业资本家将工人当作与自己截然不同的"另一种族"的成见也就不攻自破了。小说在开篇前几章重点描写两位女性的家庭布置，通过茶会展示家庭生活的小细节，这样的处理为之后两个阶层的相互理解埋下了伏笔。更是在提醒读者不要夸大二者的区别。用艾米·金（Amy King）的话说，是盖斯凯尔的人道主义精神，不仅表现在她希望工业资本家不再居高临下地同情这些工人，更为重要的是，她希望工业资本家能重新认识这些工人，将其视作与自己一样的"种族"，而不是将其视作在本质上完全不同的次等人。[3]

（二）"肮脏"的隐喻

并非所有的穷人都能过体面的生活，即便是境况稍好的工人阶级，由于生产的不确定因素，也无法保证总能有稍微像样的生活。事实上，在 19 世纪 40 年代，大多数工人的生活状况是极其悲惨的，常常都是衣不蔽体，食不果腹，居住环境更是惨不忍睹。恩格斯通过对英国各大工业城市的调查，写下了反映

---

① 〔英〕艾瑞克·霍布斯鲍姆：《资本的年代》，第 313 页。
② 〔英〕伊丽莎白·盖斯凯尔：《玛丽·巴顿》，第 19 页。
③ Amy Mae King, "Taxonomical Cures". Thomas Recchio, ed., *Mary Barton: Norton Critical Edition*, p. 628.

当时工人阶级真实情况的《英国工人阶级状况》一书，其中有一大半是关于工人居住环境的描写，如关于英国的贫民窟的描写。[①]

如果说恩格斯用相对客观的语言描绘了当时工人真实的生活环境，那么狄更斯等文学家则使用更为文艺的手法再现了这些住所。《双城记》里，在提到医生在法国的住所的时候，叙述者以"脏""乱""臭"为中心展开描写。[②] 其中肮脏的同义词出现了8次（"污秽的""垃圾""肮脏""污染""恶浊""满是肮脏和毒素的通道"和"污浊"等）。尽管这段话是描写法国的贫民窟的，但明眼的英国人不难辨认出，这样的楼梯和建筑在英国比比皆是。它隐射英国时下的底层阶级居住环境的恶劣，所谓的"英国状况"即英国快成为"两个物种"了。穷人、流浪汉的住所猪狗不如。这也是在提醒那些上层人士，在挥霍享乐的同时，英国的穷苦百姓如果被压榨到极点，一场如法国大革命那样的恐怖暴动也在所难免。这样的场所很容易让维多利亚时期的人联系到当时的瘟疫事件，中产阶级或许可以不顾穷人的生存环境，但当这些可能影响他们自己的健康的时候，变革便不再是可有可无，而是势在必行了。

文学家对家庭理想在不同时代的书写也不完全相同，家庭理想的意义也在不断地流变之中。《圣诞颂歌》不断称颂甜蜜的家，从而让家成为"饥饿的四十年代"各种经济问题和社会问题的避难所。[③] 在给穷人提供一种美好的理想和抚慰之后，狄更斯也不忘提醒当权者看到穷人的居住环境。之后的十多年里，尤其是1848年的宪章运动后，中产阶级对社会动乱的恐惧变得更为突出。英国的中产阶级不希望法国大革命的流血事件在本国重演，社会各界通过各种方式讲述这个历史情境，狄更斯则通过医生一家的故事，将这个事件巧妙地写入《双城记》，影射了英国本土的阶级矛盾。与《圣诞颂歌》里描写家庭的积极乐观的态度不同，1859年的狄更斯变得更加现实和更有批判性了，他清楚地看到在过去的十多年里，社会贫富差距不断扩大，阶级矛盾变得尖锐，对于穷人而言，根本没有渠道获得有尊严的生活，"家庭理想"对于他们而言更是可望而不可即的。这一次，他不再一味地描写中产家庭理想了，而是更多地描写底层人民的居住环境，借以引起社会各界人士的重视，让他们看到下层百姓的疾苦。

在《双城记》中，小说动用多种官能——感觉、视觉和嗅觉，将类似英国贫民窟的底层人民的住房条件的"脏""乱""臭"演绎得淋漓尽致，字里行间

---

① 〔德〕弗里德里希·恩格斯：《英国工人阶级状况》，《马克思恩格斯全集》第2卷，北京：人民出版社，1957年，第307页。

② 〔德〕查尔斯·狄更斯：《双城记》，2012年，第26~27页。

③ See Sean Purchase, *Key Concepts in Victorian Literature*, p. 67.

透露出作者的愤怒和呼吁行动的紧迫性。而在《玛丽·巴顿》中，行走其中的不是局外人，读者仿佛身临其境。戴文保一家迫于生计的压力，不得不住在环境恶劣的街道的地下室里，那里拥挤而狭小，阴暗潮湿，无论白天黑夜，都不见天日，更令人心寒的是，那几乎是整个城市脏水的去处。

> 各色各样的脏水向沟里泼去，那脏水都淌向下一个水洼，贮满了就成为一潭死水。……在那里，挺直了身子还得比街面低一尺，你不必移动就可以碰到地下室的窗子和对面阴湿的土墙。从这一小块肮脏的地方再走下一步才来到地下室，有一簇人就生活在这里面。里面暗极了。有许多的窗子已经破坏，就把破布蒙在上面，因此哪怕到了中午，透进来的光线依旧灰暗。街道既然如上述，就不怪他们两人走进地下室来，几乎被一阵臭气冲倒了。……他们在黑暗里只看见三四个小孩伏在地上玩耍。不，那砖地简直是潮的，因为街上积下的脏水慢慢地都从底下渗出来了。①
>
> ……
>
> 那是一个后房，没有玻璃窗，只有一个铁栅的窗洞；猪圈里的排泄物和许多又脏又臭的东西都从上面流下来。地上没有铺砖石，全是些臭味扑鼻的泥土。这个小间从没有人用过，里面一件家具也没有；不要说是人，就连猪猡在那里也待不住几天。②

这样的住所是对当时社会的真实写照，在恩格斯的《英国工人阶级状况》里也曾多次提及："在如同朗-爱克及其他虽然不是贵族式的但也够体面的街上，有许多地下室，这里面常有病弱的小孩和穿得破破烂烂的饥饿的女人爬出来晒太阳。"③《玛丽·巴顿》却具有独特的艺术魅力让读者参与文本。在这段描述中，读者不仅能感觉地下室住所的高度——"挺直了身子还得比街面低一尺"，还能"测量"它的宽度——"你不必移动就可以碰到地下室的窗子和对面阴湿的土墙"。同时为了表明这种脏乱的环境并非小说的重点，作者描述了更让人触目惊心的场面：还有几个年幼的孩子就在污水里玩耍。作者貌似不动声色，客观描述一个场景，但她的高明之处在于用了许多形象的描绘，通过移情的作用，让读者真正感受到这种住所条件的恶劣。弱小的毫无抵抗力的孩子的出现，无疑更能深深地触动每位读者的心弦。

与盖斯凯尔的看法不同，当时许多社会学家认为穷人家庭管理不善是其自身恶劣的本性造成的。穷人挤在肮脏的屋子里或酒馆里，懒惰、酗酒，过着道

---

① 〔英〕伊丽莎白·盖斯凯尔：《玛丽·巴顿》，第75页。
② 〔英〕伊丽莎白·盖斯凯尔：《玛丽·巴顿》，第80页。
③ 〔德〕弗里德里希·恩格斯：《英国工人阶级状况》，第308页。

德败坏的生活，贫穷是对道德败坏的惩罚，道德的沦丧又导致家庭品格的堕落。一个人的住宅决定了他的健康和道德，缺乏家庭的限制，可能会引发自由的欲望和无源的激情。房子的肮脏与道德的沦落画上了等号，并进一步从健康状况的比较，强调了中产阶级的家庭观念应该成为全社会效仿的标准。关于中产阶级家庭观念的优越性，盖斯凯尔并不否认，但她却挪用社会学家关于穷人家庭"肮脏"的话语，对居住环境与道德之间画等号的关系提出质疑。在她看来，穷人并非天生要遭受肮脏的折磨，这后面是有一定社会根源的。同时，穷人的道德与居住环境的恶劣也没有必然联系。这一点在关于戴文保家庭描写方面表现得尤为突出。

盖斯凯尔对穷人居住环境的描写，以"肮脏"为中心展开，同时也是对查德威克的《卫生报告》（Sanitary Report）的回应。这份报告在当时有广泛的影响力，查德威克利用统计表格、可视性的数据等对当时英国工人阶级的居住卫生展开调查，并将它寄给卡莱尔、密尔和狄更斯等人看，同时也刊登在当时的报纸上。[1] 查德威克在报告中试图说明，居住点是阶级的体现，底层男性之所以在酒馆汇集，并形成"全男性"（all-male）关系，对中产阶级构成威胁，主要原因在于其家庭生活是肮脏的，这种肮脏不仅是生理卫生层面的，还因为男女老少共处一室，造成道德的败坏。在与查德威克同时代的社会学家贺拉斯·曼（Horace Mann）看来，正是家庭的堕落造成了工人阶级的邪恶和肮脏，并将他们的家与中产阶级的家相比，认为后者之所以有高尚的宗教品格，主要在于成员有独立的家庭空间。[2] 而在盖斯凯尔的小说里，则揭示了更深的内涵——底层人民的品德并不恶劣，虽然穷困潦倒，但他们互助互爱，舍己为人，相濡以沫，家庭环境的恶劣与道德之间并没有必然的联系；相反，值得追问的是，穷人"无家可归"背后的社会根源是什么。

维多利亚时期的社会学家使用当时盛行的统计和分析的工具说明底层人民的生活状况的恶劣是导致社会充满动乱的因素，而盖斯凯尔则通过对家庭内部空间的描绘，肯定了底层人民的家庭品格：如果条件允许，他们一样可以把家布置得很舒适并且颇具品位；即便在极其艰难的生活条件下，他们也依然保持善良的天性和高贵的品质。盖斯凯尔通过文学想象的方式让人们看到让穷人走上不归路的根本原因不是他们天生为"另一种族"，不是由于他们家庭生活败坏，而是由于其他阶层的仇视和漠视。用雷蒙·威廉斯（Raymond Williams）

---

① See Mary Poovey, *Making a Social Body: British Cultural Formation*, *1830—1864*, p. 117.

② Cited in Mary Poovey, *Making a Social Body: British Cultural Formation*, *1830—1864*, p. 120.

的话来说，盖斯凯尔对19世纪40年代工业革命以文学的方式作了最为感人的再现，尤其是小说对工人阶级日常家庭生活的生动描绘。[①] 这种方式比数据更能打动千千万万的读者，让工业资本家理解这个一直被视作"另一个种族"的人群：即便在物资极度匮乏的环境下，工人的家之所以无法成为家，不是他们天性如此或道德沦丧造成的，而是整个社会制度造成的。资本家对穷人的苦处一无所知，而穷人又将家破人亡的悲惨命运归咎于富人，最后只会使两个阶层越离越远，仇恨越积越深，后果不堪设想。法国大革命的阴影，整个社会和人民为此付出的鲜血，仍然萦绕在每一个关心国家命运的维多利亚时期的人的心头，在狄更斯《双城记》之前十多年，盖斯凯尔已经在思考这个问题了。与社会学家使用抽象的、理性的统计数据的方式不同，盖斯凯尔拒绝使用政治经济学的话语，而是使用文学的书写，用情感代替冰冷的数据，通过描绘日常生活的点点滴滴，唤起读者的友爱、同情和怜悯之心，试图以博爱的人文情怀联结两个敌对的阶层。

此外，盖斯凯尔并非将工人阶级视作一个固化的形象，他们是鲜活的个体，有着具体的差异，这一点在约翰·巴顿和威尔逊身上表现得极为显著。同样，面对卡逊家充裕的物质条件，约翰对这种"朱门酒肉臭，路有冻死骨"的社会现实痛恨不已，他的怨恨直指工业资本家。巴顿的愤怒代表了一大批希望革命的宪章工人，他们的仇恨也就是恩格斯等革命家试图唤起的"意识"或"觉悟"。但盖斯凯尔不仅描写了工人的愤怒（她声称巴顿就是小说的"主人公"，其他一切人物都围绕他展开），同时，她还刻画了威尔逊这样不同于巴顿的逆来顺受的农民工形象。对于卡逊家的富裕，威尔逊则抱着欣赏的态度，即便在生活状况极端窘迫的情况下，他仍没有丧失作为人的尊严，保持着诚实、善良的本性：威尔逊在饿了一天后到卡逊家里，仍表现得彬彬有礼，就连多看几眼后者家中的物件，都觉得这似乎"不太礼貌"。[②] 如果说巴顿的善表现在最后的忏悔上，那么威尔逊的善则表现在最具体的生活细节中。

（三）家庭日常活动

在19世纪的英国文学史上，盖斯凯尔并不是第一个在书中描写工人生活的。布莱克《扫烟囱的孩子》刻画了凄惨的童工形象。在与恩格斯《英国工人阶级状况》同一年出版的《西比尔》中，迪斯雷利试图寻找工人阶级苦难生活的根源，他的兴趣在于大多数英国工人令人悚然的生活状况，即"英国状况问题"。

---

① Raymond Williams, *Culture & Society: 1780—1950*. New York: Anchor Book, 1960, p. 94.
② 〔英〕伊丽莎白·盖斯凯尔：《玛丽·巴顿》，第84页。

迪斯雷利对君主立宪还抱有幻想，他希望能采取父权的方式，让统治者悲天悯人，帮助这些穷人摆脱困境。且不论这种方式是否可取，它至少说明了在许多文人笔下，尽管他们提出工人阶级的问题值得重视，需要改善，但大都是站在他们的外围，以恩人身份（patronizing）自居，带着某种居高临下或是局外人的眼光。工人的确需要这些基本生活的改善，但要真正提高他们的社会地位，最重要的一点是要尊重他们作为"人"本身的多样性的需求。正如约翰·卢卡奇（John Lucas）在《为什么我们需要〈玛丽·巴顿〉》（"Why We Need *Mary Barton*"）一文里委婉地批评乔治·奥威尔（George Orwell）时提到的那样：奥威尔认为工人阶级需要每天洗一次澡，这与其说是工人阶级的需求，不如说是奥威尔站在中产阶级的角度，表现出来的对气味和肮脏的厌恶。①

与这些作家不同的是，盖斯凯尔不仅看到工人生活的辛苦和无奈，而且还看到了他们日常生活的意义，打破了 19 世纪许多文本注重描写工人悲惨生活、认为穷人处处需要改造的书写惯例。在《玛丽·巴顿》中，作者除了描写工人窘迫的生活状况，还真诚地歌颂工人的智慧和才华，着力体现工人生活的丰富性和多样性，描写了工人生活的积极方面。在轰轰烈烈的宪章运动开展时期，外部世界动荡不安，工人的家庭日常活动则有着独特的魅力。

在家庭小茶会的时候，除了有爱丽丝准备的小茶点，玛格丽特动人的歌喉也为这次聚会增色不少。她对音乐的美感完全不亚于当时著名的歌唱家托拉维斯②，她充分运用自己那美妙婉转的歌喉，将一首工人所熟悉的《奥尔丹织工歌》发挥得淋漓尽致。她的声音带着淡淡的凄婉，令人动容，更令人陶醉。歌声的圣洁和潜在的力量深深地感染了在场的人。在另一次家庭聚会中，玛格丽特的外公约伯朗诵了一首织工塞缪尔·班福德（Samuel Bamford）创作的诗。班福德的诗歌里有许多关于工人日常生活的描绘。工人以自己的切身体会为素材，是一种主体意识的觉醒，而盖斯凯尔不带阶级偏见，多次带着欣赏的眼光提及工人的独特艺术天赋，充分体现了工人的价值。

工人的日常家庭活动中除了茶会、唱歌和朗诵，还有讲述故事。一方面，这些故事穿插在小说的主情节中，使得整部小说张弛有度。另一方面，这些故事又把人带回遥远的时空。在巴顿愤怒地讲完自己在伦敦参加宪章运动的经历后，约伯也讲述了当年去伦敦把孙女玛格丽特接回来的过程。前者是大的社会事件，巴顿用几句概述很快结束，就像电影的快镜头；后者则是私人生活，以

---

① See John Lucas, "Why We Need *Mary Barton*". *Mary Barton*: *Norton Critical Edition*. Thomas Recchio, ed., *Mary Barton*: *Norton Critical Edition*, p. 508.

② 〔英〕伊丽莎白·盖斯凯尔：《玛丽·巴顿》，第 47 页。

约伯为"意识的中心",以戏剧化的手法,将其一路所见所闻生动形象地描绘出来。人们就这么围坐着,古老的声音,往昔的回忆,不禁令人想起史前人类在山洞中篝火旁讲述故事的情形,这种方式无疑是人类最原始的娱乐方式,也是最接近人性的。

如果说约伯的故事让朋友们穿越了时间的隧道,那么威尔逊的故事则让大家进入了另外一个空间。游历各国的他带来了与约伯完全不同的故事,那些故事充满异域风情和诡异的色彩。关于美人鱼和飞鱼的故事或许充满了对东方的想象,虚实难分,但对于玛丽而言,却具有不可言状的短暂的治愈功能:"这一个愉快的小插曲十分有意思。这使她的注意力从许多种压迫下放松了好几个小时。"① 童年的不幸让年幼的玛丽对生活没有太多的奢求,心理上与她渐行渐远的父亲只会徒增她的苦楚与困惑,家庭的温馨对她来说不过是一种奢望,同时意识到自己拒绝了真正值得爱的杰姆·威尔逊,玛丽的心情低落到了极点。这个时候,任何离现实太近的故事都会让人想起自己的痛楚。盖斯凯尔就是借小说《玛丽·巴顿》的创作,用讲故事的方式平息丧子之痛。故事具有疗伤的功能,在玛丽的身上,我们看到了同样的影子。这些故事对于工人也有同样的慰藉作用。此外,小说还通过描写其家庭收藏赞扬工人在自然科学方面表现出来的天赋。在盖斯凯尔笔下,这些工人都是些精明能干、不辞辛苦的科学工作者,对每一种新标本总带着真挚的科学兴趣去埋头研究。②

受 20 世纪中叶女权主义语境的影响,盖斯凯尔因没有显示出激进的女性主义思想,她被看作是勃朗特等女作家旁边"温顺的鸽子",即顺从、听话的家庭女性,这样的评价是有失公允的。盖斯凯尔至少在两类小说上,表现出 19 世纪许多男作家都没有的敏锐和勇气。其中一点就表现在她在英国历史上,是第一个以工人为中心,能切实感受他们的所知、所想的作家,用她自己的话说,就是如实地再现他们的日常生活和心理状态。这一点即便在与她同时代的伟大作家狄更斯笔下也不多见。在《艰难时世》中,虽然出现了坚毅善良的史蒂夫,但他不过是小说中的背景人物,对他的刻画也没有《玛丽·巴顿》中出现的角色那样立体。而且,在《路德》(Ruth) 这部小说中,盖斯凯尔再次冒"天下之大不韪"——以失足女性路德的心理为小说中心,并从各个侧面探讨这类女性的无辜,这比哈代的《德伯家的苔丝》(Tess of the d'Urbervilles) 早了近 40 年。

盖斯凯尔在现实生活中的个人角色和性别角色,决定了她对底层人民的认

---

① 〔英〕伊丽莎白·盖斯凯尔:《玛丽·巴顿》,第 204 页。
② 〔英〕伊丽莎白·盖斯凯尔:《玛丽·巴顿》,第 49 页。

识是直接的，因而在人物塑造方面也特别细腻。① 应该说，盖斯凯尔的表现手法是间接的、温婉的，她在写工业革命的时候，并没有从正面描写二者之间的对峙，而是通过展示家庭日常生活的细节，让两个阶级相互认识。她的目的也不是激进的，而是改良的，是充满"唯一神教"的博爱情怀的。即便在《玛丽·巴顿》中唯一品行不太好的、差点让玛丽误入歧途的莎莉，叙述者在提到她的时候，也不忘提醒读者莎莉之所以接受卡森少爷的贿赂，是因为她有一颗宝贵的孝心，需要基本的物资照顾年迈的母亲。总之，小说中，没有人该为社会的恶负责。而盖斯凯尔创作的最终目的也不是激化不同地区、阶层、性别和代与代之间的矛盾，而是试图唤起对立各方之间的相互同情和理解，因为在她看来，只有相互理解，才可能有真正的原谅和尊敬。② 这一点在她对贫富家庭进行对比的时候也可以看出。

盖斯凯尔还多次使用对比的手法，将穷人的家庭与资本家的家庭进行对比。从戴文保家里出来后，威尔逊到了雇主卡逊家里。两个家的差距的确触目惊心，前者挣扎在死亡的边缘，后者衣食无忧，正准备大型宴会。③ 尽管卡逊家里无所不有，各种香味混合在一起，而威尔逊已经一天多没吃过东西了，饿得快"发疯"，仆役仍没有给他吃的，这并不是因为主人吝啬或残暴，而是因为"他们和所有的人一样，自己吃饱了，就想不到有人在挨饿"。④ 盖斯凯尔并没有把资本家作为矛盾的根源，这也呼应了她在序言中提到的，自己的写作目的只是为了真实地反映工人正在经历的苦难，让资本家真正了解底层人民的处境，设身处地地为他们着想。两个阶级互相仇恨，不是因为本质的差异或邪恶，而是他们没有"看到"对方的真实存在，没有理解对方，是一种"感知上失误"，也就是说双方都活在自己的世界中，并没有真正地"看到"对方。

而卡森作为中产阶级代表人物，其家里的装饰也并非暴发户的粗俗，而是相当有品位。光从这一点，就可以看出盖斯凯尔对既得利益群体的态度。有品位，在维多利亚时期是非常高的一种赞扬。在 19 世纪的英国，贵族和资产阶级属于支配地位的阶层，二者相互利用、相互渗透。贵族乡绅需要资本家的资金维持日常的开销，处于上升期的工业资本家迫切需要贵族文化提升自身的文化地位，让自己成为真正的"绅士"。"品位"无疑成了对工业资本家的社会地

---

① 这一点即便是对盖斯凯尔写作总体持否定看法的西塞尔也不得不承认。See David Cecil, *Early Victorian Novelists：Essays in Revaluation.* Harmondsworth：Penguin Books，1948，p. 198.

② See Kathleen Tillotson, "The Gentle Humanities of Earth". Thomas Recchio. ed. , *Mary Barton：Norton Critical Edition*，p. 481.

③ 〔英〕伊丽莎白·盖斯凯尔：《玛丽·巴顿》，第 84 页。

④ 〔英〕伊丽莎白·盖斯凯尔：《玛丽·巴顿》，第 84 页。

位认可的最佳标识。卡逊家的布置富而不俗，从中也可以看出小说并没有批判或指责资本家的意味。盖斯凯尔寄希望于用博爱感化两个阶层，让他们之间有更多的宽容和理解，而非丑化某个阶层。盖斯凯尔希望，有领导权的阶层能从社会制度着手，致力于整个社会的改革，增进两个阶层的感情，促进社会达到真正的公平与和谐。

学界常常认为盖斯凯尔的小说可以分为两大类，一类是描写工业革命的，另一类则是描写日常生活的。甚至有学者怀疑《玛丽·巴顿》的真正作者不是盖斯凯尔本人，而是其丈夫。如果能更好地理解盖斯凯尔笔下日常生活的意义，就会发现，盖斯凯尔从未放弃对公共事务的讨论，只是随着话题的不同，小说中家庭日常生活功能讨论的侧重点有所不同罢了，这一点将在下一章进一步讨论。

二、"家庭理想"与田园传统

《玛丽·巴顿》的结局是饱受争议的部分。有学者认为，这样的结局意味着盖斯凯尔无法为当时的社会问题提供解决方案，是一种逃避行为。[①] 也有学者指出，《玛丽·巴顿》的结尾尽管有缺陷，但并不妨碍它成为一流的工业小说。[②]的确，在前面三十七章里，多为痛苦的经历，而结尾的欢乐在充满饥饿和困苦的 19 世纪 40 年代显得有些格格不入。下文试图从共时和历时两个维度理解小说的结局。

小说的开头和结尾都至关重要，在《玛丽·巴顿》中，开篇便是一副和平静谧的英国田园风光，这里远离尘嚣，男耕女织，牛羊成群。[③]然而随着机器时代的全面到来，此情此景已成追忆。当时许多人相信科技代表着先进，并乐观地相信，"进步"是永恒的，世界一直都朝着更好的方向前进。

从《玛丽·巴顿》这部小说中，我们可以看到，在工业城市中，人们依然可以通过家庭活动缓解日常的苦痛，即便在国内无法维系基本的家庭关系的时候，人们还有最后一条路可以选择：离开英国，移民到殖民地。《玛丽·巴顿》的结局在其他小说笔下也不断出现，如《大卫·科波菲尔》中的失足女子艾米丽以及麦考伯夫妇最终都在澳大利亚找到了幸福。许多学者认为，《玛丽·

---

① See Kate Flint ed., *The Victorian Novelist: Social Problems and Social Change*. London & New York: Routledge. 1987, p. 10.

② See Patrick Brantlinger and William B. Thesing, eds., *A Companion to the Victorian Novel*, p. 346.

③ 〔英〕伊丽莎白·盖斯凯尔：《玛丽·巴顿》，第 4 页。

巴顿》的结局不过是迎合了当时的殖民话语，使其成为解决国内困境的便捷手段。[①] 威廉斯、伊格尔顿等评论家也认为小说无力解决当时的问题，不过是顺应当时社会的情感结构罢了。[②]

其实，这的确也是当时社会的现实写照。当时著名的经济学家马尔萨斯认为，食物成算术级增长，而人口则呈现出几何级的增长。当时英国面临着巨大的人口压力，大量的贫民以及聚集在伦敦和曼彻斯特等工业城市里的"流浪汉"和"居无定所"者，这种群居可能引起的暴乱或瘟疫等传染病着实令政府头疼。当时的报纸杂志、报告对英国的海外殖民地情况有许多报道，移民海外似乎成了实现个人理想和解决国内危机的卓有成效的方式，[③] 这个时期的确也有一大批文学作品描写海外冒险。海外冒险成了男性气质的重要表征。维多利亚时期的小说具有重要的道德使命，秉承"寓教于乐"的文学传统，在狄更斯、盖斯凯尔等知名作家笔下常常出现移民海外获得幸福的情况，这既是对当时现实某种程度的反映，也是以文学话语的方式对大众进行形塑，鼓励更多的人到殖民地，从而巩固了大英帝国的殖民话语。

向国外移民可以缓解英国国内的各种矛盾。查尔斯·洛克罗夫特（Charles Rowcroft）在《殖民地记》（*Tales of the Colonies*）里给需要移民的英国人提供了许多可行的建议，如移民程序、土地的保护以及如何在有大批罪犯的土地上生存等。对于那些在英国很难找到工作的人，洛克罗夫特提议他们可以去澳大利亚等地寻找机会。只要到了国外，英国人在国内的一切问题似乎都迎刃而解，迎接他们的将是成百上千亩土地，女仆、牧场。那些曾经犯错的人，在那里都得到了很好的改造。小偷成了放羊人，酗酒的成了手工匠等。正如《大卫·科波菲尔》中无所事事的空谈者米考伯在那里成为实干的居民，从失败的角色变成富裕的殖民地居民。乔治·艾略特在她 1856 年的论文《德国生活的自然历程》（"The Natural Life of German Life"）里写道，她赞同将殖民视作拯救"反常文明"的药物，她认为殖民会产生重生的力量。在海洋的另一岸，一个在英国国内失败的人，可以有勇气作为农民开始崭新的生活。[④]

从小说内部情节看，"天降神器"是一种戏剧性的变化，解决小说中矛盾，

[①] 陈礼珍：《盖斯凯尔小说中的维多利亚精神》，北京：商务印书馆，2015 年，第 147 页。

[②] See Raymond Williams, *Culture & Society: 1780—1950*. New York: Anchor Book, 1960; Terry Eagleton, *The Event of Literature*. New Haven and London: Yale University Press, 2012.

[③] 托马斯·卡莱尔在《宪章运动》（*Chartism*）里将移民视作解决"英国状况"的最佳方案，他认为移民是底层人民安全的释放方式，可以转移他们对上层的报复欲望。

[④] See Deirdre David, *Rule Britannia: Women, Empire, and Victorian Writing*. Ithaca and London: Cornell University Press, 1995, p. 25.

出现维多利亚时期的人喜爱的"皆大欢喜"的结局。但从小说外部看,小说结局对广大读者有一种塑形作用,它进一步强化了这样的观念:在国内难以实现的家庭理想可以到国外去实现。然而,文学毕竟不同于历史,它可以反映现实,并对现实做出策略性的回应,它具有历史性,但不等同于现实,它也具有自身的一些特征。因此,在与现实发生关联的同时,它又有着自身发展的脉络。维多利亚时期许多小说的结局都与殖民地相关,尤其是加拿大和澳大利亚,从文学创作的角度看,这在很大程度上是对田园传统的回归。这个传统早在《圣经》里就开始了。自从人类被赶出伊甸园,人们总是通过各种方式试图回归美好的圣地。到了17世纪,福音教派诗人考伯就试图使用田园牧歌般的家庭表达对工业化进程的超越。在他笔下,男性气质与权力、金钱无关,而与家庭相关。[①] 他将个人救赎与家庭结合,其诗歌的主题是白色小屋(家)的简朴、舒适和静谧。考伯追寻的是一种乡村归隐般的生活,它远离政治、经济的困扰,家庭才是舒适之源,家和火炉是温暖的象征。家庭生活既是男性气质的象征,也是诗人心中的田园所在。

到了19世纪,在罗斯金、狄更斯等文人笔下,这个家具有了精神般的意义,是灵魂的寄托。《玛丽·巴顿》体现了对田园的依恋,在狄更斯的小说中也能找到这种依恋。

> 在伦敦,再也找不到比医生所住的街角更古朴雅致的地方了。那儿没有路穿过,从前窗望出去可以看到一片小小的街景,幽静宜人,有一种世外桃源的雅趣。那时,牛津路以北房屋很少,在如今已经消失殆尽的那片田野上,还有葱茏的树木和野花,山楂花开得也很浪漫。因此乡野的气息可以轻快随意地流淌于索霍周围;不远处,许多朝南的墙上挂满一片应时成熟的桃子。……这是个凉爽、幽静而怡人的住处,是个能听见回声的奇妙地方,是躲避扰攘城市喧嚣的宁静港湾。[②]

在《玛丽·巴顿》中,这个传统依稀可寻,开篇的田园书写将读者带到了英国的传统,但随着机械化大生产对英国乡村的进一步侵蚀,人们已经很难找到远离尘嚣的牧歌般的家园,移民加拿大恰恰满足了人们对田园传统的想象。这个国家不同于美国,因为它还属于大英帝国,象征了杰姆对国家的忠诚,小说也没有选择澳大利亚,因为它是英国流放犯人的场所,杰姆虽然差点被判刑,但他却是清白的,因此他没有去那里,而是去了加拿大。根据当时读者给

---

① See Leonore Davidoff and Catherine Hall, *Family Fortunes*, p. 167.

② 〔英〕查尔斯·狄更斯:《双城记》,第69~70页。

《伦敦每日电报》写的信件提出的，"对于当时在国内为生计奔波的意气风发的年轻人和有良好素质的实际的人而言，最好的移民国就是加拿大了，因为它与英国极其相似"①。熟悉的动植物，大片肥沃的土地，没有英国林立的烟囱和轰轰作响的机器，加拿大被想象成前工业时期的欧洲，甚至是人类的伊甸园。

工人阶级在国内的生活可谓举步维艰，作为他们情感纽带的家庭生活也是支离破碎的，但殖民地却提供了重建家庭理想的可能。在小说结尾处再现了田园风光：

> 我看见一所长而矮的木头房子，房间仅够应用，而且还有余屋。古老的原始林木砍伐后露出一大片空地，只剩下一棵大树遮盖着屋檐。围绕着那房子有一所花园，花园尽头是一片长长的果树林。处处显露出晚秋的风光，看到这壮丽的美景，大家都心旷神怡。②

这里的自然风光与小说开篇的风景描写形成了很好的呼应。小说从田园开始，主人公经历各种波折和痛苦，最后又回到自然。开篇和结局是一部小说最为重要的两个部分，开篇决定了小说的基调，而结局留给读者无限的遐想。在这两个部分里，大自然都占据重要的地位，它具有修复和治愈能力，为那些在动荡的工业革命中疲于奔波的灵魂提供了休憩的场所。这个功能在狄更斯和罗斯金那里是由处于喧嚣世界中的家来承担的，而在盖斯凯尔看来，家不仅在精神上远离现实，还在物理空间上独处一隅。工业革命到了盖斯凯尔时期，开展得如火如荼，这并没有让人忘却昔日自给自足的农耕社会，反而让他们更加怀念那些田园牧歌生活。

对这种传统的书写，在爱丽丝这个角色上也有所体现。她热衷于搜集各种草药，以传统的方式医治身边看不起病的穷人。这种方式并不为当时主流的医学界所认可，但它却代表着一种传统。爱丽丝搜集的草药，能医治穷人的许多疾病。但她无意间提到的一句"别时容易见时难"，却让巴顿太太陷入极度的悲痛，撒手人寰。这无疑暗示着英国的田园或逝去的传统再也无法医治人们内心的创伤，无论愿意与否，人们只有跟从时代的脚步往前走。

在最后一章的引言，作者引用巴利·康华尔（Barry Cornwall）的诗歌，提醒维多利亚时期的人注意，不要只顾工业革命带来的物质成果，前进得太快了，会导致一些作为人的基本信条的消失。

---

① See Diana C., Archibald, *Domesticity，Imperialism and Emigration in the Victorian Novel*. Columbia and London：University of Missouri Press，2002.

② 〔英〕伊丽莎白·盖斯凯尔：《玛丽·巴顿》，第531页。

啊,时光,不要推得我们太重!

我们不想远走也不想高飞,

我们的欲望和我们的信念,

只求一些简单平常的东西;

我们都是卑贱的旅客,

在人生无涯的海洋上漂泊;

啊,时光,不要推得我们太重![①]

　　H. G. 威尔斯(H. G. Wells)在《世界史纲》(*The Outline of History*)中指出,19 世纪是一个充满希望的世纪,当时的欧洲知识分子有一个共同的信念,即认为世界永远处于进步当中,进步的观念成为一种自然观念。《玛丽·巴顿》把这首诗放在结束章节的最前面,可谓意味深长。一方面,"时光不要推得我们太重"一句体现了盖斯凯尔对"进步"话语的怀疑,技术的发展、机器的更新加快了生产的发展,这一切带来了 19 世纪物质上的巨大进步,但人与人之间的隔阂加深,社会的道义也有待提升;另一方面,盖斯凯尔对该诗的引用以及该章对玛丽在加拿大田园牧歌般生活的描绘,也暗示了作者对眼下人人都以自我利益为驱动的经济模式的怀疑和对前工业时期的以道德责任为联结的传统英国社会的缅怀。[②]

　　盖斯凯尔不是第一个看到工人阶级的生活状况的,除了上文提到的社会学家的书籍统计,恩格斯也曾写过相关的书籍。他的《英国工人阶级状况》语言朴实,情感真挚而动人,正如他在《给英国工人的一封信》里写的那样,至少是"平易近人"的。基于实际调查的基础之上,该书对英国工人阶级日常生活,尤其在居住环境方面进行了详细的描绘。但由于该书的体裁和撰写目的不同,作者更多的是要呈现工人阶级凄惨的生活现实,从外部入手,让更多工人清楚地意识到自身的处境,唤起他们的愤怒和觉悟,呼吁他们挺身加入革命的队伍。[③] 的确,盖斯凯尔笔下的约翰·巴顿也代表工人的仇恨,但更重要的是,小说通过对几个不同家庭日常生活的描写,通过对家庭茶会、拜访、好客等细节的描写,从内部观照了作为有尊严的个体生命的人的工人阶级,说明仇恨并非工人阶级的全部意识,他们是和资本家一样有血有肉、爱憎分明并具有

---

　　① 〔英〕伊丽莎白·盖斯凯尔:《玛丽·巴顿》,第 525 页。

　　② 詹姆斯·亚当曾分别以"道德义务"和"自我利益"对前工业社会和资本主义社会进行定位。See James Eli Adams, " 'The Boundaries of Social Intercourse': Class in the Victorian Novel". Francis O'Gorman ed., *A Concise Companion to the Victorian Novel*. Oxford: Blackwell Publishing, 2005, p. 48.

　　③ 〔德〕弗里德里希·恩格斯:《英国工人阶级状况》,第 345 页。

高尚品格的人，而不是被排除在社会体制之外的不同的"种族"或"野兽"。只有真正认识到这一点，资产阶级才会认识到对工人的残酷剥削具有道义上的缺陷，才可能认识到社会改革的必要性。当然，这不是说《玛丽·巴顿》就优于《给英国工人的一封信》，只能说二者观察的角度不同。与当时许多社会学家或文学家专注于描述工厂中底层劳动人民遭受的苦难不同，盖斯凯尔基于自己与本牧区贫民长期相处的现实，通过刻画穷人家庭日常生活的点点滴滴，利用一种"天生的才艺"（instinctive craftiness）①，站在与工人平等的位置，挖掘了这个群体生活的积极向上、温馨美好的一面，从而感化读者。

与迪斯雷利不同，盖斯凯尔的生活阅历让她深入穷人社区，从而有机会掌握穷人生活细节的一手资料。正如凯瑟琳·加拉格尔（Catherine Gallagher）所说，19世纪的小说形式没有一部能像《玛丽·巴顿》这样充分地涵盖如此之多劳动阶层人民的悲惨生活。②盖斯凯尔对于巴顿、威尔逊和戴文宝等几个穷人家庭的刻画也不同于狄更斯的描写，她没有中产阶级居高临下式的同情与关怀，而是站在穷人的角度，欣赏他们的生活方式。正如小说的副标题"关于曼彻斯特的生活"所暗示的那样，《玛丽·巴顿》这部小说提供了关于当时穷人生活的丰富的文化地理学资源，甚至可以看作是一部"民族志"，其价值不亚于恩格斯的《英国工人状况》。③从这一点上看，《玛丽·巴顿》无疑是人们全面认识当时英国工人的一面必不可少的镜子。

盖斯凯尔笔下的工人阶级家庭理念，大部分与中产阶级的家庭理念类似，在家庭品格等同于个人道德规范的年代，这种相似性无疑是对工人最好的辩护：穷人不是另一"种族"，是值得中产阶级关心和帮助的。同时，作者也揭示了贫穷的原因并非道德的沦丧（如善良、真诚的戴文保一家最后也陷入困境）；相反，贫穷却可能导致人格的堕落，如约翰从好丈夫、好父亲最后变成了酗酒、流浪街头的杀人犯。制度的不公正导致贫穷，而资本家的傲慢和冷漠却能激起穷人的憎恨。

盖斯凯尔使用"家庭"的修辞让上层看到穷人和富人没有本质的差异。在经济条件一般的情况下，穷人的家庭具有中产阶级的家庭品格，穷人是和其他人一样的个体存在，因此他们不该被视作"另一种族"的存在，而遭受极不平等的待遇。中产阶级不能对他们熟视无睹。更加难能可贵的是，与狄更斯、恩

---

① Kathleen Tillotson, "The Gentle Humanities of Earth". Thomas Recchio, ed., *Mary Barton*: *Norton Critical Edition*, p. 477.

② See Catherine Gallagher, *The Industrial Reformation of English Fiction: Social Discourse and Narrative Form*, *1832—1867*. Chicago and London: The University of Chicago Press, 1985.

③ See James Eli Adams, *A History of Victorian Literature*, pp. 104—105.

格斯的外部描写不同，盖斯凯尔不仅看到穷人的家庭生活有类似中产阶级生活的一面，她还通过对穷人的家庭活动，如歌唱、讲故事和家庭收藏等的描写，对其展现的不同特质表示认可和欣赏。这种赞赏是发自内心的，而不是居高临下的恩赐态度，它是基于平等的、互敬互爱的同理心。

小　结

在动荡不安的 19 世纪 40 年代，法国大革命的阴影依然萦绕在英国上空，面对日益白热化的阶级冲突，英国社会各界人士都在寻求有效的化解方式。当社会分析家使用客观、中立的数据反映社会底层恶劣的卫生状况和居住环境的时候，狄更斯和盖斯凯尔这两位重要的工业革命时期的小说家则另辟蹊径，采取想象性的书写方式，试图唤起不同阶层之间的相互理解，尤其是富人对穷人的理解和同情。在《圣诞颂歌》和《玛丽·巴顿》两部小说的叙述中，两位作家不约而同地回避了社会冲突的现场，将视线转向家庭私人领域，间接参与国家稳定和民族团结的和谐话语的建构：狄更斯着力挖掘了西方传统圣诞节的时代意义，将这个节日演绎成家庭庆典仪式，通过对其乐融融的家庭场景的描述，将家与国、个人与民族有机地结合在一起，促进了维多利亚时期的人对于"英格兰共同体"的想象；盖斯凯尔则专注于底层人民家庭日常生活的细致描绘，以一种平等的姿态去发现其内在节奏和美感，回应了当时社会流行的"穷人属于另一个种族"的偏见。

就像盖斯凯尔本人认为的那样，小说的功能就是要在读者意识中嵌入问题"楔子"，它促使人们更多地讨论并关注这个话题。[①] "家庭"作为一种话语，其缓和社会矛盾的直接作用或许难以断定，但毋庸置疑，中产阶级的"家庭理想"作为一种大一统的观念，对社会的稳定发挥了应有的作用。在 19 世纪后半叶，关于提高劳动报酬、改进工作条件的呼吁逐渐减少，而关于家庭问题的讨论则不断增加，两个阶层之间的矛盾逐渐被家庭内部的矛盾所取代，这从维多利亚时代后期制定的各种家庭法、婚姻财产法和妇女法可以看出。事实上，维多利亚时期"家庭理想"的作用不仅体现在家庭外部，还体现在家庭内部，尤其体现在对家庭仆人这一数量庞大的务工群体的管理上。

---

① See Robyn R. Warhol, *Gendered Interventions: Narrative Discourse in the Victorian Novel*. New Brunswick and London: Rutgers University Press, 1989.

第三章 "隐形的权力"：家庭内部的阶层关系

在维多利亚时期的务工群体中，有一类特殊的人群，他们与工人一样，靠出卖自己的劳动获取生存的物资。不同的是，他们却很少被视作剥削的对象，这个群体就是当时的家庭仆人。当时英国《人口普查》（*Census*）显示，家仆是除了务农人口之外最大的雇工群体，从 1851 年的 75 万人一直上升到 1891 年的 130 万人，大约翻了一倍，直到 20 世纪 30 年代，这个数字也从未少于 100 万。① 霍布斯鲍姆认为，家仆在英国所占的比例比其他任何国家都高，甚至可能比法国和德国高出两倍。②

这个群体人数之多与对他们的关注之缺乏形成了鲜明的对比。关于家仆史料的缺乏给研究带来了一定困难。在史学家 F. M. L. 汤普森（F. M. L Thompson）看来，仆人在社会等级上处于一种不同寻常的中间位置："他们对同伴和对主人们利益保持忠诚、尊敬他人，同时过好自己的生活，并对其他所有人保持一种居高临下的优越感，这一切都使得对于工人阶级的分析并不太适用于仆人阶层。"③ 所幸的是，作为社会的一分子，"无所不包"的小说中常常有他们的身影。本部分从小说文本入手，利用布尔迪厄的"习性说"和"象征暴力"理论分析这个群体是如何在实践中不断认同中产阶级的规训作用，并"误识"自己的身份的。此外，还分析了部分小说是如何在描写女性不断实践家庭文化符码的过程中，客观上又解构了这些符码的。最后，关于家仆的描写虽是属于私人领域的问题，但家庭是社会的缩影，小说家通过家仆形象，从家庭领域的矛盾延伸到公共领域的阶级问题，积极参与当时的政治讨论。

---

① See Antoinette Fauve-Chamoux ed., *Domestic Service and the Formation of European Identity：Understanding the Globalization of Domestic Work*, 16 *th* — 21 *st Centuries*. Bern：European Academic Publishers, 2004, p. 475; Jane Lewis, *Women in England 1870 — 1950*. Sussex：Wheatsheaf, 1984, p. 156.

② 〔英〕艾瑞克·霍布斯鲍姆：《帝国的年代》，贾士蘅译，南京：江苏人民出版社，1999 年，第 253 页。

③ F. M. L Thompson, *The Rise of Respectable Society：A Social History of Victorian Britain：1830—1900*. Cambridge, MA：Harvard University Press, 1988, p. 249.

第一节　家庭内部的象征暴力

在中产阶级家庭的保护下，家仆无需直面恶劣的市场，因此在物质上或许优于厂房里的一些工人，但这并不意味着他们就可以免受压迫，更不意味着其地位就高于工人。无论是在马克思的论著中，还是在 19 世纪的其他历史文献中，家仆都是缺位的。造成这部分务工人群"隐形"的原因与维多利亚时期盛行的"家庭崇拜"观念有着紧密的关联。这个理念的核心内容之一，就是家被看作人们在险恶世界的避风港，作为市场经济的对立面，它与公共领域截然不同，因此也不受金钱联结关系的影响。当家里的男主人公在外经历各种社会凶险时，家仆却可以和女主人公一样待在家里，享受家庭生活的静谧和安宁。家庭意识形态将家仆成功安置在家庭中，同时，家庭有限的空间和时间也避免了家仆像磨坊或工厂里的工人那样，形成一定的组织，发出自己的声音。一直到 20 世纪中叶，家庭仆人都被当作社会景观中理所当然的一部分，几乎没有得到主流或马克思主义经济学家的关注。这些学者将家庭劳动看作非生产性劳动，因为它没有带来所谓的经济价值。[1]

一、作为家庭社会地位象征的家仆

19 世纪英国无论在自然科学和技术方面都取得了前所未有的成就，基于对科学思维的崇拜，维多利亚时期的人似乎也特别热衷于对各种事务分门别类。[2] 许多家庭内部的陈设仿佛就是一个分类齐全的收藏馆，就连仆人也被分为几十种之多（而且每一类人员都有确切的责任），其中主要有男侍、男管家、女管家、奶妈、女主人贴身女仆、家务女仆、厨娘、厨房帮佣、洗衣女佣、茶点室女仆等。[3] 这种分类是有等级之分的，如男管家、女管家和主厨便居于仆人中的上层。

随着农业的改革，工业资本主义的兴盛，就像其他的社会经济范畴一样，阶级作为一种修辞性的建构，也开始入侵家庭文化。新的阶级划分标准虽然还在形成之中，但总体上看，它已逐渐取代过去以家产和秩序作为阶级标志的固

---

① See Leonore Davidoff, *Worlds Between: Historical Perspectives on Gender and Class*, Cambridge: Polity Press, 1995, p. 3.

② See Judith Flanders, *Inside the Victorian Home*, p. 31.

③ See Julie Nash, *Servants and Paternalism*, pp. 20—21.

化划分方式。当时人口普查显示，根据家仆的种类和数量的不同，可以判断这个家庭在社会中的地位。例如，较为卑微的底层中产阶级之家往往只能雇佣一个女仆，而雇佣品类齐全的家仆（如男管家、洗碗女工和男侍员等），则是上流社会的庄园的特权。[①]

总体看来，在维多利亚时期，雇佣男仆或许是上流社会的专属特征，但聘请女仆几乎是普通中产阶级家庭必不可少的标志之一。1891 年的人口普查中显示，在当时 2900 万的英国人口中，有 138.6 万女仆和 5.8 万男仆，[②] 女仆与男仆的比例高达 24：1。因此，在分析家仆的时候，本书将主要以女仆作为分析对象。遗憾的是，关于当时女仆的历史文献并不多。对于这个进入中产阶级家庭、阅读能力和资源大大优于底层工人阶级的特殊人群，各种纷至沓来的家庭手册对这个群体有诸多的规范，但对她们的相关具体描述却少之又少。小说作为维多利亚时期最为主要的再现形式之一，可以在一定程度上帮助我们了解这部分特殊的务工人群。

二、家庭内部空间的区隔

对重视家庭观念的维多利亚人而言，对"家庭"的理解并不仅仅局限于对家庭关系的理解，在对家的物理空间的表述上，他们也表现出极大的乐趣。一方面，市场经济和中产阶层的兴起模糊了传统各个阶层之间的界限，许多新的社会身份的标识也随之诞生，家庭所处的街区、小镇和郊区的繁华、安全和干净与否，都可能成为家庭身份的标志。例如，当时的伦敦东区就是贫民窟和犯罪分子出入的场所，而许多郊区则成了新兴富人聚集的场所。除了家庭建筑本身所处的位置被赋予身份表征意义外，在家庭内部的设计上，热衷于各种分门别类的维多利亚时期的人也将家庭空间按照功用分成了三六九等。[③] 例如，给客人使用的房间的布置规格往往高于家庭自用屋的规格，有些房间更多的是用来展示家庭地位，而没有实际的用途。[④]

家庭内部空间一个最显著的特点是被划分成越来越小的单元，G. M. 特

---

① Pamela Horn, *The Rise and Fall of the Victorian Servant*. Sparksburg: Sutton, 2004, pp. 27—35.

② 1901 年，在维多利亚女王统治的末期，仍有 150 万人从事这份工作。See *General Reports of the Censuses of Population*, *Parliamentary Pap*, 1901.

③ See George Augustus Sala, *Gaslight and Daylight*, *with Some London Scenes They Shine upon*. London: Chapman & Hall, 1859, p. 218.

④ See Judith Flanders, *Inside the Victorian Home*, p. 9.

里威廉（G. M. Trevelyan）关于英国底层贵族庄园的描述同样适用于欧洲大陆下一个世纪市民的住所。

> 现代大都市的私人住所都把供全家共用的整个空间限制得再小不过了：本来是宽敞的前厅变成了又小又窄的过道……看一看我们卧室每部分，就会发现，全家男女老幼共用的大房间不是变得越来越小，就是完全没有了。相反，每个家庭成员独有的房间却越来越多，布置得也越来越有个性。家庭成员在住宅内部的独立化是最值得重视的。①

家庭内部房间增多的直接原因并非是仆人的增加，它是随着18世纪逐渐走上政治舞台的资产阶级对家庭私密性和对个人主义的追求而逐渐兴起的。在维多利亚时期的小说中，可以找到大量关于小房间的描述，包括上文提到的《简·爱》《维莱特》等著作。不同的房间有着不同的功能，其中有女性闺房、育婴师室、学习室、吸烟室、书房、男女共用的公共客厅、屋后过道和仆人居住的地下室。②

在家庭内部，空间的划分是区隔阶层的表述之一，这一点在当时的家庭手册中都有提及，而在这方面关注最多也是最详尽的，当属那些建筑手册。18世纪末以来的家庭规模和范式的转变，也引发人们改变家庭居住空间的诉求，许多专业的建筑师都利用这个契机，在大力宣扬家庭设计的重要性的同时提升了自己作为职业建筑师的地位。不少知名建筑师还专门为广大读者创作了关于家庭建筑必须具备哪些基本原则之类通俗易懂的指导手册。从19世纪20年代到40年代，苏格兰花园景观设计大师约翰·劳顿（John Loudon）主编的杂志《园丁手册、乡村展示和家庭内部建筑的提升》（*Gardener's Magazine and Register of Rural and Domestic Improvements*）获得了巨大的成功。而另一位具有影响力的建筑师罗伯特·克尔（Robert Kerr）也在他著名的《绅士之家》（*The Gentleman's House*）中具体规定了家庭设计的基本要素："要记住，绅士的住宅不该是宏伟或奢侈的，它应该是设计精良的，尤其是要有规划，从这个意义上讲，一栋朴素的房子也可以有完善的品质。"③ 可见，家的物理景观已经成为主人的品格象征。

---

① 〔德〕尤尔根·哈贝马斯：《公共领域的结构转型》，曹卫东等译，上海：学林出版社，1999年，第49页。
② See Leonore Davidoff. *Worlds Between: Historical Perspectives on Gender and Class*，p. 6.
③ Robert Kerr，*The Gentleman's House*，p. 66.

在家庭空间里，每个家庭成员都要遵守相应的礼节范式（stereotype of respectability）①，在约定俗成的符合个人身份的空间里进行日常活动。餐厅属于男性空间，常常使用结实的橡木、红木或土耳其地毯，而客厅则是女性的场所，常用紫檀木、纺纱、丝绸和印花棉布等作为装饰物体。② 家庭空间的规划不仅具有性别属性，还具有阶级属性。从家庭内部空间的设计上，可以管窥主仆之间并非真的是亲密无间的"一家人"。在《绅士之家》中，克尔提出，对于中上层英国家庭而言，家庭设计要遵守诸多重要的原则，如私密性、有益于健康、舒适、便利和愉悦等，其中首当其冲的是对私密性的要求。克尔说，无论房子多么小，仆人的住所都要与房子的主体部分（Main House）分离出来。因此，要小心处理二者之间的边界，以便在不必要的时候，主仆之间彼此听不到对方的声音，也看不到对方的身影。

> 透过薄薄的隔板，在餐厅或书房里居然能听到另一边的洗碗室或煤窖里传来的声响，或从前厅厨房的入口能窥见烹饪的全过程，或是整栋房子都充满不受欢迎的味道——这一切都太可怕了！③

通过特殊的屋内设计，如增加仆人专用的楼道、独立的走廊或暗道等方式，主人可以四处自由走动而无需担心突然碰到仆人，仆人也可以在不碰到主人和客人的情况下，自行完成各项事务。总之，无论条件多么艰难，空间多么有限，都要在室内设计上，确保主仆之间严格的界限。

厨房作为通往餐厅的重要场所，这里的气味和食物的味道都与身体和需求有关，是一种禁忌。在维多利亚时期，无论哪个阶层，都与"工作"有着各种关联。曾经被看作受苦受累的工作如今虽有了崇高的意味，甚至还出现了"工作伦理"，但不同的工作是不可等量齐观的，它们也有高下之分。正如身体的不同部位从事的工作是不平等的一样，中产阶级认为自己是脑力劳动者，从事的是精神性的工作，只有那些粗俗的体力劳动者才与物质性和生理性关联。在家庭内部，这种精神性得以进一步延伸。在维多利亚时期的家庭观念中，家被视作精神的象征，必须远离物质性的东西，其中包括人们赖以生存的食物，尤其表现对厨房气味的隔离。

为了避免气味进入厨房之外的空间，在维多利亚时期的家庭手册里，随处

---

① See F. M. L. Thompson, *The Rise of Respectable Society: A Social History of Victorian Britain, 1830—1900*, p. 176.

② See Mark Girouard, *The Victorian Country House*. New Haven: Yale University Press, 1979, p. 292.

③ Robert Kerr, *The Gentleman's House*, p. 75.

可以看到相应的措施，如厨房与房子的其他屋子之间通过走廊和楼道进行隔离，但同时又要保证隔离的长度不能过长，否则食物到餐桌的时候就已经冷了。此外，仆人住的屋子也被看作是有别于主人的住所，它应该更加通透，无需太多窗帘之类的覆盖物，因为他们比主人"更耐冷"。社会意识形态将底层视作本质上不那么道德和优雅的，他们是生理性的、物质性的，因而更加适合强度大的体力劳动。尽管主人需要依靠仆人的服侍，但只要可能，前者就要努力将自己与后者的一切区分开来。除了上文提到的各种物理空间的区隔外，在文化空间上，二者也要遵循一定的规范以显示各自社会地位的不同。

三、"人靠衣装"：越位的女仆

在 19 世纪的小说中，尽管家仆很少成为故事的主角或显性人物，但几乎所有的小说中都有他们的声音。从《简·爱》中那个心地善良、"愚忠"的南茜，到《呼啸山庄》（*Wuthering Heights*）中讲述故事的尼尔逊，以及《大卫·科波菲尔》（*David Copperfield*）中那个可笑、可亲又可爱的裴果提，再到当时的畅销小说《奥德利夫人的秘密》（*Lady Audley's Secret*）中那个出卖女主人的菲比，仆人形象在维多利亚时期的小说中几乎无处不在。

从某种意义上看，主奴意识是一个自我意识对另一个自我意识的问题。也就是说，一个自我意识只有在另一个自我意识之中才能得到满足，才能认识并且成为它自己。自我意识以征服对方但保留对方的生命并把对方变成自己的奴隶来证明自己的存在。主奴关系并不局限在主人与奴隶之间，还指主人与奴仆之间。二者的相似之处在于，都存在剥削关系。奴隶与奴仆的区别就在于，前者除了出卖劳动力之外，也出卖了人身自由，而后者只出卖劳动力，至少在显性关系上是如此。在主仆关系中，忠诚是对仆人最基本也是最重要的要求，这一点并非维多利亚时期主仆关系的特有属性。而许多文本中关于狡诈欺主的仆人的描写，不过是从反面透露了雇主对仆人忠诚品质的期待。

前工业时期的大多文学作品中，主仆关系多是融洽的，故事中的主人公与仆人在性格上可能还是互补的；如果主仆关系出现什么瑕疵，多半是由于仆人的不忠。到了 19 世纪，情况有所变化。文学作品中的仆人形象，尤其是负面形象显得更为复杂。以《大卫·科波菲尔》为例，小说中汇集了好几类不称职的仆人形象。除了吉杰布里太太是因为体弱多病，力不从心，还情有可原外，还有一位虽然和气，但"她端着托盘上下厨房，总要摔跟头，往客厅里送茶点，就像往澡盆里冲一样"①，理家能力实在有限。这些仆人中还不乏偷鸡摸狗之流。如他们雇佣的家童，常偷家里的东西。还把家里闹得沸沸扬扬、鸡犬不宁，"他的主要作用是跟厨师吵架"，"常在不适宜的时候大喊救命，还常跌跌撞撞地从厨房里跑出来，紧跟着还有铁器往他身后飞来"。② 这些仆人大都玩忽职守，品行低劣，酗酒成性。第一个帮助料理家务的女仆就极不称职：

> 那女仆姓帕拉刚。我们雇她的时候，从她这个姓，就可以对她的性格略知一二。她有一封推荐信，像一份宣言那么大，根据这份材料，我听说过的以及许多我从未听说过的家务活儿，她都会干。这个女人处于风华正茂的时候，板着面孔，身上（尤其是胳膊上）有红斑，也许是皮肤溃疡，老也不消。③

在大卫眼中，她毫无慈悲之心，丢三落四，还嗜酒如命，在处理具体的家庭事务的时候，毫无时间观念，常常误点，还在厨房里与其罪犯表哥厮混，甚至将家里的东西偷出去卖钱。这些仆人的问题不仅仅是忠诚问题，有持家不善的，有心术不正的，还有道德败坏的。总之是三教九流，无奇不有。

除了本身能力缺陷外，维多利亚时期的小说中常常提到的女仆的另一个重大过错，就是不按本分，尤其是不按自己的社会身份穿衣服。在《克兰福德》中，彼得的"换装"——乔装成姐姐的样子的小闹剧引起巨大的家庭风波，彼得最终被"逐出"家门，甚至被"逐出"英国国界，这从侧面说明了在维多利亚时期的人看来，着装的改变可能对两性区别以及建立于此基础之上的两个分离领域构成巨大的挑战。对服装的严格界定，不仅局限于两性之间，还扩大到不同的阶层之间。从《维莱特》中关于斯微内太太的描写我们可以看到服饰甚至可以改变一个人的社会地位。在维多利亚时期，对许多人而言，服装具有非凡的魔力，服装的改变可以直接影响人们对穿着者的看法。

尽管在小说中，斯微内太太品行不端，酗酒成性，好几次都是喝得醉醺醺的被人从桌子下拖出来，但有了这绸缎，就连冷酷、高傲的贝克夫人也对她刮目相看，觉得她出身不凡。且不论叙述者在对斯微内太太着装不当的冷嘲热讽的背后，是否掩藏对"以貌取人"的做法的鄙夷，这至少从一个侧面说明了服饰这个文化符号在维多利亚时期所具有的超凡魔力：它可以提高人的身份和地位。

---

① 〔英〕查理斯·狄更斯：《大卫·科波菲尔》，庄绎传译，北京：人民文学出版社，2004年，第647页。

② 〔英〕查理斯·狄更斯：《大卫·科波菲尔》，第700页。

③ 〔英〕查理斯·狄更斯：《大卫·科波菲尔》，第642页。

由于服装成了识别身份的重要标志，在当时的许多小说中，都表现了仆人因为"越位"穿衣而受到严厉惩罚的场面。这种罪恶甚至比偷盗更为可耻。在《大卫·科波菲尔》中，大卫是一位心地善良的绅士，他可以暂时忍受仆人盗窃、利用他的名义四处坑蒙拐骗，但却一刻都无法容忍其中一个文静、年轻的仆人"戴着女主人的帽子到格林尼治去赶集"。[①] 可见，穿着的越位在当时比偷盗和欺骗更为可恶。这种越位不仅在主人看来是难以饶恕的恶行，就是在底层阶级眼中，也是令人讨厌的。在当时的另一部流行小说《奥德利夫人的秘密》中（这部小说自发行之日起一直到 19 世纪末都雄踞维多利亚时期畅销小说之列），奥德利夫人的贴身女仆穿着女主人送给她的丝质衣服的时候，遭到了丈夫卢克的斥责："女人怎么就不能按照自己的地位穿衣服呢？"[②] 由于女主人的挥霍，造成了衣服的浪费，但即便如此，仆人也被认为应该坚守本分，按照自己的地位穿衣。正如狄更斯所说："衣着是用以使万物恪守本分的唯一灵验的法宝和符咒，人人都在为那场永不散场的舞会打扮穿着。"[③]《奥德利夫人的秘密》这部畅销小说里多次提到菲比穿衣不慎，女主人奥德利夫人固然应该受到处罚，但菲比着装的越位，也喻示了她品行不佳。服饰在当时并非只是遮羞蔽体之物，它还是身份的标识，是本分所在，是让人们安分守己的道具之一。

对仆人服饰礼仪的严格规定不仅体现在 19 世纪的流行小说中，在当时的家庭手册中也有大量记载。在宣传册《19 世纪的仆人为什么如此穿着？》(*Why Do the Servants of the Nineteenth Century Dress As they Do?*) 里，将那些模仿主人着装的行为视为一种违背上帝旨意的"邪恶"行为：

> （仆人们）对服饰的喜爱表明他们不满上帝赋予他们的地位……他们试图改变神定的位置……仆人们不应该因为看起来像仆人而羞耻，但我对那些试图在穿着上越位，让自己像比自己身份高的仆人，感到十分担忧。[④]

最后作者又呼吁英国的女主人要全力杜绝仆人在穿着上模仿那些比他们高的阶层的人。在《给女仆们的友好提示》(*Friendly Hints to Female*

---

① 〔英〕查理斯·狄更斯：《大卫·科波菲尔》，第 647 页。

② Mary Elizabeth Braddon, *Lady Audley's Secret*. London: Wordsworth Editions Limited, 2007, p. 91.

③ 〔英〕查理斯·狄更斯：《双城记》，第 82 页。

④ Cited from Elizabeth Langland, *Nobody's Angels: Middle-class Women and Domestic Ideology in Victorian Culture*, p. 39.

Servants）中，作者亨利·沃特金（Henry Watkins）专门提到仆人在任何情况下都不可穿女主人的衣服——包括旧衣服，因为那只会引起不必要的麻烦，而且会引起社会的混乱。

> 服饰就是你们的社会标识。……社会的幸福源于每个人都恪守本分，并对此感到满意。穿着整洁，也是表现智慧的方式之一，但要时刻铭记在心，在服装的风格上，你们绝对不能超越自己的女主人。①

可见，关于服装作为身份标志的观点在社会文本中也是不断地被强调。对服饰与身份关系的强化似乎与小说文本中的仆人错位着装构成了一种悖论，这种矛盾可以看作规范与现实或描述之间的矛盾。但越是强调某个行为，恰恰证明该行为的缺位，这也再次说明维多利亚时期身份的流动性以及中产阶级对自身地位的焦虑。

对于仆人服饰的关注，到了 19 世纪才变得凸显，这与当时的经济、政治有密切的关联。俗话说得好，"马靠鞍装，人靠衣装"，关注服饰后面的根本原因是对身份的关注和焦虑。随着经济的发展，交通的便利，加上英国在非洲等地的棉花种植，以及对印度的殖民，19 世纪的物质有了长足的发展。丝绸和绸缎也不再是宫廷贵族的专属消费品了，平常的百姓也可以购买这些曾经昂贵的奢侈品。与此同时，随着家族和出身对于身份的决定作用的减弱，不同阶层的身份边界越来越模糊。在下层阶级中，工人阶级的认识水平和物质水平都处于相对贫乏的境地，在文化层面，一时之间很难对主导阶层构成威胁。而仆人则不同，他们与主人同在一个屋檐下，而且因为衣食无忧，加上主人长期的熏陶和调教，往往有着很好的教养。因此，有身份焦虑的中产阶级要想与仆人阶层区分开来，在外表上就需要一些特定的标识。

小说也好，家庭手册也罢，都在很大程度上强化了服饰和身份、地位之间的关联。可以说，维多利亚时期的人将服饰看作一种语言，它向别人暗示自己的阶层和态度。当时的人能很快根据他人的服饰判断其社会地位，而仆人所处的特殊位置，又让这种语言带有一定的不确定性。在外面，主人需要用仆人的教养和人数装点门面，提高自身社会地位；在家庭内部，家庭成员与之朝夕相处，他们担心这个阶层跨越本分，因此又急切希望与之划清界限。贵族或中产阶级可以在空间上远离工人阶级，但对于这样一个遍布家庭各处又不真正属于家庭的成员而言，不可能在地理位置上进行区分。这种区隔对于迫切希望改变

---

① See Elizabeth Langland，*Nobody's Angels：Middle-class Women and Domestic Ideology in Victorian Culture*，p. 39.

"暴发户"形象,并希望身上带有上流社会风范的中产阶级而言,显得特别有必要。加上没有了固定的出身和家族身份,当时的阶层显示出极大的流动性,人与人的差异首先是通过外表而表现出来的。在各种礼仪、言语等规范中,首当其冲的是服饰。① 受家庭环境的影响,仆人具有一定的文化素质和良好的教养,从表面上让人很难将其与主人区分,服饰作为最直观的外表形式之一,变成关注的焦点也就不足为奇了。

第二节 符号的挪用与解构:吉普森太太与汉娜·卡尔威客

《妻子与女儿》(*Wives and Daughters*)是盖斯凯尔的最后一部作品,在安德鲁·桑德斯看来,这也是她创作的最好的小说之一,② 曾被詹姆斯称赞为最优美的作品之一。以往的研究主要关注莫莉这个角色,并将小说当作成长小说处理,而忽视了吉普森太太这个小人物。虽然《不是任何人的天使》一书分析了这个人物成功利用社会符号提升吉普森家的社会地位,看到了上层阶级对吉普森太太的影响,但却忽视了吉普森太太在嫁给吉普森先生前后身份的改变。这个人物对上流社会各种礼节的模仿,表面上看是源于她对底层生活的恐惧,实际上则可以视作其被上流社会文化所驯化。

一、操演的"淑女":吉普森太太

吉普森太太是小说塑造的最为成功的人物形象之一,她一向以矫揉造作、肤浅势利的形象著称,虽有多个称号,真名却只有一个——西娅辛,即"Hyacinth",意为"风信子",一种春天盛开的百合科鲜花,花香浓郁,花色缤纷,花语是浪漫和纯洁。从外表上看,仪态端庄、楚楚动人的吉普森太太与这一花语特别吻合,然而其本质却是虚伪做作、冷酷无情、愚蠢可笑。她常常表里不一、自相矛盾。她穿着代表最沉痛哀悼的丧服,胃口和心情却出奇的好;她受尽上层社会的冷落和白眼,回到家里却将其美化一番,当作炫耀的资本;她处处标榜自己是道德的守卫者,却常常显得自私无情。最令人难以忍受

① 正如凡勃伦所说,要证明一个人的地位,别的方式也可以达到,但没有哪一个能像服装那么一目了然,因为我们穿的衣服是随时随地显露的,旁观者对它所提供的标志也很清楚。See Thorstein Veblen, *The Theory of the Leisure Class*. Oxford: Oxford University Press, 2007, p. 111.

② See Andrew Sanders, *The Short Oxford History of English Literature*. Oxford: Oxford University Press, 2000, p. 411.

的是，她说起话来，就像"裁缝店里的成衣"①，全是现成的套话，毫无思想，令人窒息。小说刚开始时，她的名字"Clare Kirkpatrick"的发音喻示了这一点。②

表面上看，吉普森太太滑稽可笑，但不可否认，她同时也是给维多利亚时期家庭意识形态"去魅"的表征，尤其体现在她对当时的一套家庭意指实践符号的应用自如。吉普森太太原为一庄园负责照料太太和小姐们起居的、具有一定身份的女仆，③ 尽管在庄园里无足轻重，但她却极为认同上层阶级那一套文化表征符码，如宴会、访问、服饰和餐饮等，甚至将这些符码内化到自己的日常生活实践中。嫁给吉普森先生后，吉普森太太不必再为生活奔波劳碌，她便致力于在重新组建的家庭里，复制她在贵族家庭当女仆的时候学到的一整套上层社会文化符码，并借以提高吉普森家庭的社会地位。与吉普森先生婚后不久，她就开始大张旗鼓整顿家里的各种事务，充分展示她身为女主人的权威和所谓的"原则"。④ 首先，她不顾莫莉的眷恋，为了维持自己作为女主人的"威严"，强行辞退了家里照顾吉普森父女十六年之久的老女仆贝蒂。吉普森太太曾经也不过是卡姆纳家中的一名贴身女仆，一旦有机会成为女主人后，她便全然忘记自己当年所受的各种委屈和苦衷，从"被压迫者"变成了"压迫者"，女仆们丝毫不能从她那里得到任何的谅解和同情。缺乏教育的吉普森太太在恪守一些礼节的时候，只会变本加厉地伤害曾经和她处于同一战线的人。

此外，吉普森太太还不惜一切代价追求所谓的"教养"。如在辞退女仆贝蒂后，她执意要雇塔尔斯庄园的女仆助理（undermaid），因为在她看来，这位女仆总是用托盘送信，是有教养的标志。⑤ 在优雅的上层女士可能访问的时间，吉普森太太禁止厨房里任何热乎乎的、味道十足的食物进入餐厅，包括吉普森先生钟爱的奶酪。可怜的吉普森先生早出晚归，为一家生计奔波劳碌，却只能在厨房里（不是在餐厅里）匆匆吃晚餐。

在维多利亚时期，对于如何杜绝厨房味道进入客厅和居室是一门重要的学问。克尔在《绅士之家》中指出，任何一个可能产生不受欢迎的味道的地方都

---

① Elizabeth Gaskell, *Wives and Daughters*. Hertfordshire：Wordsworth Editions Limited, 1999, p. 297.

② 小说家对人物的命名多有讲究，/k/这个塞音的发音要通过阻碍空气在声腔流动来完成。而"Clare Kirkpatrick"这个名字发音里有 4 个/k/音，读起来正如她本人说的话一样，令人不适。

③ 维多利亚时期的女仆也有等级之分，如女仆首领（head housemaid）、第一女仆（first housemaid）、第二女仆（second maid）和女仆助理（under housemaid）等。其中，厨房里的洗衣女、洗碗工等处于仆人的底层，而照料女主人起居的女仆则被看作是高级女仆。

④ See Elizabeth Gaskell，*Wives and Daughters*，p. 157.

⑤ See Elizabeth Gaskell，*Wives and Daughters*，p. 158.

要分离出来。在典型的绅士家庭里，为了杜绝厨房的声音和味道进入大雅之堂，在具体的建筑设计上，厨房与客厅之间常常设计了长长的过道。每间房子都成了都市社会的写照，这代表了阶级地形学，也是人体的地图，它画出了身体的愉悦、需求、恐惧和屈辱。对厨房的隔绝，表面上看是为了远离厨房味道，实际上是中产阶级对物质性的排斥。家庭是精神性的象征，克尔对从感官上排斥与仆人相关的体验，透露出他不仅将这些看作底层社会秩序，还将其看作身体的低级需求。通过空间的分隔，中产阶级试图维护家庭的精神性作用，以此对抗邪恶的政治和经济等外部世界。

远离厨房味道，看似保护家庭的精神性作用（家庭之所以具有精神性，是因为它是个人自发情感和个性产生的场所，这些不该受到市场利益的影响），但吉普森太太在家庭内部空间下意识地模仿上层社会的做法，却压抑了人的自主性：吉普森先生不得不吃那些叫不上名字的外国菜，他再也不能在家里的餐厅里自在地享用自己最喜爱的食物。最基本的生活需求的压抑暗示了他在家中其他许多方面的不受尊重。家庭这个看似私密的空间具有了很强的公开性，家中的一切都是根据外部世界的规范粉饰出来的。如此一来，家便丧失了作为发展个性和培养亲密关系场所的意义。

小说中，吉普森太太还不考虑丈夫和女儿的实际需求和爱好，严格按照在她心目中算得上上流社会的品位对家中的一切进行改造。厨娘也因为无法接受她对法国食物（在吉普森太太看来，上流社会的品位中，法国的一切都是好的）的嗜好而主动辞职，尽管吉普森先生对这些食物并无任何好感。"从此，吉普森先生不得不放弃英国的健康食物，而去吃那些难吃的法国食物，什么omeletes，rissoles，vol-qu-vents，croquets 和 timbales，反正他也从不知道自己吃的到底是什么。"①

吉普森太太自己当年也处于女仆这个位置，虽然物质上的需求基本得以满足，但也常常遭到奚落，心中多怀不满。一旦自己家庭的收入稍微充裕一些了，她还是不惜一切代价地以上层社会的礼仪为典范，乐此不疲地学习上层阶级的餐饮仪式，并严格规定进餐时间和流程，即便有些程序在丈夫吉普森先生和继女莫莉看来完全是多余而可笑的。不可否认，吉普森太太的模仿给吉普森先生一家带来了一些实际的好处。无论吉普森太太多么努力，经济基础和家庭谱系决定了吉普森一家不可能上升到塔尔斯庄园那样"高贵的"地位，但她的两个女儿都找到了好归宿：亲生女儿辛西娅成功嫁给有钱的律师，继女莫莉也

---

① See Elizabeth Gaskell, *Wives and Daughters*, p. 159. 本处的翻译对这些当时英国人眼中的法国食物都使用原文，主要是为了突出小说中的吉普森先生既不懂这些外来食物，也不屑去区分它们。

和老乡绅家的少爷罗杰终成眷属。

维多利亚时期的中产阶级在建构自身文化领导权的过程中并非一帆风顺的，中下层社会对上流社会的淑女和绅士的模仿也从未停止。在狄更斯的《小杜丽》（*Little Dorrit*）里，非上流社会出身背景的莫多尔先生，凭借自己的能力，成为富甲一方的商界和政界的重要人物。但在他那出身"高贵"的莫多尔太太眼中，无论走到哪里，都将公务放在心上的莫多尔先生是粗俗的，永远无法融入上流社会："你应该让自己的态度多一点洒脱，少一点出神的样子，从而适应上流社会。照你现在的样子，你走到哪里都老是想着自己的公务，那种样子明明白白地是俗里俗气的。"[①] 在外风风光光，几乎所有人——财长大人、法官大人、主教大人——为了得到他的钱，都竭尽所能地吹捧他，但在自己的家中，在那位自认为颇有教养的总管家面前，莫多尔先生却觉得十分卑微，无地自容，就像个无足轻重的人。[②] 到了 19 世纪末，随着这套中产阶级文化领导权的确立，上层社会的象征符号也逐渐为这个阶层所掌握，它又成为这个主导阶层用以阻止下层人士向上攀爬的工具。如 1888 年到 1889 年间在《潘趣》（*Punch*）杂志上连载的小说《无名小卒的日记》（*The Diary of a Nobody*）就讲述了伦敦职员查尔斯·普特如何千方百计地试图模仿上层人士的生活，努力让自己像个绅士，但现实生活却处处与之作对。在乔治和威顿·格罗史密斯兄弟（George and Weedon Grossmith）的笔下，一个努力追求不可企及的理想的小人物的可笑与悲哀，被刻画得淋漓尽致。

《妻子与女儿》这部小说通过吉普森太太的形象，说明这套象征符号是可以流通和模仿的，同时也质疑了阶级的本质论。盖斯凯尔的好友勃朗特在《维莱特》中也曾对这种依托外物评定个人道德和品格的做法表示反感。小说中斯微内太太利用昂贵的绸料外衣，丝带绳边帽子，还有一块"真正的印度披肩"，在家庭中引起家庭教师和仆人的敬畏。叙述者不无讽刺地写道，尽管这位太太粗鲁、懒惰和酗酒，但靠这块披肩的力量，也仅仅靠这块东西，竟在极为苛刻的贝克夫人家中"站稳脚跟达一个月之久"。[③] 盖斯凯尔通过对吉普森太太这个小人物的刻画指出，如果服饰等外部的社会符号可以判定个人品格，那么有些品行低下的人也可以乘机利用这套符号实现自己的目的，社会符号与个人品格、个人身份之间的关系并非一一对应的，挪用符号，身份也会随之发生变化，二者之间是流动的关系。通过对吉普森太太这个张口礼节闭口礼节的小人

---

① 〔英〕查尔斯·狄更斯：《小杜丽》，金绍武译，上海：上海译文出版社，1993 年，第 548 页。
② 〔英〕查尔斯·狄更斯：《小杜丽》，第 548 页。
③ 〔英〕夏洛特·勃朗特：《维莱特》，第 97 页。

物的漫画式的刻画,小说也透露了这样的信息:仆人与淑女之间并无本质的差异,只要能掌握那一套餐饮、礼节和服饰的象征符码,来自底层的女仆顷刻之间可以变成上流社会的"淑女",这种颠覆无疑对维多利亚时期以这些外在标志区分阶层的做法构成了巨大的反讽。

二、操演的"女仆":汉娜·卡尔威客

在《妻子与女儿》中,吉普森太太试图通过模仿塔尔斯庄园的礼节提升家庭的地位,而在《汉娜·卡尔威客的日记》(*The Diaries of Hannah Cullwick*)中则恰恰相反,女仆出生的汉娜·卡尔威客嫁给上层社会卡尔威客后,仍执着地扮演着"女仆"的身份,拒绝成为上层的"淑女",借此获得"淑女"身份所缺乏的独立和自由。

鉴于女仆在19世纪的社会地位,关于她们的史料记载极为有限,大多只是泛泛而谈,作为某个数据援引一下罢了。21世纪以来,这个阶层的名称和性质虽然发生了一定变化,但在全球依然活跃,历史研究、文化研究的兴起,也让学界对这个19世纪数量庞大的群体产生了新的兴趣。

《汉娜·卡尔威客的日记》(下文简称《汉娜》)作为19世纪留下的唯一一部女仆关于自身生活的记录,它对我们了解这个群体无疑有着重要的价值。汉娜·卡尔威客于1833年出生于英国的什罗普郡,母亲是一名女仆,父亲是马具商。从1841年开始,她便开始从事底层仆人的工作,之后几乎做过所有女仆的活,先后当过保姆、洗碗工、女仆和管家等。[①] 如果不是与亚瑟·卡尔威客(Arthur Cullwick)十八年之久的恋情和三十六年的秘密婚姻,汉娜或许不过和其他维多利亚时期女仆一样,不会引起历史学家或文学家太多的注意。

1972年,德里克·胡德森(Derek Hudson)关于莫比的自传引起了人们对他的兴趣。正如这部自传的副标题"生活在两个世界里的人"所暗示的那样,上层出生的莫比一生都和底层妇女有关联。莫比曾是著名的作家和诗人,他的名字常和罗斯金、罗塞蒂、布朗宁以及其他著名的名字放在一起,而汉娜则是名不见经传的底层女性。如今,莫比的作品已鲜为人知,人们只记住了他的那些关于"秘密的浪漫"的日记和图片,而汉娜的名字却多次被提及。20世纪80年代以前,学界对汉娜的关注并不多,一方面是由于她不过被当作莫

---

① Liz Stanley ed., *The Diaries of Hannah Cullwick*, *Victorian Maidservant*. London: Virago Press, 1984, pp. 2—3.

比的附属，另一方面，汉娜除了日常的家务活动，并未参加过任何女权运动或其他政治团体，而她坚持服从于莫比的做法，又被看作是缺乏政治觉悟的表现，因而也没有进入女权主义者的视野。

近些年，随着对这个群体的关注，以及对相关历史文献的整理，人们对卡尔威客日记的关注逐渐提高。1854 年到 1873 期间，汉娜共写了十多本日记，莉兹·斯坦利（Liz Stanley）编撰的《汉娜》一书主要来自其中的八册。卡尔威客的日记用以向莫比汇报家庭活动，记载了家庭日常的各种忙碌。日记中有大量关于日常家务的描写，她在一则日记里写道：

> 点火然后清洗炉子，洗刷 8 双靴子。准备早餐，整理床铺……清洗灯具，洗道具，准备晚餐，铺桌布，上晚餐，跪着清洗厨房、过道和楼道。洗衣服、备茶、洗漱，然后吃完饭、收拾、清洗并上床睡觉。[1]

这几乎是她每一天的例行工作，遇到需要上教堂、主人脾气不佳或有客人来访的时候，事情还要多一些。她称莫比为"主人"（Massa），在与莫比确立关系后，依然保持着这些劳动习惯，因为在她看来，仆人比那些所谓的悠闲自在的"淑女们"拥有更多的自由。她们无需穿戴紧身的衣物或佩戴各种手套、面纱，更无需遵守种种约束女性独立的繁文缛节（如女子不可独自行走等）。

> 穿得粗糙，让自己看起来不过是个"无名小卒"，这么做的最大好处就是你想去哪就能去哪，没有人对此大惊小怪。"只要可能，我决不当淑女"，哪怕给我一大笔钱，我也不干——我宁可干些苦力，自己养活自己。[2]

从表面上看，日记作为工作汇报是应莫比的要求，它不过是莫比控制汉娜的一种方式。但汉娜却通过日记实现了自己的目的，她通过故意成为他人的景观，[3] 故意成为"被看"而获得另一种权力——她让莫比通过她的日记去审视底层的各种脏活、累活，对他产生潜移默化的影响，使得他认同自己"不当淑女"的决定。

汉娜对家务，尤其是那些又苦又累的脏活和重活所表现出来的喜爱，完全有悖中产阶级女性对悠闲感的青睐。一般的中产阶级家庭常常雇佣 2~3 个女佣，以示自身养尊处优的地位，而汉娜用自己的实际行动表明，上层女性优雅

---

[1] Liz Stanley ed. , *The Diaries of Hannah Cullwick*, *Victorian Maidservant*, p. 110.

[2] See Liz Stanley ed. , *The Diaries of Hannah Cullwick*, *Victorian Maidservant*, p. 274.

[3] See Anne McClintock, *Imperial Leather*：*Race*, *Gender and Sexuality in the Colonial Contest*. London：Routledge, 1995, p. 157.

的服饰、高贵的举止在很多时候不过是一种自我束缚。在和莫比确定关系后，她仍然坚持自己的仆人行为，绑着围裙，处理各种繁重的家务劳动。虽说女仆身份占用她许多时间，但她也因此获得了不可多得的自由。

吉普森太太汉娜的身份"操演"是不大一样的。吉普森太太在家庭日常生活实践中对上流社会的模仿是一种布尔迪厄所说的"误识"（misrecognize），即错误地将上流社会的阶级符码当作一种自然、本真的东西，让它成为一种"习性"，内化成自身的真实存在，在不断的实践中看似试图摆脱原有身份的限制，实际上却不断巩固上层建筑那一套支配性的符码。这种身份操演是无意识的，是被动的。而汉娜的身份"操演"却是主动的，是下意识的行为，即朱迪斯·巴特勒在《有意义的身体》（Bodies That Matter）里提到的"舞台表演"：这是一种有意为之的举动，正如一个人清晨醒来站在衣橱前挑选衣服一样，这个主体可以在白天选择一种性别，晚上选择另一种性别。① 这段表述中，若将"性别"换成"阶级"或"身份"，依然成立。关于人的身体，可以从三个层面进行理解：生理性的身体本身，"我"眼中的身体和"他人眼中"看到的身体。人们常将别人眼中的身体当成真实的身体，按别人眼中的样子来规范自己，并且没有意识到二者的区别。身体也具有表演性，它不同于舞台表演的地方在于它是表演者根据现实需求，有意采取的策略。主体所展示的身体也是故意表演出来的，它可能不属于这三种身体中的任何一种，也可能属于其中一种。但不管哪一种，都是主体有意为之的，是主体利用凝视的目光反抗凝视的一种做法，或者说是一种"对抗性的凝视"。

由于经济实力和社会权力的关系，我们对维多利亚时期的中产阶级，尤其是男性的思想了解得较多，但对于广大劳工阶层，尤其是家仆如何被社会结构所塑造却了解得不多。汉娜·卡尔威客的日记中不仅有关于童年的记忆描述，还记载了日常家庭杂务和工作环境、工资待遇、娱乐方式以及仆人关系等细节，这些都成为我们从一个侧面了解当时仆人日常生活的宝贵资料。但同时我们也要注意，汉娜的日记是写给莫比一个人看的。男主人莫比希望通过日记更好地控制或重塑汉娜的生活（尽管事实上并非完全如此）。因此，在分析日记的时候，我们需要格外小心。

如果说盖斯凯尔通过对吉普森太太的刻画，质疑了上层社会那一套作为身份象征的繁琐礼节的合法性，那么汉娜则用身体力行的方式，拒绝"淑女"的社会身份，利用凝视的目光建构自身身份，从而继续践行着仆人的各种行为规

---

① See Judith Butler, *Bodies That Matter: On the Discursive Limits of "Sex"*. New York: Routledge, 1993, p. 2.

范。透过这两个例子，可以看出维多利亚时期中产阶级礼节或服饰等"家庭"话语的复杂性，它不仅遭遇来自本阶层作家的批判，而且在现实生活中，女仆可以通过实践这套话语获得一定的自主性和独立性，看似顺服，实则获得一定的特殊权力。

第三节　对"社会家长制"的反思：《小杜丽》与《克兰福德镇》

从前工业社会到工业社会，社会管理上一个最显著的变化是以血缘关系为主的"家长制"逐渐被契约关系所取代。在"家长制"的管理体系下，每个人的社会身份都是按照"伟大的存在之链"的安排，事先设定好的。处在链条上端的人有责任和义务保护下端人民，而下层的人也应安分守己、克己为公。但到了工业社会，社会阶层不再是固定的，经济利益的变化使许多人有机会向上层流动，个人对自己的行为负有绝对的责任，这也是维多利亚时期主流的政治经济学所倡导的理念。维多利亚时代的许多小说——如狄更斯的《艰难时世》（*Hard Times*）、勃朗特的《雪莉》（*Shirley*）和盖斯凯尔的《南方与北方》（*North and South*），都探讨了这个问题。

一、"自由意志"与"决定论"

19 世纪是各种思想碰撞的时期，这个时期形成的许多观念，对后来的社会都有着举足轻重的作用。随着进化论的发展和科学技术的不断进步，宗教的光环逐渐淡去，随之而来的是人们对统治了西方几千年的"决定论"（determinism）的摒弃。"决定论"最核心的思想就是认为，所有人从出生开始，在社会中的位置和职能都预定好了。每个人只要按照其本分做好该做的事情就好了。柏拉图在《理想国》里提出，新生儿应该交给国家统一教育和管理，国家也将按照自身的需求对每个人该做什么进行统一的安排。之后几个世纪里，上帝成了幕后的决定者，在斯宾诺莎看来，上帝决定了一切。[①] 随着欧洲国家的建制，宗教对国家的约束力逐渐减小，国家权力不断加强，并逐渐取代宗教，直接参与社会管制。个人与教会之间的矛盾逐渐被个人与国家之间的

---

① See Samuel Enoch Stumpf and James Fieser, *A History of Philosophy: Socrates to Sartre and Beyond*. Beijing：Peking University Press，2006，p. 238.

矛盾取代。17 世纪罗伯特·菲尔麦（Robert Filmer）与约翰·洛克（John Locke）在关于君主是否有绝对权利、一国之君是否等同于"一家之主"或者"父亲"等问题上展开了激烈的辩论。菲尔麦认为国王有至高无上的权力，他像父亲一样管理着子民，而洛克则认为君权不同于父权。

19 世纪的密尔在很大程度上继承了洛克和边沁的自由主义学说，他的《论自由》（*On Liberty*）一书对个人受到的外部干涉进行谴责，并对个人自由进行有力的辩护。在密尔看来，一切束缚和令人窒息的传统都要扫除，以便为培养多样化的个人性格让路。许多历史学家认为，在这个时期，狂热的基督教道德被世俗的功利主义伦理所取代，个人主义占有绝对的优势。与之密切相关的"个人自治""自由意志"等理念也被抬高到前所未有的高度。

"决定论"是"社会家长制"的重要思想依据。持此观点的思想家并不认同自由主义中关于个人要承担一切责任的观点，他们认为社会问题和经济问题并非个人引起的，而是一系列错误的政策引起的。"家长制"是建立在亚历山大·蒲柏的《法兰西论》（*Essay on France*）和埃德蒙·伯克（Edmund Burke）的《法国大革命反思》（*Reflections on the Revolution in France*）中描述的等级制和伟大的存在之链的基础上的。它强调个人与国家之间不可分割的关系，看到了社会、经济之间相互依存的关系。而 19 世纪的主流政治经济学家则倡导自治、独立和个人自助式的政策。1834 年英国政府通过的《济贫法修正案》是这种"自助式"理念的直接结果之一，它取缔了早期《济贫法》中的许多救济措施，认为穷人应该为自己的贫困潦倒负责。

事实上，尽管自由主义学说在当时几乎遍及社会每一个毛孔，也的确激发了个人欲望和动力，促进了社会的进步，但传统的"家长制"并未立即退出舞台，就连密尔这位被视作"家长制"的最大反对者也承认，在个人没有意识到断桥可能带来危害的时候，应该阻止其穿行，[①] 这在某种程度上是对外部干涉的认可。在金姆·罗斯（Kim Lawes）看来，"家长制"在 19 世纪 30 年代甚至还出现过一次"复兴"。对塞缪尔·柯勒律治（Samuel Coleridge）而言，根据人的社会出身不同而进行不同的教育，是保障社会和谐和稳定的根本，因为普通百姓无需思考政治和哲学问题，只有那些特权阶层的知识精英才有足够的时间和道德去思考复杂的哲学问题。[②] 柯勒律治的观点虽然属于保守主义，但它却也同样要求特权阶级要保障百姓的基本生活权利，其出发点是为了社会整

---

① See John Stuart Mill, *On Liberty*. New York: World Publishing, 1971, p. 229.

② See Kim Lawes, *Paternalism and Politics: The Revival of Paternalism in Early Nineteenth-Century Britain*. London: Macmillan Press Ltd., 2000, p. 9.

体的改善。罗伯特·索西（Robert Southey）也对自由市场经济持怀疑态度，因为在他看来，这种体制之下，一切都只与数据有关，人要么成了机器，要么只是动物而已。① 索西也希望政府能更多地承担"家长"的责任，在必要的时候对个人进行干预。此外，还有罗伯特·欧文（Robert Owen）、威廉·科贝特（William Cobbett）等思想家都特别关注当时流离失所的底层人民，并认为这一切不仅仅是个人的悲剧，它还是体制的失察。

其中，尤其值得一提的是科贝特对前工业时期的描述。科贝特所反对的不仅仅是新兴科学技术，特别令他厌恶的是新兴社会中人的价值观和态度的改变。在前工业时期，地主对农工有人文关怀，有家长式的责任和义务，同时农工也因此感到知足，并顺从、敬重自己的主人，这在当时是一种互相依靠（interdependence）关系，而不是所谓的相互独立（independence）。

主人与仆人相处的理想情景是主慈仆顺，彼此之间互敬互助、平等友爱。这一切在工业资本家出现后，发生了变化。劳动成了商品，雇佣者与被雇佣者之间的友善关系也被金钱关系取代，曾经的"农场式贵族"（farming aristocracy）也被企业农场主所取代。

"家长制"在西方历史上可谓源远流长，受此传统的影响以及目睹了现实社会各种自私和冷漠的行为后，维多利亚时期的小说家也对主流的政治经济学保持警惕的态度。科贝特试图从农场主与农夫的家庭关系说明前工业时期"家长制"的优越性，维多利亚时期的文学家则通过对家庭女仆的刻画，引发人们思考如何在传统理念和新兴的以利益为驱动的机制中找到平衡点。陈礼珍先生认为，维多利亚时期小说的一大特点就是通过对家庭人际关系与情感的微妙变化而见微知著地展示社会整体风貌。② 值得注意的是，这种关系不应当局限于家庭中夫妻关系和父子关系，还应当考虑"仆人"这个一度"隐形的"成员。维多利亚时期的小说家在对主仆关系的描述中，也常常透露出他们对当时的社会制度，尤其是"社会家长制"（social paternalism）的思考。对于"家长制"最精炼的定义是：X 为了保障 Y 的好处而对 Y 的自由有所限制，③ 这个术语不仅适用于国家管理层面，还适用于社会机构团体或日常生活中。"社会家长制"便是其中一种，它主要处理社会层面群体与个人或个人与个人之间的关系。在小说中，看似独立于政治、经济的家庭关系，不仅折射出公共领域的各种矛盾，还以一种想象性的方式参与讨论。下文将以狄更斯的《小杜丽》和盖

---

① See Robert Southey, "On the State of the Poor". *Essays*, *Moral and Political*. I. Shannon: Irish University Press, 1971, p. 214.

② 陈礼珍：《盖斯凯尔小说中的维多利亚精神》，北京：商务印书馆，2015 年，第 82 页。

③ John Kleinig, *Paternalism*. Totowa: Rowman & Allenheld, 1984, p. 18.

斯凯尔的几部作品中的主仆关系为例展开分析。

二、"反抗的"女仆：《小杜丽》中的泰蒂科伦

《小杜丽》这部小说的情节十分复杂，许多狄更斯早期读者对这部作品相当失望，如《弗莱泽杂志》（*Frazer's Magazine*）认为它是狄更斯最糟糕的作品，而 E. B. 汉利（E. B. Hanley）也认为这部小说太"狂野"了。这些早期的评论之所以对《小杜丽》如此失望，是因为他们仍期待遇到狄更斯早期创作的匹克威客中的甘普太太（Mrs Gamp）那样具有鲜明特征的喜剧人物。不过，现代的评论家对这部作品的赞美之声似乎毫不亚于当年的批评之声。里奥奈·特里林（Lionel Trilling）在《对立的自我》（*The Opposing Self*）中宣称，《小杜丽》《荒凉山庄》和《我们共同的朋友》是狄更斯创作最辉煌的晚期阶段最伟大的三部作品。

如果看到小说的所有复杂情节都围绕一个相同的主题——"囚禁"（imprisonment）展开，就会发现，小说的情节并不混乱。杜丽一家被囚禁在马夏尔监狱里，克莱南太太将自己"囚禁"在轮椅之上，藏在哥特式阴森恐怖的楼上，克莱南先生将自己"囚禁"在家族秘密之后，戈丹太太将自己"囚禁"在不可能幸福的家庭之中，韦德小姐将自己"囚禁"在怀疑和仇恨之中。就连其中的泰蒂科伦这个女仆也被"囚禁"在感恩和愤怒的矛盾情感中。

如上文所说，在狄更斯的笔下，家庭品格常常也是个人品格，尤其是家庭女主人公的品格的标志。在小说中，克莱南太太一人住在哥特式的阁楼上，怨恨、愤怒和仇恨构成了她生活的主旋律。其家中的布置混乱和奇特，与她的性格可谓相互照应。

> 同别的房间一样，这一间也是空荡荡的，没有什么装饰，而且，由于那些破旧的家具都搬到这里来堆放，这方面的面目就愈加丑陋，愈加可憎了。堆在这间房间里的家具是些模样丑陋的椅子，有的坐垫已经磨破了，有的连坐垫也没有；一条破的丝丝缕缕、没有图案的地毯；一张伤了脚的桌子；一个断了腿的衣柜；一套像骷髅似的瘦骨嶙峋的火炉用具；一张插着四根赤条条的杆子的床，每根床杆顶端是尖铁，仿佛专为安置心情抑郁而想刺胸寻死的人而设。①

而韦德小姐的家就像东方的旅馆，仿佛她是偶然来投宿的，房间里的全部

---

① 〔英〕查尔斯·狄更斯：《小杜丽》，第55页。

摆设就是杂乱地堆放在地上的皮箱与旅行物品。①

　　尽管年幼的杜丽将马夏尔监狱的住所打理得井井有条，但那并不能算得上一个真正意义的家。小说中只有弥格尔斯先生的幽静的乡间住所称得上真正意义的家。它坐落在河畔，绿树成荫、鲜花盛开，景色如画，充满诗情画意，令人浮想联翩。② 屋子里的布局也是有条不紊，很舒适。③ 从家庭成员的构成方面来看，这个中产阶级之家也是最完整的。除了弥格尔斯夫妇、女儿佩特，还有一两个女仆。家庭品格即个人品格在这里得到了充分的演绎，叙述者甚至直接用家的组成部分来形容家庭各成员。弥格尔斯夫妇是传统的代表，他们的观念犹如坚固的住房般不可动摇，他们的女儿年轻貌美，而泰蒂科伦却如暖房般令人难以捉摸。

　　狄更斯的笔下出现了形形色色的女仆形象，有善良的裴果提，也有精明能干的普洛斯小姐，还有懒惰虚伪的帕拉刚，而泰蒂科伦则是身份比较特殊的一位。她是弥格尔斯夫妇从伦敦孤儿院领养的孩子，既是家中小女主人佩特的玩伴，又是其仆人。弥格尔斯一家喜欢旅游，泰蒂科伦不过是像他们从各地带回的纪念品一样，是用来装饰家的。尽管小说的叙述者不断强调弥格尔斯夫妇是善良而诚恳的人，他们对泰蒂科伦也是诸多关照，但这些关心仅限于外围的物质上，而非发自内心的尊重。

　　首先，泰蒂科伦这个名字就充满了戏谑的意味。应该说，名字是与身份息息相关的，狄更斯很少在作品中直接或间接讨论人物名称的由来。但在《小杜丽》中，作者却对泰蒂科伦这个名字做了一番说明。当被问及为何取这样的名字的时候，弥格尔斯先生不断强调泰蒂科伦这个名字是随便取的，纯粹是为了好玩和方便，她的姓也是"不值得一提"的。无论在东方还是西方，命名都是身份的重要标识之一。从知识学的角度看，命名是为了界定身份，分门别类，从而认识事物。早在古希腊时期，"名学始祖"苏格拉底便以"这是什么"的方式追问了"美""勇敢""德性"等概念。柏拉图将这一问上升到"何谓生存"，将现实世界视为理念的投射；而亚里士多德在《解释篇》中区分了记号、意义和外界对象的关系。他认为，词是灵魂激情的象征，语言是意义的载体。一方面，名可以反映实，甚至界定一个人的社会身份，它是命名者按照自己的意愿，给被命名者下定义的一种权力；另一方面，实可以决定名的去留，实之不存，名将焉附？一个社会就是一个权力运作系统，只有在特定的社会关系网

① 〔英〕查尔斯·狄更斯：《小杜丽》，第451页。
② 〔英〕查尔斯·狄更斯：《小杜丽》，第265页。
③ 〔英〕查尔斯·狄更斯：《小杜丽》，第266页。

中，一个人才成为特定的人。姓名，标志着人在社会权力结构网所处的位置。在此意义上，名字"不仅是特定人类生命个体的指称，它更是一系列权力的象征"①。界定等级身份，是命名主要的社会价值和功利价值。在弥格尔斯先生眼中，尽管他口口声声声称自己对她好，但实际上，在他心目中，泰蒂科伦这个人就如同她的名字一般，是无足轻重的。

小说中的人物命名也颇有讲究，莎士比亚作品里的约翰·福斯塔夫的英文名"John Falstaff"中的"Falstaff"类似于"false stuff"（虚假的东西），是该人物溜须拍马特征的最佳写照。在语音层面上，人物命名以谐音为主。如《威尼斯商人》中的夏洛克（Shylock）音同德语中的"Shreck"（意为"惊恐""恐吓"），与冷酷的夏洛克在剧里的表现如出一辙。《哈姆雷特》人名"Hamlet"音似"Heimat"（在德语中，意为"家乡"），预示哈姆雷特有国不想住，有家不愿归，精神居无定所，总是徘徊在"生，还是死"的边缘。

对于取名字的讲究，狄更斯小说中也是俯拾皆是。在狄更斯的长篇小说《董贝父子》中，主人公董贝先生（Dombey）的名字很容易让人联想到是"Dominant"（统治）和"Obey"（顺从）两个词的组合，在小说中他目空一切，自认为是统治世界的力量；在《大卫·科波菲尔》中，大卫的继父摩德斯通先生的姓"Murdstone"，其中"Murd"与"Murder"（谋杀）发音相近，"stone"意为"石头"，正是其铁石心肠、凶狠恶毒的有力写照。狄更斯在人物命名方面所展示的艺术，常常使得小说人物很快就变得家喻户晓。其笔下许多人物的名字如今甚至已经成为一类人的称呼。如《圣诞颂歌》中的史刻鲁挤专指吝啬之人，而《我们共同的朋友》中的波德斯纳普则指那些傲慢目空一切的人。

在《小杜丽》中，从取名字这件事情上看，泰蒂科伦在弥格尔斯家或许有了物质上的保障，但在精神层面，她却遭到歧视。尽管小说的叙述者不断强调弥格尔斯夫妇是善良而诚恳的人，他们对这名女仆也是关照有加，但却从未真正地尊重过她。在初次见到韦德小姐的时候，泰蒂科伦就在抱怨主人的苛刻："一个满腹怨气、性情暴躁的姑娘！她那浓密的黑发，披了一脸，她脸涨得通红，十分激动，她一面哭泣，发脾气，一面用她那只毫不留情的手拼命抓着嘴唇。"② 最后连用三个"他们虐待人"指控弥格尔斯先生一家。泰蒂科伦自己也承认，除了弥格尔斯家人外，没有一个人能对她那么好，所以骂完弥格尔斯一家之后，她又常常陷入自我责备的痛苦中。

---

① 刘字迪：《姓氏名字面面观》，济南：齐鲁书社，2000年，第91页。
② 〔英〕查尔斯·狄更斯：《小杜丽》，第38页。

有时候我是拼命地克制，可有时候我没有克制，不愿意克制。我说过什么了！我说那些话的时候，我知道那都是撒谎。他们觉得是够关心我的，要什么有什么。他们对我是够好的了。我非常热爱他们。对我这样一个忘恩负义的人，有谁能像他们那样总是待我那么好的。①

弥格尔斯家人对泰蒂科伦的好意仅限于物质上，没有人给予她真正的关怀，正如为她取名不过是为了"好玩"，弥格尔斯家人不过是带着"善良"的面具，把她当作玩物，为自己找点乐子。在小说第二十一章，叙述者借韦德小姐之口，说明两人的相似之处："她（泰蒂科伦）没有名字，我也没有名字。她的冤屈也是我的冤屈。"② 我们不知道在泰蒂科伦身上究竟发生了什么事情，只知道她是弥格尔斯一家在佩特的双胞胎姐姐死去后，领养的孩子，她在家中的身份介于女仆和姐妹之间。通过韦德小姐的经历，可以帮助我们了解泰蒂科伦愤怒的根源。韦德小姐与小说中的几个重要的家庭都有联系，她痛恨别人对她施舍般、居高临下的爱，正如泰蒂科伦痛恨弥格尔斯一家对她的屈尊式的关心一样，她不过被看作是"大人的小影子"③，这种爱不是建立在平等的基础之上，而是建立在与生俱来的优越感的基础之上的，是一种"虚假的家长制"（false paternalism）。

除了弥格尔斯先生一家，韦德小姐是小说中另一个与泰蒂科伦有关的人物。无论是在寄养的家庭，还是在后来当家庭女教师的时候，韦德小姐都被看作无足轻重的人物。在维多利亚时期，作为孩子的教师，家庭女教师理应得到尊重，但作为为生计赚钱的女性，她又是备受歧视的。在生存和尊严的夹缝中，女教师的地位可想而知（也难怪杜丽小姐的家庭教师三番五次否认自己是个家庭教师，并杜绝谈薪酬问题）。在家庭中的特殊身份是父权制度的牺牲品，但她并不甘心，处处要求平等，因此形成了在弥格尔斯先生看来有些变态的性格。这种性格不过是一种有意识的反抗，在提及泰蒂科伦的时候，韦德小姐认为：

> 在这位姑娘所处的地位的各个方面，有一个与我的情形奇怪地相似之处。……因为在她的性格中我很清楚地看到了对傲慢的恩赐与自私态度的反抗，这种傲慢的恩赐与自私态度他们是自称为善良、保护、仁慈以及别的好听名堂的，而这种反抗精神，我说是我性格中生来就有的。④

---

① 〔英〕查尔斯·狄更斯：《小杜丽》，第40页。
② 〔英〕查尔斯·狄更斯：《小杜丽》，第923~935页。
③ 〔英〕查尔斯·狄更斯：《小杜丽》，第924页。
④ 〔英〕查尔斯·狄更斯：《小杜丽》，第935页。

泰蒂科伦与韦德小姐不过是一个硬币的两面,这一类女性是有理由愤怒的。她们的愤怒直接威胁到当时的家庭意识形态。

借泰蒂科伦这个人物角色,小说批判了当时的"社会家长制"(socialist paternalism)。这种制度在某种意义上可以看作是"伟大的存在之链"(the Great Chain of Being)的延伸。早在古希腊时期,哲人就相信每个人在世界上都有相应的位置,是有等级秩序的,后来发展成"决定论"。这种观点认为,越靠近链条上端的阶层越高级,而下层对上层应该如世人对上帝的态度一般,充满敬畏和爱戴。同理,上层应该对下层表现出父亲般的关爱。这种父子关系的隐喻甚至被用到君臣关系上。从 17 世纪开始以费尔曼为代表的"家父制"派与以洛克、弥尔顿为代表的尊重人民权利派之间就进行了激烈的论战。17世纪后半叶以来,自由经济带来了巨大的物质财富,到了 19 世纪再去谈政府的家父般管理似乎显得不合时宜。

对于"家长制"的思考与君主制或贵族世袭制是密切相关的。这种关系一直持续到 19 世纪中叶。无论是威廉·布莱克(William Blake)的诗歌,还是工人对悲惨生活的痛诉,还是当时出现的种种要求改革的声音,当局者不可能对此熟视无睹。在文学家和政治家迪斯雷利的笔下,也曾生动描述了把工人当作另一"种族"的情况;卡莱尔也批判了工业社会里处处以金钱为中心的病态伦理。两人提出问题的方式或许不尽相同,但他们都寄希望于用"家长制"缓和社会矛盾,试图用文学再现的方式引起贵族对底层群体的关注:底层民众在平时或许无所作为,但如果一直处于凄惨的状况,他们是可以发起一场类似于刚刚过去不久的法国大革命那样声势浩荡的暴乱的。

《小杜丽》这部小说通过泰蒂科伦提出了这样的问题:什么才是真正的"家长制"?除了温饱问题,"家长们"还应该关注什么问题?可以说,对"家父制"的思考,一方面是基于历史的原因,另外一方面也反映了当时的社会状况。工业革命的浪潮不仅改变了工人和厂主之间的关系,它还威胁到家庭内部关系。正如约翰·密尔认为雇主无权干涉工人的私人生活一样,鲍尔·卡伯(Power Cobb)在 1868 年的一篇文章里写道,家政行业要想继续有生存的空间,女主人和仆人之间的关系就不该再有道德的约束,过去的家长式的关系应该转变为严格而纯粹的"契约关系"。

> 首先,雇主不该再对仆人抱有"家长式"的态度。这比起契约关系,或许美好得多,但这种关系已经成为过去,沉到历史深处了。仆人不该只是听从者、依赖者和从主人那获得食物与工资的卑贱者,甚至暂时成为主人的财产,如孩子或奴隶一般。除了契约要求事项以外,他无需听命于主

人。同样的，主人也无需对仆人承担食物和工资之外的义务。①

卡伯的观点在当时是否得到普遍认同，我们不得而知。但至少可以说明工业革命对家庭内部关系造成的冲击。在狄更斯的许多小说中反映出的主人与仆人的多种变化关系，也从另外一个侧面说明了家庭内部的主仆关系受到外部世界的影响，同时，它也折射了外部关系的变化。从泰蒂科伦身上，我们看到了"社会家长制"内在的暴力，狄更斯对此只是提出疑问，而没有做出解答。

《小杜丽》中，几乎处处都渗透着"家长制"的痕迹。韦德小姐和泰蒂科伦这两个人物形象折射出英国主导阶层对其他阶层采取的"婴儿化"(infantalization) 的态度，也是整个英国社会不同阶层之间关系的缩影。在佩特眼中，泰蒂科伦被当作"婴儿"看待，虽然吃穿无忧，但却没有被看作平等的人。而在弥格尔斯夫妇眼中，女儿佩特，不过如她的名字"Pet"暗示的那样，如宠物一般，集家人的各种爱于一身，但却没有主见，仿佛任性的孩子，就像多伊斯评价的那样："太年轻，太娇生惯养，见的世面太少，太没有经验，结果是分不清好与坏。"② 而自认为出身高贵的戈登太太以及其所属的巴纳克尔家族的成员，对弥格尔斯先生也不过是采取一种"家长制"的态度。就连潘克斯对租客强取豪夺，"能从石头缝里榨出油"来的卡斯比也不惜采取各种措施，试图扮演一个慈善友好的"家父"形象，尽管这中间充满了伪善的成分。家庭是社会的缩影，在貌似美好的弥格尔斯先生的家里，主人对泰蒂科伦采取的态度也是整个社会不同阶级之间关系的体现。

通过泰蒂科伦这个先反抗、后顺从的女仆形象，狄更斯还隐射了英国当局对许多殖民地采取的类似态度。19 世纪 50 年代中叶，英印矛盾激化，尽管当时英国报刊不断记载英国人在印度受到的各种攻击，事实上，这与英国当局的傲慢是分不开的。正如许多印度人给英国人当奴仆一样，在英国眼中，印度也像婴儿一样需要严加管教。对印度本土文化的漠视，让一场战争蓄势待发。1857 年小说《小杜丽》完成之际，也是印度发生暴动、英印两国关系恶化之时，对于有深切社会关怀的狄更斯而言，这种巧合后面似乎蕴含着某种必然性。记者出生的狄更斯长期活跃于文坛和报业，比起常人而言，他对英印之间的矛盾有着更为敏锐的洞察力，在暴动之前就对问题的实质有所察觉。在狄更

①　Frances Power Cobb，"Household Service."1868. John Saville ed.，*Working Conditions in the Victorian Age*：*Debates on the Issue from 19*th *Century Critical Journals*. UK：Gregg International Publishers Limited，1973，p. 132. Cited from Julie Nash, *Servants and Paternalism in the Works of Maria Edgeworth and Elizabeth Gaskell*. Burlington：Ashgate Publishing Company，2007，p. 58.

②　〔英〕查尔斯·狄更斯：《小杜丽》，第 424 页。

斯的大多数作品中,仆人要么是忠诚的,要么是在持家、品格方面有瑕疵的,唯有《小杜丽》中的泰蒂科伦是具有反抗精神的,而且字里行间都透露着作者对她的理解。从创作艺术上看,狄更斯对一名女仆花费这么大的心思,其意义也必非同寻常。从表面上看,泰蒂科伦这个人物形象的塑造反映了主仆之间的关系;从深层次看,这种主仆关系还折射了英国与印度之间的关系(这一点在后来的《双城记》中得到进一步体现),它隐含了作者对英国殖民统治方式的忧思。

狄更斯通过泰蒂科伦画龙点睛地表明他对"家长制"的思考,认为这样一种婴儿式的保护姿态的"家长制"是有问题的。如果说狄更斯在《小杜丽》中只是提出了"家长制"的内在矛盾,那么盖斯凯尔不仅利用仆人形象提出了问题,还提供了可能的解决方案。

三、"后来居上":《克兰福德》中的玛丽亚

盖斯凯尔多次告诫自己的女儿玛丽安不要公开参与国家政治、经济事务的讨论①,并在《玛丽·巴顿》里明确表明自己"不懂得一些政治经济学"②,但这或许只是为了避开批评家的指责而先发制人。盖斯凯尔在她生活的时代是一名贤妻良母,她的作品也被广泛阅读。在传统女性批评者眼中,盖斯凯尔的作品里大多为当时社会认定的属于女性的家庭领域里的柴米油盐之类琐事。事实上,她睿智地通过对家庭琐事的描写,以一种想象性的方式间接参与公共事务的讨论。

朗兰曾提到,在小说《克兰福德》中,马蒂小姐与仆人玛莎分别被视作精神性和物质性的代表。③的确,前者克制、隐忍,温文尔雅,颇有旧社会贵族阶层的遗风。在情感方面,淳朴善良的霍尔布鲁克(Holbrook)十分倾慕马蒂小姐,但她却恪守本阶层的规范,压抑内心的欲望,最终不了了之。马蒂小姐是贵族精神的代表,相比之下,玛莎则显得愚蠢、可笑,她听不懂主人安排的家庭事务的指令,只会傻乎乎地张着大嘴,表现得慌慌张张;在性方面还听

---

① 盖斯凯尔在给女儿的信件里提到,要想理解政治经济学,需要长期的思维训练和学习,很多女性在这方面所受的教育明显不足,在涉及相关问题时,并不能给出很好的见解,有时甚至表现得比男性还"暴力",还"专制",因此在公共场合发言需要特别谨慎。See Julie Nash, *Servants and Paternalism in the Works of Maria Edgeworth and Elizabeth Gaskell*,p. 53.

② 〔英〕伊丽莎白·盖斯凯尔:《玛丽·巴顿》,第2页。

③ See Elizabeth Langland, *Nobody's Angels: Middle-class Women and Domestic Ideology in Victorian Culture*,pp. 129—130.

从欲望的指使，很快便与追随者结婚生子。朗兰的分析符合当时社会对"家庭天使"和仆人的普遍看法：女主人与女仆，有着不可逾越的界限。尽管政治和商业深入维多利亚时期社会的每一根骨髓，但人们却试图维持精神性的作用，家被视作远离政治经济领域的神龛，家庭中的女主人也成了"天使"——这个远离尘嚣的精神性象征，而厨房、味道、仆人等都成了生理性和物质性的代表。

但朗兰却没有对小说结局部分进行阐释。在小说快结束的部分，马蒂小姐何以住进了玛莎家中，并听从后者的安排？如果小说中的马蒂小姐是精神性的象征，马莎是物质性的象征，那最后的结局是不是暗示了精神性向物质性让步呢？这又有悖于朗兰提到的维多利亚时期的人的主流意识形态里认定的精神性优于物质性的看法。如果朗兰能看到小说中透露出来的身份流动性的信息，那么这个矛盾或许能说得通。在笔者看来，这部小说中主仆的关系并非固定的，人物的性格也在不断发生变化。玛莎与马蒂小姐的关系愈来愈亲密，主仆的界限逐渐被打破，在玛莎身上，已经找不到当年那个乡村女仆的滑稽形象了，越来越凸显的是她的精明、实干的品质；相反，马蒂小姐表现得越来越像一个无助的孩子。当马蒂小姐得知自己破产的时候，是玛莎制订了一个挽救女主人的计划。当马蒂要求玛莎听从理性的指导的时候，玛莎反驳道："理性总是意味着其他人该说什么。现在我觉得，我想说的就是理性，但不管是不是理性，我都要说并坚持如此。"① 玛莎捍卫自己的观点并坚信自己计划的"理性"，暗示她已经走出依赖他人的阴影，在家中扮演着新的角色。后来马蒂小姐还帮助玛莎照顾孩子，功能类似于家庭教师，而当年的仆人玛莎俨然成了"家母"。在这个重新组建的家庭秩序中，主仆的关系发生了微妙变化，昔日的主人成了顺从的"孩子"，而当年的女仆成了慈爱、有力的"家长"。

这样的主题在盖斯凯尔的小说中并不少见。短篇小说《老仆故事》（"The Old Nurse's Tale"）是一个关于老宅里鬼魂的哥特故事。故事中的老仆人赫斯特坚毅而忠诚，在自己的女主人罗莎蒙德遇到惊吓时，她紧紧地抱住女主人，鼓励她要沉着："我用尽全身力气，紧紧拥住她；我意志坚定，绝不松手。即便让我死去，我的双手也仍紧紧抓住她，我非常坚决。"② 赫斯特的坚贞不渝和慷慨激昂与老宅中的男主人的冷漠、自私和高傲形成了鲜明的对比，她的品格使她比贵族出身的男主人更适合当"一家之主"。在盖斯凯尔的另一部中篇

---

① Elizabeth Gaskell, *Cranford & Other Stories*. London：Wordsworth Editions Limited，1998，p. 155.

② http：//dlx. bookzz. org/foreignfiction/747000/2c1be39f355e8257f47c5bd3f1e58003. htm/_ as/［Gaskell _ Elizabeth］_ The Old Nurse's Tale (BookZZ. org). htm，January 11，2016.

小说《菲利斯表妹》（*Cousin Phillis*）中，老女仆坚决捍卫菲利斯的纯真与善良，常常规劝小女主人要提防霍尔兹华斯先生的善变和不忠。在这些小说中，仆人的地位不是卑贱的；相反，在品德和能力方面，她们丝毫不亚于那些女主人。

在盖斯凯尔笔下有形形色色的仆人，而上述的这一类仆人形象占了很大的篇幅。在对这些仆人的反复再现中暗含了这样的理念：一个人的社会地位不应该由出身地位决定，而应该与个人品质相关联。盖斯凯尔对仆人阶层的尊重和理解，在她的另一部短篇小说《灰妇人》（"The Grey Woman"）中得到进一步凸显。故事背景安排在法国革命前夕，女主人公安娜在出嫁后才发现自己英俊的丈夫竟是盗贼和杀人犯，惊恐之下，她的头发一夜之间变得花白。将她推进这个火坑的是她无知的父亲，而最终带她脱离险境的则是女仆阿曼德。在安娜看来，自己害怕丈夫家所有的人，而阿曼德则无所畏惧，对她关怀备至。在得知安娜丈夫的罪行后，阿曼德当机立断，将女主人和自己乔装改扮一番，以夫妇身份开始逃亡行动。一路上，扮演男性角色的阿曼德出谋划策，解决了各种困难，最终帮助安娜脱离虎口。在小说中，女仆阿曼德勇敢、机智，女主人则柔弱、无助，像个需要保护的"孩子"，但正如其夫妻关系所暗示的那样，主仆二者是平等的关系，互敬互爱。

盖斯凯尔对主仆关系的思考隐含着她对"社会家长制"的看法。在日常生活中，她随丈夫深入牧区贫民家庭，与底层人民的直接接触，让她有机会设身处地地为他们着想，也很清楚地看到当红的政治经济学的消极影响。在盖斯凯尔看来，穷人并非一无是处、品德低下，他们的苦难虽与个人有关，但也与社会和政府的冷漠脱不了干系。她希望有关部门能采取措施，真正对底层人民报以人文关怀，从这个意义上看，她对"家长制"抱有幻想。但她却不是盲目地要回到过去的等级链条去。她既不是密尔意义上的自由主义者，也不是罗斯金那样传统意义上的"家长制"的信奉者。在盖斯凯尔看来，身份不是固化的，人的社会角色不是既定的（predetermined），真正的"家长"，不是由出身和社会地位决定的。善良、坚强和勤劳之类的美好品质不专属于任何一个阶层，谁具备这样的品格，谁就有资格当"家长"。这些品格可以出自上流社会出身的人，同样，来自底层的仆人也不缺乏。只有真正平等地对待、尊重这些人，尽其用、竭其能，社会才可能真正和谐。受"唯一神教"平等、博爱等思想的影响，盖斯凯尔认为，理想的"社会家长制"，应该摒弃等级之说以及由此带来的专制；家长制的最宝贵之处就在于，人与人之间应该始终保持一种真正的互敬互爱、互相帮助的关系。

中产阶级或贵族家里的女仆大都不必担忧温饱问题，但她们的基本生活情况并非尽如人意，在某些方面，甚至还不如当时一些贫苦的工厂里的劳工们。首先，居住环境就是一个问题。除了在显赫的家族里的高级仆人可以有自己的房间，[1] 大多数仆人的居住条件并不比穷人好多少，他们常常是挤在狭小的阁楼和阴暗潮湿的地下室里，其生活环境和卫生状况如此糟糕，以致引起了弗罗伦斯·南丁格尔的关注。[2] 此外，仆人的工作时间很长，无论白天黑夜，只要主人有吩咐，都要随叫随到。就连上层社会的仆人都没有空暇，更不用说那些每天需要干十几个小时家务杂事的底层女佣了。在帮佣的一切不利因素中，最让人难以接受的则是仆人在出卖劳动力的同时，也出卖了个人自由。在小说《玛丽·巴顿》中，在玛丽决定是当帮佣还是学徒的时候，叙述者通过玛丽的视角，用寥寥数语揭示了仆人在人身自由方面的各种局限。[3]

除了具体活动上的限制，盖斯凯尔还提出了另外一个极为重要的问题，即在女性充当女仆或管家的时候，富裕家庭得到妥善的安置，但这意味着这部分女性将丧失"特别宝贵的权利"，也就是她们必须远离家人。而这对于底层家庭而言，则意味着女性这个重要的角色在家庭中的缺失。在狄更斯、盖斯凯尔和罗斯金眼中，女性在家中都具有重要的道德典范作用，在当时的许多作家眼中，所谓的女性就是指当时占支配地位的阶层的女性，即"中产阶级或贵族女性"。但在笃信"唯一神教"的盖斯凯尔眼中，各个阶层的女性在家庭和社会中都具有极其重要的作用。她在《玛丽·巴顿》中能直接以底层人民的视角肯定他们的生活，而不是使用一种居高临下的同情（这种同情或许也能带来好的结果，但它是采取俯视的姿态，在本质上不过是一种变相的歧视罢了）。在她看来，穷人的家庭也需要道德的典范，而女仆这种职业又恰恰将女性从底层阶级的家庭中剥离，工人家庭若没有女性熏陶的作用，结果势必一团糟，进而影响整个社会的稳定。

尽管在维多利亚时期的小说中有许多可靠的、值得信赖的仆人或管家，但在现实生活中，作为一个阶层，他们从来没有得到应有的认可。卡洛琳·诺顿（Caroline Norton）被丈夫指控与摩尔本首相有染，这中间涉及女性权利、社会托利党与辉格党的政治利益之争。在法庭上，仆人被叫来当证人，而卡洛琳·诺顿本人却没有任何机会为自己辩护。但最终这个指控却以失败告终，不

---

① 正如历史学家汤普森所说："只有极少数，可能不超过 5% 的仆人，可以在乡村的庄园、贵族的小镇、乡绅家里和非常富裕的上层社会里生活和工作，或感受传统的专为仆人设置的大厅。" See F. M. L. Thompson, *The Rise of Respectable Society: A Social History of Victorian Britain*：1830－1900. Cambridge, MA：Harvard University Press, 1988, p. 248.

② Judith Flanders, *Inside the Victorian Home*, p. 21.

③ 〔英〕伊丽莎白·盖斯凯尔：《玛丽·巴顿》，第 32 页。

是因为证据不足，而是因为作证的是仆人，仆人的言辞能否成为证词成了关注的焦点。[①] 这从另一个角度说明了主人对整个仆人阶层的歧视和不信任，当性别之间的矛盾与阶层之间的问题纠缠在一起的时候，后者显然占了上风。仆人（尤其是高级女仆、男管家和女主人的贴身女仆等）处世得体、彬彬有礼，对家里的各种情况都了如指掌，但这也正是主人所担心的。20世纪30年代，无论在英国还是美国，女性杂志在给各种家用电器打广告的时候，都称之为"沉默的仆人"[②]，并以此作为市场营销策略。这个广告语从一个侧面说明了中产阶级家庭对雇佣的家仆的不满，因为它暗含这样的逻辑：尽管当时的电器有很大的噪音，但比起可能四处传播流言蜚语的贴身女仆而言，机器显然要可靠得多。

1889年，一份关于伦敦女工的研究显示，"没有独立性"是女仆最大的抱怨。[③] 这份报告还特地引用了一名女工的信件来说明这个问题：

> 这次的工作比之前的轻松，但也很糟糕。比工作更糟糕的是我那女主人的反复无常……我几乎找不到出门的时间，无论什么时间，只要他们一声令下，我就要马上动身。手头正忙或者生病也不例外……如果我们中有兄弟来访，他会被当作贼一样对待。[④]

在分析她的工业小说《玛丽·巴顿》的时候，帕斯蒂·斯通曼（Patsy Stoneman）认为，虽然阶级争斗属于公共领域的矛盾，但这种机制在家庭内部也得到了复制。[⑤]

家庭与工厂之间具有同构关系，当时的不少家庭手册中提到的家庭管理与资本家企业管理模式有诸多类似之处，如有的手册里就提到一切都要"恰当"：在适当的时间处理恰当的事务，物品要恰当地使用，并且要摆放在恰当的位置。该手册还明确指出："对家庭日程的严格安排，是对应于工业和商业领域的时间管理的规范化的。"[⑥] 家庭与工厂，私人领域与公共领域之间在很大程

---

① See Karen Chase and Michael Levenson, *The Spectacle of Intimacy: A Public Life for the Victorian Family*, p. 36.

② See Julie Nash, *Servants and Paternalism in the Works of Maria Edgeworth and Elizabeth Gaskell*, p. 19.

③ See Judith Flanders, *Inside the Victorian Home*, p. 24.

④ See Judith Flanders, *Inside the Victorian Home*, p. 24.

⑤ See Julie Nash, *Servants and Paternalism in the Works of Maria Edgeworth and Elizabeth Gaskell*, 2007, p. 54.

⑥ See Thad Logan, *The Victorian Parlour*. Cambridge: Cambridge University Press, 2001, p. 28.

度上是同构的，都有着统治与被统治的关系。区别在于，后者的经济剥削关系是显性的，而依靠文化资本和社会符号对仆人进行规约的家庭中，压迫关系则更为隐蔽。

狄更斯在《小杜丽》一书中展现了"社会家长制"的各个方面，尤其是用女仆泰蒂科伦的反抗形象引发人们对何为真正的"家长制"管理的思考：它不只是享有特权的阶层对下层人民的物质上的保护与满足，更不是一种居高临下的施舍，而是在衣食住行之外，前者以一种平等的态度对后者的尊重。家庭中主人对仆人的屈尊折射了上层社会对中层人士的颐指气使。如果说狄更斯只是点出问题，那么盖斯凯尔则更进一步指出，身份的变动不仅体现在家庭外，在家庭内部，仆人也与主人拥有一样的权力，阶层的划分不是靠出身也不是靠金钱，而是靠个人的修行和品德。在盖斯凯尔的多部小说中都可以看到，品德高尚的仆人可以与主人平起平坐，甚至可以"后来居上"，成为主人的保护者。从这个意义上讲，深受"唯一神教"影响的盖斯凯尔的人文精神比起与她同时代的许多文人都要深刻得多。

小 结

"自我"往往是通过与他者比较后得以实现的，给中产阶级身份构成潜在威胁的，不仅来自外部世界，还来自体现个人私密性和主体性的空间——家庭内部。因为，在外部，中产阶级可以靠居住片区、日常活动场所等地理空间轻易将自己与工人阶级区分，但在家庭内部，如何使本阶层区分于本质上是劳工阶层，实际上却渗透中产阶级家庭生活各个层面的家仆群体，就显得至关重要。维多利亚时期的人在家庭内部制定了一整套的空间区隔符号和礼节、服饰等文化符号，试图区别于这个劳动阶层。但吉普森太太和汉娜的挪用象征符号进行身份操演的例子，又在很大程度上解构了家庭文化符号的身份标识性。

从家庭内部关系上看，除了家庭文化符号参与阶级身份的建构，主仆关系的修辞亦构成政治上的隐喻。一方面，狄更斯与盖斯凯尔都对自由主义经济持怀疑态度，在他们看来，所谓的个人自治或个人主义不过是当权人士推诿责任的借口。另一方面，尽管他们对前工业时期那个秩序井然的社会还有留恋之意，且继承了伯克、卡莱尔、迪斯雷利的保守主义，对"社会家长制"存有希望，但随着时代的变更，他们对这种制度的理解也发生了变化。狄更斯通过对泰蒂科伦的刻画，质疑了那种居高临下的"家长制"的合法性，而盖斯凯尔则认为"家长制"仍然有效，问题的关键是"谁能当家长"，即"家长"不该是固定或世袭的，而应该是那些具有道德和才干的人，无论其来自哪个阶层。在盖斯凯尔看来，以"德""能"作为考量的标准，让崛起的阶层对没落或弱势群体抱有怜悯之心，平等待之，才是整个社会和谐和稳定的长久之计，否则底层人士一旦发迹，也学着上层社会那般对下层颐指气使，这样一来，从整个社会的角度看，不过是换了一批"统治者"，其压迫本质并没有得到根本的改变。

总之，通过家庭文化符号复制公共空间的阶层关系，无论其有效性和复杂性如何，也无论维多利亚时期的人如何强调私人领域与公共领域的分离，通过上面的分析，可以看出，"家庭"日常生活俨然是外部社会政治的一部分。家庭内部有一种"温柔的暴力"在悄无声息地展开。此外，维多利亚时期的作家还可以挪用家庭中主仆关系的修辞，言在此而意在彼，探讨"社会家长制"的合法性和有效性，隐含着他们对保守主义与自由主义的思考。

女仆形象的再现尚可以成为政治上的隐喻，更不用说家中的女主人了。在作家的笔下，中产阶级的家庭女性——"家庭天使"——不仅具有性别属性和阶级属性，而且还被形塑为具有国别属性的道德范畴，成为彰显英格兰民族品格优越性的标志，间接地参与 19 世纪英帝国课业。下一章将对此展开详细论述。

第四章　"家庭天使"：帝国课业中的家庭话语

在维多利亚时期，对知识的永无止境的追求是当时知识分子的重要特征。在当时许多人眼中，生活的意义就在于学习，知识就是力量，而教育是国家富强和进步的根本。当时英国人普遍认为，英国已经到达进步阶梯的顶端，如麦考莱在 19 世纪 40 年代末期《从詹姆斯二世执政起的英国历史》（*History of England from the Accession of James II*）里写道："在过去 160 年里，我们国家的历史也是物理、道德和知识的进步史……一个准确了解过去的人，不太可能对当下失望的。"[①] 对于外国人的态度，正如狄更斯笔下的波德斯纳普所说，其他国家不过是个"错误"。在《悼念》（*Memoriam*）中，丁尼生认为法国人仍沉迷于"学生般的狂热"（schoolboy heat），而凯尔特人则还在"盲目地歇斯底里"（blind hysterics），只有英国才是上帝眷顾的宠儿，是天空中最璀璨的星宿。[②] 在许多英国人看来，英国不仅要实现自身的文明和富强，还有责任帮助其他国家共同进步。

在这样的历史语境中，文学中不断出现的家庭意象又是如何有意无意地回应"英国中心论"和"英国救世论"的呢？在以往的研究里，也有探讨"家庭"话语在殖民课业中的作用的，但主要是从隐喻的角度，从语言的角度分析家庭关系与殖民关系之间的某种对位。例如，将英格兰和爱尔兰的关系比作夫妻关系，将英国与非洲的关系比作母子关系等，这种关系与英国本国的父权制遥相呼应，英国就像一家之长一样，自视为文明的国度，因而有必要改善"未开化"民族的生存环境，促进落后国度的文明进程，并将这个课业视作一种宗教般的使命。

事实上，为了使殖民成为一种合法化的进程，英国的政治家和文学家除了利用关于家庭关系的修辞外，还在具体的"家庭"上大做文章。文学在当时除

---

① Ronald Hyam, *Britain's Imperial Century*, *1815—1914*. Lanham: Barnes & Noble Books, 1993, p. 89.

② See Ronald Hyam, *Britain's Imperial Century*, *1815—1914*, p. 89.

了具有娱乐功能外,还被看作是引导、教化大众的工具。小说中有不少关于殖民地女性和家庭事务的描写,其中许多都以令英国人自豪的家庭品格作为参照体系,凸显英国本土在文明序列上的优越性。在维多利亚时期英国主流的话语谱系中,与非洲、印度等地区相比,英国的家庭——无论在女性理想还是在家庭管理方面,都更文明、更先进。在许多英国人看来,殖民的过程是对全人类文明的推进;而与法国和美国等同为宗主国的国度相比,英国女性还具备远非这些国家所能企及的家庭品格和持家能力,因此英国比其他任何西方国家都更适合承担改造"野蛮民族"的任务。

第一节　英国的"家庭天使"

从 17 世纪到 18 世纪末,是贵族文化和资产阶级文化并存的时代,从 19世纪初开始,新兴的中产阶级文化逐步吸收贵族文化,并形成具有自身特色的文化。在家庭文化方面,"女性理想"和"分离领域"可谓是维多利亚时期中产阶级家庭文化最为核心的两个观念。女性是家庭私人领域的重要角色,在维多利亚时期的英国,"家庭崇拜"甚至可以等同于"女性崇拜"。"家庭理想"除了对美好的家庭有具体的要求和期望外,还特别规定了女性在家庭里扮演的角色和功能。维多利亚时期的人制定了关于女性的一整套行为规范,这一点无论在家庭手册还是文学作品中都有许多例证。

我们来看一下"家庭崇拜"的中心观点——"女性理想"的形成。正如玛丽琳·弗朗柯斯(Marilyn Francus)所说,家庭女性的理想形象几乎就是标准的维多利亚女性的缩影。历史学家芭芭拉·韦尔特(Barbara Welter)在《1820 到 1860 年间关于真正女性的崇拜》(*The Cult of True Womanhood: 1820−1860*)[①]一文里指出,对"真正女性"的崇拜,即"家庭崇拜"(cult of domesticity),要求女性必须是虔诚的、贞洁的、顺从的和以家庭为中心的。这种女性气质主要表现为温柔、顺从、贤惠、无私等特征。"家庭主妇"形象也一度成为 20 世纪女权主义者攻击的对象。

除了上面提到的家庭指导丛书里对女性角色有许多规定,在维多利亚时期的文学作品中,也有许多这方面的记载。其中最具有代表性的诗歌之一是阿尔弗雷德·丁尼生(Alfred Tennyson)的诗歌,里面这样描述:男人耕作女持

---

① See Barbara Welter, "The Cult of True Womanhood: 1820−1860", *American Quarterly*, Vol. 18, No. 2, Part 1 (Summer, 1966), pp. 151−174.

家，男人出征女缝衣；男人用脑女用心，男人命令女从依。否则一切都要乱了序。对于这类温柔、贤惠、顺从和自我牺牲的典型的维多利亚时期的家庭女性，后人干脆直接使用考文垂·帕特莫尔（Coventry Patmore）诗里的"家庭天使"（house angel）一词进行命名。无论是"理想的女性"，还是"家庭天使"，都是"家庭崇拜"观念的派生物。"家庭天使"不仅是中产阶级女性的典范，她们的生活方式和思想观念还是当时的社会风尚，其他阶层女性也竞相效仿。① 如果回到当时的社会文本，会发现她们身上除了为家庭成员自我牺牲外，还因为家庭获得了某种管理能力和道德权力。

一、自我牺牲

"家庭理想"除了对美好的家庭有具体的要求和期望外，还特别规定了女性在家庭里扮演的角色和功能。理想的维多利亚时期女性，首先要具备自我牺牲精神，她存在的全部意义必须以家庭其他成员的存在为依托。这一点，在当时的家庭指导丛书里表现得尤为明显。这些家庭指导丛书的作家群里，最有影响力的当属出身于富裕的贵格派（Quakers）农民家庭的萨拉·斯蒂克尼·艾丽斯（Sarah Stickney Ellis）。尽管写作和教书是艾丽斯家庭收入的主要来源，但她却认为中产阶级女性不应该为了工资而工作，不进行有偿劳动应该作为中产阶级地位的象征。② 艾丽斯创作了一系列面向英国中产阶级女性的行为手册丛书，如《英国的女性：她们的社会责任和家庭生活习惯》（*The Women of England：Their Social Duties and Domestic Habits*)③、《英国的女儿：她们的社会地位、性格和责任》 （*The Daughters of England：Their Position in Society，Character，and Responsibilities*)、《英国的妻子：她们相应的责任、家庭影响和社会义务 》 （*The Wives of England：Their Relative Duties，Domestic Influence and Social Obligations*)、《英国的母亲：她们的影响和责任》（*The Mothers of England：Their Influence and Responsibility*)。这些书都成了那个时代的畅销书。书的名字就喻示了当时社会对于女性作为女儿、妻子和母亲三重身份的重视。对于艾丽斯而言，家庭是英国政治稳定和社会和谐的基础，在家庭这个领域里，女性必须服从于男性，她必须乐于自我牺牲，以

① 参见裔昭印等著：《西方妇女史》，2009 年，第 327 页。
② 在维多利亚时期主导的中产阶级家庭观念中，妻子闲居在家（无需出外从事有偿劳动）被看作是丈夫事业成功和男性社会地位的重要标志。
③ Sarah Stickney Ellis, *The Women of England：Their Social Duties and Domestic Habits*. Philadelphia：E. L. Carey and A. Hart, 1839.

丈夫和孩子为中心。历史学家霍布斯鲍姆曾将"家庭天使"的主要工作归纳为以下5条：（1）使大家高高兴兴；（2）每天给他们做饭；（3）给每人衣服穿；（4）令每人干净整洁；（5）教育他们。[①] 玛丽·沃斯通克拉夫特（Mary Wollstonecraft）曾说："没有一个奴隶会像一个妻子那样是竭尽一切所能的奴隶。"[②] 简言之，"家庭天使"必须是自我牺牲的，她的存在首先是为了保障家庭其他成员的利益和需求。

二、"军队的长官"

除了自我牺牲，19世纪英国的"家庭天使"还必须有良好的管理家庭内务的能力。尽管这一点在20世纪的许多文献里很少被提及，但在当时家庭指导丛书以及小说中，则常常被强调。除了上文提到的像艾丽斯这样详尽阐述了女性的各种家庭责任外，还有一些作家为家庭女性提供了切实可行的家庭管理建议，其中有不少是关于如何提高女性持家能力的。如当时颇有影响力的伊莎贝拉·比顿（Isabella Beeton）的《家庭管理手册》（*Book of Household Management*）完整版公开发行的第一年就卖出60000册，到1868年为止，共销售两百万册。书中写道：

> 家里的女主人就像军队的长官或企业的领导，她的精神体现在整个房子里，她睿智而全面地履行相应的职责，家庭各个部分都能各司其职。在所有专属于女性气质的要求里，最重要的就是了解家庭职责，因为只有它们才能带来整个家庭的幸福、舒适和快乐。[③]

在这本1000多页的书中，作者将家里的女主人比作军队的首领，书中提供了好几百种菜谱和各种家庭生活知识，如雇用多少仆人比较合适，如何处理儿童疾病，怎样建立友谊关系以及如何依照法定程序购买房子。与强调家庭"秩序、公正和仁慈"的艾丽斯一样，比顿也把女性的道德作用与家庭日常事务结合在一起。女主人必须成为仆人和孩子的典范，杜绝懒惰，早睡早起，手头永远都有可以做的事情，如针线活。她们还要监督孩子的学业，积极参加社区慈善活动，拜访朋友或回访客人等。同时，她们还必须具备娴熟地组织晚宴

---

① 参见〔英〕艾瑞克·霍布斯鲍姆：《资本的年代》，南京：江苏人民出版社，1999年，第323页。

② 〔英〕玛丽·沃斯通克拉夫特：《女权辩护》，王蓁译，北京：商务印书馆，1995年，第284页。

③ See Claudia Nelson, *Family Ties in Victorian England*, p. 27.

和聚会的能力，以巩固男性生意场上的关系。此外，她们的工作还包括雇佣仆人、给仆人恰当的指导、跟踪家庭财务信息和生活资料的供给情况。可以说，这些女性指导手册简直就是今天的生活小百科或企业管理手册。

在维多利亚时期的经典小说里，对这种能力也有很多描述，其中比较典型的是狄更斯的小说。在狄更斯看来，英国女性要有很好的持家本领，即便财力微薄，也能将家布置得井井有条，不失优雅品位，这也是英国女性"最实用也最受欢迎的特点之一"①。在狄更斯的小说里，有许多女性角色虽面容姣好，性格温柔顺从，表面上完全符合"家庭天使"的特征，但由于其缺乏管理家庭的品质，并不能被视作真正的"家庭天使"，如大卫·科波菲尔的母亲和他的妻子朵拉。大卫母亲生性懦弱、虚荣，在婚姻面前显得无知幼稚，任人摆布。大卫母亲被摩德斯通小姐剥夺掌管钥匙的权力，是她作为家庭管理者身份永久丧失的标志，同时也意味着她与维多利亚时期的人心目中的"家庭天使"形象相去甚远。而大卫的妻子朵拉无论在管理仆人还是在处理家务方面，更是显得能力欠缺。狄更斯借米考伯先生指出，有些家庭缺少具有妻子的崇高地位的女人的威力。② 相反，腰间挂着钥匙篮的艾尼斯稳重而谨慎，不仅是威克菲尔家的小管家，更是大卫日后生活的得力助手。在小说中，狄更斯多次使用滑稽的笔法描述了不能持家的朵拉让大卫出尽洋相，并通过朵拉与艾尼斯之间在管理家务方面的对比，指出维多利亚时期女性持家能力的重要性。

可以说，女性是家庭领域的中心人物，"家庭理想"有时甚至等同于"女性理想"（ideals of womanhood），这一点同维多利亚时期的人的性别观有很大关系。在维多利亚时期的人看来，两性之间有着根本的区别，女性的气质与男性气质迥然不同，政治和经济是男性实现抱负的场所，而女性施展才能的主要场所是家庭领域。因此，"家庭崇拜"在一定程度上成了"女性崇拜"也就不足为奇了。

三、"道德模范"与女性气质

对于"家庭天使"而言，除了必须具备自我牺牲和持家的能力，另一个重要的特征是她们身上无时无刻不在的"女性气质"。尽管这个词的意思在 20 世纪女权主义的影响下，多为贬义，意指没有独立思想，温顺、听话的一类性格特征。但如果将它放回到维多利亚时期，我们会发现，这个词的意义并不完全

---

① 〔英〕查尔斯·狄更斯：《双城记》，第 71 页。
② 〔英〕查尔斯·狄更斯：《大卫·科波菲尔》，第 417 页。

等同于我们今天所理解的意思。要想知道这个词究竟意味着什么，或许我们可以先看看它"不是什么"，即何谓"非女性气质的"（unfeminine）。在保守的维多利亚时期的人看来，假小子（tomboy）和塞壬（siren）都非女性气质，这类女性太重视生理性（physicality），也太有主见了（assertiveness），不符合他们心目中的家庭理想形象。① 真正的"家庭天使"有很多维度，其中最重要的一条是她们必须是"去物质性的"，或者说，必须具有"精神性"（spirituality）的向度。正如当时颇有影响力的文化人罗斯金（在一定程度上，甚至可以看作是中产阶级文化代言人）在《王后的花园》（"of Queen's Gardens"）里提到的，"女性的能力不是体现在统治和战争方面，她的智慧不是用来发明或创造的，而是用来进行秘密的命令、管理和决定的。她能看到事物的本质、类属和位置"②。也就是说，在经济和政治公共领域里，男人负责赚钱，而在家庭私人领域里的女性则负责培养道德观，并对家庭关系，尤其是对子女教育发挥积极的影响。

在狄更斯笔下，真正的"女性天使"，除了具备上述能力外，还拥有无上的"魔力"，她的出场甚至具有疗伤的功能，如《双城记》里的露茜·曼内塔就能让失忆的父亲恢复记忆，回到现实。

维多利亚时期的完美女性正如"天使"一词所暗示的那样，在远离喧嚣市场的同时，在精神上几乎是无所不能的。③

这种"精神性"要求"家庭天使"远离物质性和生理性，她必须是无私的（selfless）、无性的（sexless），她的一切存在都是为了别人。关于女性的"天使"形象，分析得较为透彻的当属桑德拉·吉尔伯特和苏珊·古芭的《阁楼上的疯女人》一书，从圣母玛利亚到但丁笔下的比阿特丽丝（Beatrice），再到弥尔顿对妻子的回忆，到歌德的"永恒的女性"，两位作者在这本著作里追溯了女性"天使"形象的源头和发展，最后再回到19世纪的《家庭天使》这首诗歌上，并总结了天使必须有能力管理好家庭事务，保证家人的幸福，同时她又必须是无私的、没有欲望也没有自我，④ 而正是后面这些远离人性私欲的气质，让"家庭天使"占据了道德的制高点，成为维持家庭乃至整个社会高尚道德水准的女神，并使家庭成为抵挡市场和政治等充满诱惑和邪恶的公共领域的

---

① See Diana C. Archibald, *Domesticity*, *Imperialism and Emigration in the Victorian Novel*, p. 136.

② John Ruskin, *Sesame and Lilies*. Deborah Epstein Nord ed., New Haven: Yale University Press, 2002, p. 145.

③ 〔英〕查尔斯·狄更斯：《双城记》，第59页。

④ See Julie Rivkin & Michael Ryan eds., *Literary Theory: an Anthology*, pp. 817—818.

避风港。在罗兰·斯特龙伯格（Roland N. Stromberg）看来，19世纪的女性天使被描写得过于纯洁，成了不食人间烟火的美德的象征。正如戴安娜所说，这些"天使"是家庭圣人，是女牧师，她们的道德和情感维系了中产阶级家庭的神圣性，防止其遭受外部世界的侵蚀。家成了男性在残酷的商业和政治世界里的城堡，并保护女性不受那个世界的污染。[1] 从这个意义上看，"分离领域"之说与"女性理想"的观念几乎是一脉相承的。

总之，维多利亚时期的"家庭天使"既是顺从的、温柔的家庭主妇，同时又因为持家能力和占领道德的制高点（moral superiority）而具有为20世纪的女权主义者所忽略的影响力。在19世纪的文学作品中，女性成为小说的中心，被反复书写，既和女性地位的提高、核心家庭地位的提升和女性作家的兴起有关，同时也和她们被视作英格兰民族的家庭品格的重要标志有关。"家庭天使"形象在19世纪具有持久的魅力，不仅仅因为它是中产阶级家庭意识形态的重要内容，还因为它也是属于英国的；它不仅是一个道德范畴，还被赋予国别色彩。下文将解读这个时期的几部比较有代表性的著作，试图说明远离政治、经济等公共领域的"家庭天使"形象的建构是如何间接参与英帝国课业的。

第二节　"堕落的天使"：关于殖民地女性的想象

读过勃朗特的《雪莉》这部小说的人，都会对小说开篇的描写忍俊不禁。而其中令人印象最深刻的人物是开篇不久就提到的那位马隆先生，他不仅脾气暴躁，趾高气扬，而且债台高筑。这位爱尔兰先生在小说中公然成为被取笑的对象，是现实的偶然，也是历史的必然。从表面上看，这是作者个人选择的结果，但在深层上看，它却反映了英格兰和爱尔兰几百年的宗教冲突和王族矛盾。与威尔士和苏格兰相比，爱尔兰似乎一直都在英国的想象共同体之外。[2] 19世纪英国的主流小说中很少有以爱尔兰人为中心人物的，即便偶尔提及，字里行间也充满了对他们的冷嘲热讽。这个时期盛行的"家庭"观念不过成为一种强化了英格兰人心目中的爱尔兰人固化形象的新的修辞。

---

① See Diana C, *Archibald*, *Domesticity*, *Imperialism and Emigration in the Victorian Novel*, p. 5.

② See Sabine Clemm, *Dickens*, *Journalism*, *and Nationhood*: *Mapping the World in Household Words*. New York and London: Routledge, 2009, p. 81.

一、《雏菊之链》中关于爱尔兰女性的想象

之所以要将爱尔兰与英属其他殖民地区分开来分析，首先是因为二者在文化和宗教方面有着诸多关联。此外，爱尔兰与英格兰享有共同的语言和相似的政治体制，二者之间的相似处远远多于英格兰与其他殖民地之间的相似之处。而且，由于英格兰与爱尔兰在经济、政治和宗教上有着错综复杂的关系，两个民族之间的关系也比较复杂。就具体的历史情况而言，并非所有的爱尔兰人都认为自己受到殖民统治。有一部分人认为自己是受压迫者，这部分人包括爱尔兰农民以及因为饥荒或其他天灾人祸涌入英格兰城镇的底层民众，而对于那些爱尔兰贵族而言，却没有这种强烈的民族感。

(一)"堕落的"爱尔兰人之家

在英国作家的小说中，许多作品都有对这个民族劣根性的书写。文学中的爱尔兰男性形象多是抽烟、酗酒和好吃懒做的。底层爱尔兰人群与英格兰底层的工人有着许多类似之处。但他们与英格兰本土工人的不同之处在于，无论在文学作品还是在社会学的报告中，几乎很难看到文本叙述者对他们的同情。即便在《玛丽·巴顿》中对英格兰底层人民充满人文关怀的盖斯凯尔，在《南方与北方》(North and South)这部小说中提到爱尔兰人的时候，也认为他们的悲剧是由种族命运造成的：面对布歇(Boucher)一家经历的种种苦难，理智而富有同情心的女主人公玛格丽特却认为，正是因为布歇身上流淌的是低劣的爱尔兰血液，缺乏盎格鲁－撒克逊人那种"北方人"的坚毅和勇敢，才导致家中父亲自杀，母亲患上了病态的自我怜惜症。[①] 从中透露了大多英格兰人对爱尔兰的看法：爱尔兰人生来品行低下，缺乏英格兰北部居民那种勤劳、坚毅和勇敢的优良品质，其悲惨的命运归根结底是其恶劣的本性造成的。

在许多英格兰人的眼中，无论在哪里，爱尔兰人身上依然带着与生俱来的贫穷、肮脏和懒惰的印记，其种族劣根性可谓如影随形。在《游美札记》(American Notes)中，虽然狄更斯对美国的奴隶制进行了深刻的批判，并提出：黑奴之所以有一些令人发指的暴行，并非他们天生凶残，而是蓄奴体制造成的，但在涉及爱尔兰人的问题的时候，狄更斯并没有深究背后的社会原因和文化原因，而是退回到本质论，使用"奴隶之所以为奴隶，是因为他们体格强

[①] See Patrick Brantlinger and William B. Thesing eds., *A Companion to the Victorian Novel*, p. 91.

壮，天生适合当奴隶"的循环逻辑，认为爱尔兰人之所以贫穷、肮脏，不过是由于他们天生如此，因而无论他们走到哪里，都摆脱不了其种族的劣根性，一如他在《游美札记》里记录的在新大陆上看到的爱尔兰人。在狄更斯的叙述中，居住在美国的爱尔兰人与英国的爱尔兰人并无二异，他们懒惰、无知、肮脏，宁可住破败的房屋也不愿就地取材修建新房，任凭房子摇摇欲坠，室内摆设毫无家庭的舒适和温馨可言，[①] 就连爱尔兰的女性也是不堪入目的。狄更斯在《家常话》里提到布尔先生（Mr. Bull）的爱尔兰妹妹的时候，曾这样写道：她总是坐在布尔先生的火炉前，寸步不移，她趴在地上，大半个脑袋都在灰烬中。这个不幸的女人思想和身体都陷入可怕的境地，她成了疾病、肮脏、破旧、迷信和堕落的象征。[②] 这些特点不仅是布尔妹妹的，还是英格兰人对爱尔兰人的刻板印象。

在詹姆斯·凯－菲利普斯（James Phillips Kay-Shuttleworth）看来，爱尔兰人甚至还被看作是导致英格兰工人堕落和贫穷的根源，他们不思进取，苟且地活着，这种堕落之风甚至影响了整个英国的劳工阶层。

> 随着竞争、限制和贸易压力的增大，资本的利润不断减少，劳动力的价格也不断下跌，爱尔兰人的无知、野蛮和草率更是无处不在。这个野蛮部落就像埃及的沙尘暴摧残肥沃的平原那样，摧残着英国的文明……（受他们的影响），工人阶级逐渐丧失持家的骄傲，也不再关注那些通往幸福之路的体面的舒适。年轻时，多将精力耗在小酒馆里，而在年老或生病的时候，则依靠社会慈善、子女帮助或济资法的保护聊以度日。[③]

这些遭受饥荒的难民贫困交加，饱受疾病的折磨，瘦骨嶙峋，但这更多地被看作是由于他们本性恶劣而酿成的，而非社会机制的问题。米歇尔·德·尼（Michael de Nie）很好地描述了当时的人民对大量爱尔兰人涌入英国城镇的看法：

> 爱尔兰性（Irishness）……意味着英格兰的一切反面，他们迷信、不负责任、鼠目寸光、两面三刀、脾气暴躁、容易激动，对牧师们溜须拍马，喜欢蛊惑人心，酗酒成性。对于不列颠人而言，这些特点使得爱尔

---

① 〔英〕查尔斯·狄更斯：《游美札记 意大利风情》，第 210~211 页。

② See Charles Dickens, "A Crisis in the Affairs of Mr. John Bull", *Household Words*, 2.35, Nov. 23, 1850, p. 195; See Lesa Scholl, *Hunger Movements in Early Victorian Literature: Want, Riots, Migration*. London and New York: Routledge, 2016, p. 101.

③ See James Phillips, *The Moral and Physical Condition of the Working Classes Employed in the Cotton Manufacture in Manchester*. 2nd ed., London: James Ridgway, 1832, pp. 21~22.

人与其他的殖民地人一样，都是半开化的、性格起伏不定的和没有能力管理自己的事务的人。[①]

在所有推卸责任的理由中，没有哪一条比"性本恶"更有效果了。越是将爱尔兰人描写得卑鄙、龌龊，英格兰政府越能免责，并认为自己有权对其实施必要的排挤或管制。

(二)"不称职的母亲"

在 19 世纪的小说中对家庭的关注并没有改变爱尔兰人的固化形象；相反，它还成为强化这种负面形象的话语，尤其是小说中出现的爱尔兰女性人物。在《奥德利夫人的秘密》(Lady Audley's Secret)中，男主人公罗伯特·奥德利(Robert Audley)寄居的小旅店管家马洛尼夫人(Mrs. Malone)也是爱尔兰女性，尽管小说偶尔提及她的诚实可靠，但总体而言，在主人公罗伯特眼中，她表现得像个智商未完全发育的孩子，愚蠢而幼稚，常在关键时刻答非所问，絮絮叨叨。例如，她在忙碌之中竟然任凭锁匠进入罗伯特房间盗取最重要的证物，而她作为管家对此却一无所知。同时，在持家方面她也不太称职，在罗伯特看来，她烹饪的食物总是千篇一律，毫无新鲜感。此外，肮脏似乎与她有不解之缘，就像小说中所说的那样：无论是在打扫楼梯的时候还是在餐桌旁给罗伯特佩戴餐巾时，她的手总是脏兮兮的。

在《维莱特》中，勃朗特也刻画了一位品格不佳的爱尔兰人——贝克夫人家中的家庭女教师斯微内太太。这位女教师不仅粗鲁、酗酒，而且还谎话连篇、装腔作势，自称为"家道中落的英国贵妇"。[②] 在露西看来，这位家庭女教师几乎一无是处，而小说叙述者的一句"我几乎不必向我的读者解释，这位贵妇实际上就是爱尔兰人"，这种想当然的语气进一步揭示了当时爱尔兰女性的负面形象在英格兰人心目中可谓根深蒂固，似乎这样的坏形象除了爱尔兰人之外就没有别人了。这句话从一个侧面反映了英格兰人对爱尔兰女性的某种共识，懒惰、酗酒和装腔作势已经成为爱尔兰人的标签。

对爱尔兰人的刻板化描述与当时英国社会对这个民族的整体看法有一定的关联。爱尔兰连年的饥荒使许多人流离失所，逃到英格兰，然而迎接他们的并不是温饱和富足，很多时候他们依然家徒四壁、食不果腹。梅修曾经描述过挤在伦敦的爱尔兰族群的家：

---

① Michael de Nie, *The Eternal Paddy：Irish Identity and the British Press*，*1798 － 1882*. Madison：University of Wisconsin Press，2004，p. 23.

② 〔英〕夏洛特·勃朗特：《维莱特》，第 94～97 页。

> 在黑暗的房间后面，住着一家人。这个房间也被用作客厅，堆满了凳子和桌子……尽管这是个温暖的秋天的正午，但屋里的火既是取暖的也是照明的，在它周围蹲着许多人：母亲、孩子们和访客，他们都蜷着身子取暖，仿佛这是最寒冷的冬天。[1]

在梅修的笔下还有许多类似的描述，尽管其初衷是为了以社会观察家的身份揭示社会问题的根源，但基于当时社会对爱尔兰人的偏见，从某种意义上说，报告加深了英格兰人对爱尔兰人的偏见，让英格兰人深切地意识到，贫穷、肮脏的爱尔兰人将家安在伦敦城，无疑会加深英格兰人对爱尔兰人的不安。[2] 如果联系当时的大饥荒和瘟疫的流行，就会发现，英格兰人对爱尔兰人的恐惧不仅来自劳动力价格低廉造成的恶性竞争，还来自对这个族群恶劣家庭居住环境可能引起的肉体和道德的双重堕落的威胁。梅修的报告指出，爱尔兰人的贫穷和饥饿离英格兰人不过咫尺之遥，而最好的解决方法莫过于将这个种族驱逐出境。在人口学说和人种说的推波助澜下，爱尔兰民族成了具有劣根性的种族。

19世纪中叶盛行的"家庭理想"不过成了巩固这个学说的一种修辞，尤其是在家庭最重要的角色之一——女性方面。如果说社会学家直接反映爱尔兰人引起的各种社会问题，那么有些文学家则更加委婉地把故事背景放在英格兰之外的地域。在"家庭天使"的所有角色中，最重要的是母亲的角色，对这个角色的颠覆在维多利亚时期的英格兰人眼中也是最难以忍受爱尔兰人的原因之一。夏洛特·杨格（Charlotte Yonge）的畅销小说《雏菊之链》（*The Daisy Chain*）中对库克斯莫尔（Cocksmoor）的描写在19世纪50年代几乎就是一部反对爱尔兰的典型例子。[3] 库克斯莫尔是一个充满"野蛮人"的"蛮荒之地"。狡诈的女人头发打结，穿着污秽的破旧衣裳，她们的孩子也是肮脏不堪，邻居们认为这些孩子都是"小野人"。尽管作者没有点明这个村庄是爱尔兰人村庄，但维多利亚时期的人能很快辨别出它就在爱尔兰。除了未开化，库克斯莫尔的居民和爱尔兰人一样经受着饥荒，住在带有泥炭味的泥地上或草皮上，而且这个地区的代表人物是一个名叫乌娜（Una）的孩子，小说中不断将她写成一个爱尔兰人，如"那个快乐的爱尔兰人""真正有魅力的爱尔兰名字""她的爱尔兰口音""爱尔兰发音"和"爱尔兰表达"等。乌娜还代表了爱尔兰的

---

① Henry Mayhew, *London Labour and London Poor*, p. 110.

② See Henry Mayhew, *London Labour and the London Poor*, p. 113.

③ See Talia Schaffer, *Novel Craft: Victorian Domestic Handicraft & Nineteenth-Century Fiction*. Oxford: Oxford University Press, 2011, p. 205.

贫穷。与其他所有库克斯莫尔人一样，乌娜的头发也是乱蓬蓬的。库克斯莫尔人之所以有救，并值得救赎，是因为乌娜希望被福音感化，期望进入教会。①

在凯瑟琳·霍尔（Catherine Hall）看来，维多利亚时期对爱尔兰人的主流观点是："（他们）是凶残的，放纵的，目光短浅的，不洁的和虚伪的，他们令人生畏地野蛮。"② 这一点在小说《雏菊之链》中的一个次要角色——乌娜的母亲的刻画上，得以凸显。小说中是这么描述的：她是野蛮而粗鲁的爱尔兰女人种族，从来不去教堂。正是因为她没有尽到母亲的职责，才使得自己的女儿乌娜脏兮兮的，穿着破旧，使得整个家走到"地狱的边缘"。这样的母亲是不可能完成教育子女这样神圣的事业的。事实上，几乎所有的库克斯莫尔的孩子都没有得体的礼貌和行为，他们拥挤着上学，脑袋粗糙，衣服破旧，目光茫然，嘴巴粗鲁，连最简单的问题都回答不出来，这些孩子不仅不识字，而且根本不懂得听课。正如野蛮人的原型那样，他们嘴里吐出毫无意义的话语。小说指出，家庭是教育子女的摇篮，在爱尔兰家庭中，幼儿行为的失范，与母亲的失职有极大关系。

这些蛮荒之地的爱尔兰母亲，与英国的母亲简直不可同日而语。尽管梅夫人在小说不到一半的地方就去世了，但她作为一种"女性理想"的英国精神在小说中却屹立不倒。从女权主义的角度看，这类优雅的母亲用传统的女性角色试图束缚埃塞尔这样有主见、有抱负的女孩。的确，在面对强大的父权话语的时候，英国中产阶级女性是被压迫的受害者，但同时，作为英帝国的子民，在对待殖民地女性的时候，这些"家庭天使"无意间又成了"压迫者"（the oppressor），成为帝国为自身殖民行径立法的王牌手段之一，即默认英国的家庭女性是放之四海而皆准的模范女性。对那些与英国女性不同的殖民地女性而言，她们的差异是需要英国举国民之力——包括英国女性、传教士，必要时甚至可以发动战争——帮助这些殖民地的堕落女性培养英国式开明、温顺和具有道德典范作用的美好品德。

英格兰人对爱尔兰人的歧视有深刻的历史根源。两个民族之间的宗教冲突以及皇室家族的权力矛盾交织在一起。到了 19 世纪，爱尔兰人被视作恶魔般的天主教暴徒，他们成了引发暴动、抗议和大规模破坏行动的罪魁祸首。爱尔兰民众被视作跟法国大革命一样的洪水猛兽。同时，这也和当时的现状有关。

---

① See Charlotte M. Yonge, *The Daisy Chain or, Aspirations: A Family Chronicle.* London: Macmillan, 1890.

② Catherine Hall, "The Nation Within and Without". *Defining the Victorian Nation: Class, Race, Gender, and the British Reform Act of* 1867, Catherine Hall, Keith McClelland and Jane Rendall eds., Cambridge: Cambridge University Press, 2000, p. 213.

英国 19 世纪 40 年代也被称作"饥饿的年代"，与英格兰一样，受工业革命的冲击和圈地运动的影响，许多爱尔兰农民失去土地，颠沛流离，加上当时最主要的农作物——土豆遭受前所未有的虫害，更使这个地区雪上加霜，尸横遍野。五分之一爱尔兰人死亡或移民，[1] 人们纷纷出逃，在爱尔兰外流的人口中，一些境况稍好的农民可以选择去殖民地，而最穷苦、最底层的农民只能渡过爱尔兰海，涌入伦敦、利物浦和曼彻斯特等拥挤的工业大城市找工作。[2] 这些农民到了英格兰的大城市，在一定程度上造成劳动力过剩，就像盖斯凯尔的《南方与北方》（*North and South*）里描写的那样：他们的到来压低了本土工人的工资，许多英格兰人甚至天真地认为，他们的贫穷是爱尔兰人造成的。[3]

此外，就连爱尔兰家庭也被看作是"毫无远见的"（尤其是生育方面），这种不好的影响也传染给了英格兰人，[4] 因为爱尔兰人的"放荡"使得英格兰人像爱尔兰人一样不断生孩子，增加国家的负担，这大大破坏了英国工人阶级的家庭舒适感。然而，这一切并非爱尔兰人的劣根性引起的，圈地运动、工业化进程加上连年的自然灾害迫使大量爱尔兰人流离失所，饥不择食，沦落到伦敦街头的爱尔兰人不过是当时自然和社会环境恶化的替罪羊罢了。而在进化论和考古学说的影响下，英格兰的叙事中不断再现未开化的、落后的爱尔兰人形象，包括许多女性形象。从这个意义上看，文学文本中再现的爱尔兰女性的刻板形象不自觉地加深了人们对爱尔兰人的负面看法，并认为这些人是天生低劣的，需要对他们进行相应的管制，这在一定程度上巩固了英格兰对爱尔兰的殖民课业。

恩格斯在《英国工人阶级状况》里写道，英国资产阶级对爱尔兰工人和家庭存在歧视，认为他们肮脏、酗酒、懒惰，是暴民。[5] 19 世纪英国文学中关于负面的爱尔兰女性的反复书写，有着深刻的历史原因和现实原因，同时这种书写无形中又增强了英格兰人对家庭品格的重视，尤其是"家庭天使"的感召作用。这种刻画总是有意无意地透露出这样的信息：爱尔兰人不具备英国式的"家庭天使"，是落后的、野蛮的和需要改造的。在爱尔兰女性背负起"持家不利"的罪责后面，掩藏的是英国对自身充满现代气息的家庭观念的优越感和自豪感，对于极其重视"家庭"，甚至"崇拜"家庭观念的维多利亚时期的人而

---

[1] See Claudia Nelson, *Family Ties in Victorian England*, p. 2.

[2] See Robert Johnson, *British Imperialism*. New York: Palgrave Macmillan, 2003, p. 65.

[3] 参见〔英〕伊丽莎白·盖斯凯尔：《南方与北方》，主万译，北京：人民文学出版社，1994 年。

[4] See Mary Poovey, *Making a Social Body*, p. 69.

[5] See Patrick Brantlinger and William B. Thesing eds., *A Companion to the Victorian Novel*, p. 90.

言,爱尔兰女性的粗鲁和堕落也就意味着这个民族的未开化和落后。因此,对这样的民族实施控制和管理也就成了理所当然的事情,英格兰对爱尔兰的殖民统治也有了合法的理由。

爱尔兰女性的负面形象或许只是折射英格兰人对爱尔兰民族歧视的一面镜子而已,但这些形象的反复出现,无意之中又加深了英格兰人眼中固化的、消极的爱尔兰人形象。总体看来,19世纪的"家庭话语"不过成为英格兰人对爱尔兰人刻板印象的又一例证罢了。对于重视家庭品格,将家庭视作文明的标志,甚至将"家庭理想"等同于"家庭女性"的英格兰人而言,爱尔兰女性是不称职的母亲和越位的女仆,她们品行低劣,丝毫没有"家庭天使"的美德。在英格兰人看来,爱尔兰女性的"堕落",既是爱尔兰家庭失败的象征,又是这个种族落后和野蛮的标志。"家庭理想"并非19世纪才出现的,但却在这个时期的英国受到空前的关注,在现实的利益驱动之下,成为一种重要的修辞,与社会其他学说互为佐证,为昔日的偏见注入新的血液。在以"女性理想"为家庭观念核心的英格兰人眼中,对爱尔兰女性形象的否认,无异于是对爱尔兰家庭品格的否定,同时也是对这个种族的否定。事实上,看似远离政治、经济等公共领域的"家庭"话语,不仅被征用于对爱尔兰种族的统治,在对待亚非等海外殖民地问题上,也是屡试不爽的。

二、关于亚非殖民地女性的想象

在维多利亚时期的早期和中期,殖民是英国重要的外交手段,是国家收入的重要来源,其关涉的物资如棉花、白糖等价格影响着千千万万维多利亚时期人的日常生活,报纸中也充斥着关于英国对外殖民的报道,如政策调整、经济口岸的开放与关闭等,但奇怪的是,除了一些随家人离开英国到殖民地居住的人,以及部分关于冒险的作品之外,在这个时代的许多作家笔下,几乎很少直接书写海外殖民地生活(偶尔会提及某主人公的叔叔或表侄从海外殖民地归来)。一方面,这可能是由于他们从未离开西方世界的生活阅历决定的;另一方面,英国政治和经济上的成就让其国民有了"天下以我为中心"的心态,就像《董贝父子》里所说的,宇宙万物都是为了董贝父子的公司而存在的。[①] 同时,由于19世纪英国处于重要的历史转型期,许多英国文人认为,本国存在诸多问题,无暇顾及这些"不文明"、固步自封的国家。所以,在维多利亚中期的文学创作中,关于第三世界的描写主要集中在一些游记中,这部分游记仍

---

① 〔英〕查尔斯·狄更斯:《董贝父子》,祝庆英译,上海:上海译文出版社,1994年,第2页。

以英国为参照体系，无论到哪里，英国人都带着自身鲜明的民族特色，将自己与当地居民隔离开来。到了19世纪后期，随着殖民范围的扩大，殖民地逐渐成为英国经济的重要来源，关于殖民地生活的描写也逐渐增加。

受达尔文的进化论以及当时许多考古学家的"生物本质论"影响，19世纪的英国人坚信白人的优越性，同时又对可能导致白人种族沦落的非洲或东方充满了恐惧。英国政府甚至还采取了一系列的措施，如鼓励英国女子到殖民地充当"上帝的警察"①，试图利用英国女性的道德典范作用，监督并规范男性的行为举止，同时还尽可能避免本国人与当地居民通婚。此外，英国还向殖民地输送大量传教士，试图教化"劣等民族"。文学文本中也出现了大量类似的理念，如《简·爱》中的女主人公在个人理想与社会规范发生冲突的时候，便寄希望于到海外实现自我，实现将文明和上帝带到野蛮无知的国度的神圣的课业。②

1882年英国占领了埃及，英国政府需要为耗资巨大但又看似不必要的海外扩张找到合理的借口。当时英国国内对政府是否对埃及采取殖民措施有较大的争议，为了不构成直接殖民，平息国内外的反对声，英国政府宣称只是帮助埃及政府进行必要的改革，等到后者有能力自我管理的时候，英国自然归还一切领导权。在英国政府的监督下，埃及统治阶层可以在现有体制下运作，等到其证明自身已经成为现代的、有能力的管理者后，英国将不再干涉埃及事务。在对埃及的统治中，"家庭"话语也一再被征用。伊夫林·巴灵（Evelyn Baring）是克罗默勋爵（Lord Cromer）之后的总督，他认为，改革要从埃及的家庭内务开始，一夫多妻、后宫等均需要进行改革。由于埃及的婚姻制度有诸多不合理之处，与代表"现代""进步"的英国的一夫一妻制度相去甚远，因此英国认定，该国的政治和经济体制也是不道德的。英国关于埃及的外交很大程度上变成了家庭外交，家庭实践变成了家庭政治，从本质上看，家庭的标准成了一个民族或国家是否具备自治能力的标准。③

英国在政治和经济领域已经进入现代化模式，而埃及和印度仍是专制制度。在这个过程中，英国的家庭是现代文明的象征，而埃及和印度的家庭被看作是落后的、不道德的，英国的一夫一妻制对应后者的一夫多妻制。在英国人看来，印度人过时的家庭观使得他们不适合担任政府要职。这些柔弱的男人无法保护自己的妻女免受柴堆火葬之灾，根本没有能力管理自己的国家，所以英

① See Robert Johnson, *British Imperialism*, p. 130.
② 〔英〕夏洛蒂·勃朗特：《简·爱》，第345页。
③ See Lisa Pollard, *Nurturing the Nation: the Family Politics of Modernizing, Colonizing, and Liberating Egypt, 1805—1923*. Berkeley: University of California Press, 2005, pp. 2-3.

国堂而皇之地成了管理国。家庭落后的根源似乎落到了女性头上，埃及的女性被指责不知如何为人妻、为人母。

> 最致命的……是女性的地位……儿童早期，或许也是一生中最重要的时期，受到了女眷们的不良影响……东方女性几乎不具备什么改良的能力。作为妻子，她不能净化丈夫的思想，也不能使他充满活力；作为母亲，她无法给孩子带来正面的影响；作为女主人，她不能让客人有舒适感……①

在埃及，就连上层女性都不懂得如何成为好的持家人，更不用说来自下层的村妇野民了。农夫的妻子往往缺乏基本的持家能力，家里污垢丛生。

> 到处都是泥土地板和污垢……这是一个典型的村庄……或许也是世界上最懒惰的地方。男人和女人在屋里闲逛，或蹲在尘土上，他们都非常懒惰。此外，几乎所有的女人都在给孩子喂奶……男人比女人还干净一些，各方面都好一些。②

农妇不懂得如何打扫屋子，更可怕的是，她们还不懂得如何照料孩子，在生存受到威胁的时候，孩子可以像商品一样进行买卖。"从出生开始，这些孩子就很少受到关注——至少看起来是这样。很迟才给他断奶，一旦能走路，他整天就和家禽、山羊混在一起……他很少或几乎不洗澡，成群的苍蝇在他眼前飞着……形势悲惨的时候，母亲可能把他卖了。"③

爱尔兰女性也好，亚非海外殖民地女性也罢，在维多利亚时期的文学作品和游记中她们常常都是负面的、消极的形象，当然，这不是说当时作家笔下的英国女性都是"完美的天使"。事实上，关于英国的女性刻画也有许多不符合"家庭天使"标准的，但她们具有复杂的一面，或是世态炎凉所致，或是社会扭曲心理所致，读者可以从字里行间读出一丝无奈和怜悯。相比之下，这个时期文本中的殖民地女性的"恶"却被看作是"低劣"本性所酿成的，与根深蒂固的本质论紧密相连：殖民地女性的"堕落"是家庭品格缺失的象征，更是种族堕落的标志。在当时的许多英国人眼中，对于这些未开化的、不文明的族群，英格兰的殖民课业不过是帮助异己的"文明之旅"。可见，对于爱尔兰和亚非等殖民地家庭女性的负面形象的刻画既反映了当时人们的流行看法，又间

---

① See Lane Sophia Poole, *The Englishwoman in Egypt: Letters from Cairo, Written During a Residence There in 1842, 43, and 44*. London: C. Knight, 1844, p. 146.

② Charles Dudley Warner, *Mummies and Moslems*. Hartford, Conn: American Publishing Co., 1876, pp. 294—295.

③ Bayle St. John, *Village Life in Egypt*. London: Chapman and Hall, 1853, pp. 143—144.

接地参与殖民话语合法化的建构。

　　事实上，维多利亚时期的虚构文本和非虚构文本中不仅出现了许多消极的殖民地女性形象，还出现了许多欧洲和美洲的女性。对于这些对英国经济和政治构成一定竞争关系的国度，英国作家笔下的家庭女性的刻画又呈现出怎样不同的面貌呢？

第三节　"异样的天使"：对法美等宗主国女性的想象

　　在维多利亚时期英国的"家庭理想"中，女性是道德的典范，是神圣的"天使"，作为一种精神性的存在，她应该远离俗世的贪婪。然而，在小说中我们却发现，女性这个被看作远离政治、经济等公共领域的家庭私人领域的核心人物并没有远离公共空间；相反，她们甚至具有鲜明的国别特征。从小说中关于异国女性的想象，可以管窥"家庭理想"的内在悖论。一方面，"分离领域"之说要求女性远离公共领域；但另一方面，关于"家庭天使"的想象却变成普世的标准，在帝国课业中不断被征用。

　　在 19 世纪，美国常常被比作是英国的"天才儿子"，它的许多思想和文化都源自这个国度，而法国与英国则像家庭里的两兄弟，时分时合，虽然西方历史上两国之间大小战役不计其数，但它们也常常因为共同利益而站在同一战线上。在维多利亚时期，两国之间的矛盾主要表现在殖民地的争夺上。随着铁路的开通，英国人常常在几个国家之间穿梭。19 世纪中叶以后，这些与英国一样进入现代工业化社会的国家，在家庭内部布置、建筑和食物方面，与英国有着许多相似的地方。但英国人仍认为自己的国家在家庭方面，有着独一无二的放之四海而皆准的品格，尤其是英国家庭女性身上那种贤惠、温柔和自我牺牲的精神，以及她们无与伦比的道德典范作用。如果说爱尔兰女性和非洲、亚洲等殖民地女性在维多利亚时期的文本里的负面形象很大程度是种族歧视造成的——她们被视为"另类"，甚至是"非人"，英格兰民族对她们使用的是一种居高临下的恩赐态度（正如英国对这些国家采取的态度那样）。那么在许多英国人眼中，虽然法、美等宗主国的女性在生物学和生理学上与英格兰女性并无两样，但在小说中，我们却可以看到，这些女性常常被刻画成不同于英国女性或渴望成为英国淑女的"次等"女性。

一、"危险的"法国女性

在维多利亚时期，便利的交通促进了旅游业的发展，"欧洲大陆游"成为英国上流社会的一种时尚。许多小说家的笔下也不乏外国人的形象，尤其是欧洲女性人物，但这些人物常常与英国的"家庭天使"形象相去甚远，最为显著的是在两性关系方面。许多英国人都认为，与本国井然有序的家庭观念相比，法国人对婚姻的态度显得散漫。在当时的许多小说中，许多关于非正常的两性关系都发生在法国，法国成了纵容脱轨行为的场所，这也是维多利亚时期小说反复出现的主题之一。如在勃朗特的《简·爱》中，罗切斯特为了摆脱英国婚姻法的束缚，曾试图说服简·爱与他"私奔"到法国去做他的情妇；在狄更斯的《大卫·科波菲尔》中，艾米丽（Emily）与史蒂福（Steerforth）的同居生活也发生在法国；在《米德尔马契》（*Middlemarch*）里，仍然是在法国，利德盖特（Lydgate）狂热地追求已婚女演员劳蕾（Laure），而这位情感狂野的女演员竟在舞台上假戏真做，亲手杀害自己的丈夫。[①] 在许多维多利亚时期的小说中，欧洲大陆是与危险的性联系在一起的。事实上，在小说中许多法国女性形象不仅因为在性别关系上的随意性屡屡成为"危险"的象征，还因为在家庭中缺乏英国人所器重的"母爱"或女性气质而遭到批判。

（一）《双城记》中缺席的"法国母亲"

狄更斯曾表示，卡莱尔的《法国大革命》是《双城记》这部小说创作的直接源泉。对于许多立足于英国本土的维多利亚时期的作家而言，对外国事件的关注常常源于对国内矛盾的担忧。表面上狄更斯是描写法国大革命，实际上则是影射刚发生不久的印度暴乱以及英国本土日益白热化的贫富分化问题。这部小说的创作之际亦是狄更斯本人的家庭绯闻闹得沸沸扬扬之时，正如其家庭私人领域的事务被"公共化"一样，《双城记》虽以法国大革命为主要故事线索，但小说却避开直接描写许多血腥的场面，通过一个普普通通的、穿梭于英法两国的曼内塔医生家庭反映了整个大时代背景，并以此警示国人。其中，特别值得一提的是，小说除了描写亲情和婚恋关系，还通过对法国女性和英国女性的刻画，突出了"英国天使"的"国母"形象。

小说中的露西可谓是英国良母的又一典型，正如其名字"Lucie"（"light"，"光"）所暗示的那样，无论走到哪里，她都带着光明与温暖。她不

---

① 参见〔英〕乔治·爱略特：《米德尔马契》，北京：人民文学出版社，1987年。

仅温柔贤惠，听从父亲和丈夫的旨意，即便在兵荒马乱中，依然镇静自若，时刻维护着英国式的"家庭品格"。对于多年禁闭，内心充满恐惧的老父亲，她的声音、她的容光以及她双手触及的地方，都具有天使般的魔力，像金线一般帮他串起过去和现在，消除他内心的忧郁；在丈夫被抓之后，她仍然有条不紊地照顾家中老少的起居。① 在持家方面，露西更是表现出非凡的能力：凭借勤俭贤惠的美德把家过得"富足而不浪费"，这一切正如她的丈夫达尔内赞美的那样："你对我们几个人都照顾得如此周到，好像我们就是一个人，而你从不手忙脚乱，也不会太劳累。亲爱的，你处理这繁杂的一切有什么秘诀呀？"② 这个秘诀也是英国女性不同于其他国家女性的地方，是英国引以为豪的"民族品格"的体现。这些"家庭天使"除了温顺的一面，也有坚强和独立的一面。貌似柔弱的露西便是集恬静、勤劳、智慧和坚韧于一身的英国人心目中的家庭女性的典范。

相比之下，法国的女人却是极不称职的，这首先表现在整个社会对"母亲"角色的忽略。上层社会的女性活跃于各种交际场所，却将抚育子女的责任抛之脑后，愧对"母亲"这一称号。③ 对母亲角色的忽视，也就是对家庭女性最重要的功能的摒弃，是对家庭的漠视。上流社会尚且如此，更不论底层人民了。家是最小国，国是最大家，家庭中最重要的母爱的缺失，只会导致一个充满仇恨的社会。上层社会厌恶下层人民的无知和野蛮，对他们的疾苦置若罔闻；下层人民则对上流社会的骄奢淫逸和横行霸道深恶痛绝。狄更斯在批判法国大革命的同时，矛头直指英国国内贫富矛盾，而这一切社会问题从法国家庭内部"女性理想"的沦丧就开始了。

如果说法国"母亲"的缺失是导致社会缺乏爱和理解的因素之一，那么小说中另一法国女性——德法尔勒夫人则是危险、冷酷与恐怖的象征。她那象征着死亡与仇恨的编织线与上文提到的露西充满友爱的"金线"形成了鲜明的对照。不同于英国母亲露西温柔美丽的外表，德法尔勒夫人体格强壮，一双警觉的眼睛似乎不把一切放在眼中。德法尔勒夫人对复仇的渴望使她比丈夫更加残暴，她带领一帮被仇恨冲昏脑袋的妇女杀死巴士底狱的长官，并不分青红皂白地将其他许多无辜的贵族送上断头台。这些女性对受害的亲人感到痛心，而此刻却以同样残暴的手段去迫害他人，心如坚石，面不改色：她们坐在尚未建成的断头架附近，一边不停编织，一边数着一颗颗下落的人头。在断头台前面，

---

① 〔英〕查尔斯·狄更斯：《双城记》，第 211 页。
② 〔英〕查尔斯·狄更斯：《双城记》，第 163 页。
③ 〔英〕查尔斯·狄更斯：《双城记》，第 81 页。

她们"在椅子上忙着编织，仿佛在公共娱乐园里"①。在与露西的女仆普罗斯小姐的打斗中，德法尔勒夫人死于自己的枪口下。这一戏剧性的描写，在一定程度上暗示了同英国的女性相比，法国女性甚至不敌勇敢、无私而勤劳的英国女仆，更不用说与英国真正的"家庭天使"相比了。

不可否认，狄更斯对于以德法尔勒夫人为代表的法国底层的愤怒与反抗持有一定的同情态度，这部小说的创作动机也是源于英国本土的紧张局势，它似乎在告诫英国的民众：如果不同的阶层继续相互漠视，尤其是上流社会拒绝相应的社会责任，那么英国的暴力革命也在所难免，这是许多英国仁人志士，包括狄更斯在内所不愿意看到的。小说最后将落脚点放在女性身上，与英国善良、友爱和勇敢的"家庭天使"相比，法国女性危险、冷酷而且缺乏"母爱"。她们不仅是男性的帮凶，甚至还可能蛊惑男性走向报复的深渊，激化社会矛盾。

特别值得一提的是，即便在法国，露西家的管家——普罗斯小姐的厨艺仍体现了无处不在的"英国性"（Englishness）的优越性。在大多数法国人民只能食用黑面包时，来自英国的普罗斯小姐则可以利用从法国农妇手中购入的原材料，在法国的厨房里，随心所欲地烹饪出可口的家常食物。叙述者对普罗斯小姐厨艺的称赞，不仅仅是在说明英国女性的伟大，更是对"英国性"的称颂。维多利亚时期的英国人无论移民到哪个国家，身上总是带着"英国性"，他们仍喜欢按照英国传统的方式庆祝圣诞，或与英国女子结婚。在饮食方面也是如此。正如历史学家马克·M. 史密斯（Mark M. Smith）对18世纪中叶英国评价的那样，对于新鲜的食物和味道，英国人并没有立即接受或让饮食变得多样化，他们的第一反应常常是如何强调本民族食物的英国性。② 到了19世纪，英国人更是利用人种学说和进步理论为他们巩固"英国性"找到了合法理由。在《双城记》中，法国的食材在英国女仆手中变成了美味的食物，小说中普罗斯小姐对法国味道的借用，既是对英国家庭优越性的隐喻，更是对法国女性持家不善，甚至是对法国在国家管理方面失败的有力嘲讽。

（二）《维莱特》中的贝尔夫人

《简·爱》里曾提到，在英国女性必学的几种才艺中，除了弹钢琴、绘画和刺绣，就是会说法语了，③ 因为会说法语被看作教养和身份的象征。尽管到

---

① 〔英〕查尔斯·狄更斯：《双城记》，第289页。
② See Mark M. Smith, *Sensory History*. Oxford and New York：Berg，2007，p. 81.
③ 〔英〕夏洛特·勃朗特：《简·爱》，第80页。

了 19 世纪中叶，英国的国力已经逐渐超过法国，但法语在英国人心目中仍是一门尊贵的语言。在对待法国女性的问题上，就像对待该国的小说一样，英国人就没有这么宽容了。法国小说在 19 世纪的英国并没有太大的市场，这看起来似乎和英国本土作家的多产有关，但更重要的是两国在价值观念方面的差异。英国否定法国小说的最大原因是认为法国小说描写的内容触犯了英国"得体"的概念，或者说是两国道德观念的差异。在许多英国人看来，法国的小说是有悖伦理的，如《包法利夫人》一类的小说极大地挑战了英国关于家庭"和合式"的风范，因此是难以接受的。在这样的语境下，法国女性在英国小说中常常以一种散漫无序的形象出现。

《简·爱》里提及，尽管与又脏又臭的牙买加相比，欧洲是自由和文明的象征，欧洲吹来的风是甜的，欧洲刮来的雨让加勒比海的空气变得清新，[①] 但这并不意味着在英国人的眼中，欧洲各国在文明上是平等的。在简·爱看来，法国女性的散漫与该国的教育有关，而英国的女性教育是优于法国的。如在提到继女早年在法国受教育的时候，简·爱不无欣慰地指出："健全的英国教育在很大程度上纠正了她的法国式缺陷。"[②] 不仅英国的女性教育领先于法国，就连这里的农民姑娘都是了不得的，"（她们）正派、可亲、谦逊，有知识，堪与英国农民阶层中的任何人媲美。这话很有分量，因为英国农民同欧洲国家的任何农民对比，毕竟是最有教养、最有礼貌、最为出色的"[③]。字里行间都洋溢着对本民族的热爱。

除了法国，在勃朗特笔下，比利时也多次出现。这个曾经受法国统治的国家，与法国有着太多的渊源，在某种程度上甚至可以看作法国文化的代表。对这个国家女性的刻画，显示了勃朗特本人，或者是当时的文人对欧洲大陆的一种爱恨交加的矛盾情感。在《维莱特》中，露西羡慕贝尔夫人的能力，果敢、决断。尽管她如间谍一样监视露西的一举一动，甚至偷看她的私人信件，但露西也承认，贝尔夫人有着超强的忍耐力，十分能干，独自将一所学校管理得井井有条。[④] 贝尔夫人在管理学校方面展现出来的才能是有目共睹的，而且她依靠自己的能力生活，这一点与小说女主人公露西的价值观极为相似。露西自食其力的努力在英国女孩巴桑皮尔看来有些百思不得其解，在德·巴桑皮尔的女儿波莱询问露西·斯诺为什么选择教师这个不是很喜欢的工作的时候，露西回

①　〔英〕夏洛特·勃朗特：《简·爱》，第 283 页。
②　〔英〕夏洛特·勃朗特：《简·爱》，第 419 页。
③　〔英〕夏洛特·勃朗特：《简·爱》，第 360 页。
④　〔英〕夏洛特·勃朗特：《维莱特》，第 102 页。

答，是因为自己想成为自食其力的人。①

德·巴桑皮尔的态度代表了英国主流社会对自力更生的女性的看法，但露西并未闪烁其词，而是特别愿意告诉这对通情达理的父女，自己选择这种生活的原因，不是为了所谓的"慈善"——一个在许多中产阶级看来是女性外出工作的合法理由，而是为了挣钱——一个在许多英国上层阶级眼中所不齿的目的。这样的理由在英国不受欢迎，但在法国可以得到认可。这在一定程度上也暗示了在露西眼中，比起道德规范森严的英国，欧洲大陆给予女性更多选择的自由。

勃朗特对欧洲大陆文化的矛盾态度也反映了当时英国文人对法国的总体态度。在狄更斯的《小杜丽》里，开篇关于法国的风景描写，美丽、惊艳后却隐含着某种危险因素，而许多作家在批判巴尔扎克、福楼拜等作家的描写不合适的同时，也认为那是符合现实主义的，正如乔治·艾略特所说，巴尔扎克的《高老头》是一本"讨厌的书"。② 在艾略特看来，巴尔扎克的许多小说都在描写恶的方面可谓不遗余力，一个场景接着一个场景，令人恶心，仿佛刚刚走在一堆腐烂的尸体上似的，但艾略特又不得不承认，他是"目前小说界最伟大的作家"。③

可以说，在维多利亚时期的小说中，英国作家笔下的法国女性呈现出一种固化的形象，无论是从性的角度，还是从贤妻良母的角度，这些刻板形象都不符合英国"家庭天使"的标准，甚至还具有一定的危险性。这些固化形象既是作家个人思想的体现，同时也是集体无意识的投射，它反映作家所处的社群对法国女性以及法国这个国度的总体看法。的确，在许多英国人心目中，尤其是在上层社会中，法国文化仍有极大的魅力，但随着两国在政治、经济等方面的角逐，这个在文化和历史渊源方面与自己有着千丝万缕关系的国度又具有一定的威胁性。

维多利亚时期的经典文本将法国女性视作"危险的"，正如当时在许多英国人看来，法国也是"危险的"一样。首先，英法两国的历史可谓是一部战争史，从中世纪的"百年战争"到18世纪的"七年战争"，④ 两国之间的流血冲突从未停止。18世纪末的最后几年到19世纪初的十多年里，战争仍在继续，同时法国大革命的阴影仍萦绕在英国上空。1815年，拿破仑逃离厄尔巴岛并

---

① 〔英〕夏洛特·勃朗特：《维莱特》，第 421~422 页。

② See Margaret Harris and Judith Johnston eds. , *The Journals of George Eliot*. Cambridge：Cambridge University Press，1998，p. 81.

③ See Thomas Pinney ed. , *Essays of George Eliot*. London：Routledge，1963，p. 146.

④ 这场战争主要集中在 1754 年至 1763 年，其影响波及欧洲、北美和印度等地。

重回巴黎，整个欧洲对此都如坐针毡，英格兰全国上下更是笼罩在恐惧之中。[①] 19世纪中叶，英法两国在殖民地的争夺上一度关系紧张，在许多英国作家笔下，虽没有正面描写两国之间的敌对情绪，但却常常在无意间散发出浓浓的火药味，对这个竞争国冷嘲热讽。总体而言，英国人对法国的态度也比较暧昧。一方面，他们羡慕这个国家独特的文化，另一方面又因为与它的利益纠纷和观念冲突而心怀不满。在英国小说中，这种爱恨交加的态度不仅体现在对法国风俗和场景的描写中，[②] 还体现在对法国女性人物的刻画上。

此外，英国人认为本民族比法国人优越，这种偏见除了两国由来已久的政治和经济上角逐的原因之外，还和两个民族不同的宗教信仰有关。从都铎王朝开始，伴随着亨利八世的离婚事件，英国逐渐脱离罗马教会，之后的数百年天主教与新教两种宗教之间冲突不断，各种残害和流血事件成为几代英国人的梦魇。虽然最终新教在英国占有主导地位，但对天主教徒的提防与迫害却从未停止。宗教冲突常常又和政治阴谋交织在一起，帝王的更替也伴随着两种宗教的兴衰，信奉天主教在某种意义上成了与法国串谋的"叛国者"的代名词，就连英国国王也不能幸免于难。到了17世纪后半叶，资产阶级革命后的人们逐渐将注意力转移到经济发展和商业活动上，英国的宗教冲突有所缓解，但对以法国为代表的天主教徒的敌视却不会轻易消失。在虚构文本或非虚构文本的再现中，固化形象具有持久性，它可能长期处于休眠状态，但一经触动，便可能以新的方式呈现。政治、经济和宗教等方面的原因促使英法两国在19世纪仍时有摩擦，[③] 而虚构文本中对法国女性形象的刻画有意无意地透露了两国之间的关系，尤其是英国对法国的矛盾态度，显示了文学、文化与国家政治之间的合作共谋关系。维多利亚时期的"家庭理想"不断鼓吹女性应该远离公共领域，但在具体的文学实践中，异国女性形象却又总是有意无意地折射国家关系，这不能不说是"家庭理想"的内在悖论。这一点在维多利亚时期小说中的美国女性形象上也有体现。

---

① Sally Mitchell, *Daily Life in Victorian England*, p. 2.

② 如在《小杜丽》中关于法国风景的描写，常常是美丽与危险并存。See Francis O'Gorman ed., *A Concise Companion to the Victorian Novel*. Oxford: Blackwell Publishing, 2005, pp. 233–234.

③ 1851年英国爆发了19世纪最大的反天主教浪潮，信奉新教的民族团结起来对抗在英国占百分之五左右人口且仍和罗马教皇有些关联的天主教徒。See K. Theodore Hoppen, *The Victorian Generation: 1846–1886*, p. 2.

二、"男性化"的美国女性

如果说由于法国在历史上的文化领导权对英国上流社会仍有深远影响，或者说 19 世纪英国对法国还有着某种"影响上的焦虑"，那么这个时期的英国对新兴的美国的态度则有着很大的不同。19 世纪 50 年代以前，英国小说中关于国外的描写多集中在法国、意大利等国；60 年代以后，关于美国的描写虽没有成为小说主题，但却逐渐增多。这和美国的兴起以及英美两国经济和贸易合作关系的加强有很大的关系。铁路的修建、业务的增加以及印刷业和出版业的发展，都促进了两国之间人员的往来和信息的增加。可以说，19 世纪的小说家对美国书写的增多是两国之间接洽逐渐频繁的反映，而且有些作家甚至利用两国语言和文化上的相似性提高小说知名度。[①] 然而，经济上的利益关系并不足以消除英国人对美国文化的偏见，这一点从这个时期小说文本对美国女性人物的刻画中可见一斑。

(一)《马丁·瞿述伟》(Martin Chuzzlewit) 中的美国女性

狄更斯本是 19 世纪美国民众特别喜爱的作家。在 1842 年旅美期间，美国人对他的崇拜达到了前所未有的程度。在美国历史上，还没有哪个领袖曾受到如此广泛而热烈的欢迎。在美国人心目中，不仅狄更斯的笔下渗透着民主的理念，而且其本人在现实生活中几乎就是象征民主的英雄人物，是个地地道道的"美国人"：自力更生，白手起家，是每个奋力拼搏的美国人孜孜以求的梦想的化身。狄更斯也意识到自己在美国受到的与众不同的待遇，在给朋友的一封信里，他写下这样的体会：地球上没有一个国王或君主曾受到如此隆重的欢迎，人们欢呼着，簇拥着我，等待我的是各种豪华的舞会和宴会。然而，小说《马丁·瞿述伟》对美国人的漫画式的嘲讽，却让许多美国读者大跌眼镜，甚至把他看作美国的"叛徒"。

在《马丁·瞿述伟》这部小说中，美国人似乎都没有"家"的概念，他们喜欢居住在省时、省事的公寓里，完全无视英国人自认为是文明标志的"家庭品格"。狄更斯对美国人那种"群居"生活的描写，笔触辛辣幽默。在内容上，与当时的查德威克《卫生报告》里将英国底层视为"另一种族"的描写有许多类似之处：两者的生活似乎都退化到动物的地步，它们缺乏代表现代文明

---

① See Paul Davis, *Critical Companion to Charles Dickens:a Literary Reference to His Life and Work*. New York: Facts on File, Inc., 1999, pp. 199-202.

的家庭生活所需要的最基本的礼仪。只不过查德威克用了纪实的手法，狄更斯则用了讽刺的文学手法。尽管在后期的小说中，狄更斯多次影射英国贵族繁复冗长的就餐仪式令人厌烦，但比起毫无家庭品德的美国的日常饮食起居，显然后者更加令人反感。

在小说主人公马丁刚到达在美国时住的公寓时，他所看到的就餐情景是这样的：刀和叉以惊人的速度在空中飞舞，人们彼此相互提防，仿佛一场空前绝后的饥荒就要到来，无论什么食物——火鸡、牡蛎、腌黄瓜等，顷刻之间就被吞进肚子，食物消失的速度就像"日出前的冰块融化"那样迅速，这样的场面"极其严肃，令人悚然"。① 总之，在餐厅里，人和动物一样，都在追求物质性的满足，忽略了礼节需求，在狄更斯看来，这样的就餐不过是和动物一样野蛮：完全限于满足饕餮的本能，把优雅的进食礼仪抛掷脑后。②

维多利亚时期的人孜孜以求的家庭理想，从本质上看，是他们为了远离赤裸裸的金钱交易和邪恶的市场而构想的一种逃离，私人领域和公共领域的分离是精神生活和物质生活的分离，美国的公寓生活却完全没有这种功能。公寓生活空间缺乏家庭生活的基本品格，那么美国的家庭空间是否具备一种优良的品格呢？答案是否定的。与狄更斯本人一样，即将踏上这片新大陆的马丁对新大陆充满了好奇和期待。马丁天真地认为，金钱是智慧和美德的自然结果。③

正当马丁沉浸在对这个国度将带来各种美好事物的幻想的时候，一个粗鄙的船长将他拉回现实，他的梦想很快就被接下来遇到的一系列人和事打断了。被杰弗逊先生称作是"宇宙无敌""天下第一"的百老汇大道确实美观大方，但人们的居住环境却极其糟糕。帕金斯的家就安置在排水沟边上，几头猪懒洋洋地躺在里面。家里内部的布置足以令重视家庭品格的英国人瞠目结舌：

> 上校领着他们进了房子的底层的后屋，光从各个角度射进来，但却很不舒服：里面除了四面冰冷的墙壁和屋顶，破旧的地毯，肮脏的餐桌，和几把摆设古怪的凳子外，其他一无所有。……黑奴用脏兮兮的手把比手还脏的桌布拉平，上面的残渍从早饭起都没有收拾。④

在这部小说中，脏和乱是许多美国人的家的主要特征。在英国作为家庭象征的火炉在这里却被四个痰盂包围，它使得屋子又闷又热，令人窒息，厨房里

---

① Charles Dickens, *Martin Chuzzlewit*. London：Dent，1968，p. 262.

② 〔英〕查尔斯·狄更斯：《游美札记　意大利风情》，张谷若、宋韵声等译，宋兆霖主编：《狄更斯全集》，第二十卷，杭州：浙江工商大学出版社，2012年，第169页。

③ Charles Dickens, *Martin Chuzzlewit*，p. 250.

④ Charles Dickens, *Martin Chuzzlewit*，p. 258.

漂来汤的恶心的味道，空气中混杂着烟草味，实在令人难以忍受。在狄更斯辛辣的讽刺里，我们看到，美国有繁华的大街，有大厦、房子、公寓、旅馆和棚屋，但这里却没有文明的"家"。美国是未开化的蛮夷之地，家的外在虽然具有现代物质文明特征，但内在却极度匮乏和空虚，缺少自视为现代文明标志的英国人所称颂的精神性的功能。

这样的家显然不是培养英国式的贤妻良母的场所。小说中关于美国女性的描写不多，但就那几处就足以说明蛮荒之地的女性也是缺乏文明社会的"女性特质"的——她们是"男性化的"。在19世纪的英国，虽说女性在经济、政治等公共领域的地位不高，但至少在家中她们因为道德的优越性而备受尊重。英国文化人罗斯金在《王后的花园》里写道，男人和女人有不同，分别掌管不同的领域，一个管理公共领域的事务，一个操持家庭私人领域的日常起居，二者互为补充，和谐共处。① 同时，女性还应该以自身的道德和情操影响包括丈夫在内的各个家庭成员。而在《马丁·瞿述伟》的叙述里，美国女性的熏陶作用无迹可寻，男性和女性的分离不是一种分工，倒像是老死不相往来的隔离。马丁在餐室里碰到五六个女性自成方阵，其中布里克夫人不仅教授各种哲学和政治等在维多利亚时期英国人看来属于男性专属领域的课程，还因为工作忙碌，没有时间打理家务琐事，索性住到了旅店里。对于完全放弃家庭生活的女性，在21世纪的今天，仍会引起异样的眼光，更不用说在道德秩序森严的19世纪的英国了。从名字上看，"布里克夫人"（Mrs. Brick，"Brick"汉语意思为"砖头"）也充满了揶揄的意味。砖块是家庭建筑的重要材料，能引起对家的联想，但在小说中，布里克夫人却被刻画成不仅远离家庭，还在行为上表现得过于男性化、缺乏英国"家庭天使"的滑稽形象。

小说中的另一个角色——霍米尼夫人（Mrs. Hominy）也在名字上就已经透露其"男性化"身份。在英文中，"homie"原指"居家的"，在口语中还指"伙计"，但在小说中，霍米尼夫人既不居家，也不是男性，她是马丁在去新伊登的途中遇到的美国女性，是"哲学家和女作家"，在两性具有严格分工的维多利亚时期，这样的称号并非什么美誉。在小说中，霍米尼夫人被刻画成举止不得体，甚至十分粗鲁的人物：她虚伪而自负，总是特别突兀地出现在马丁面前，昂首阔步，喋喋不休。从外表上看，霍米尼夫人也缺乏维多利亚时期英国人所欣赏的柔美、温顺的女性特征：她长得很高，全身笔直而僵硬，脸上的线条也是如此。她举手投足之间，更是显得古怪而滑稽：

---

① See John Ruskin, *Sesame and Lilies*, 2002, p. 145.

霍米尼夫人又一次阔步走进来——站得笔直，以证明她那贵族血统，双手紧握，拿着一张红色的棉手帕，或许是那位少校的分别礼物吧。她把软帽搁在一旁，换上了一定极具贵族风范的古典的帽子……这个头饰与她的外表的相称度，实在令人拍手叫绝。①

霍米尼夫人说起话来，也无风雅可言，常常使用自以为比英国英语更纯正，实际上却相当粗俗的言语。这些话常常令马丁窘迫不已，如"您是哪里冒出来的""哪里喂养大的"。她一脸尖酸刻薄相，吃起饭来像只饿狼，说起话来完全不顾及他人，以诘难他人为荣。同时，她还不顾仪容仪表，"好像揩鼻子成了一时的毛病，一旦决议根除便不择手段"。②尽管小说提到霍米尼夫人具有男性般的、极高的智商，既是哲学家，也是作家，但这些特点加上那些粗俗鄙陋的行为举止，着实让来自"礼仪之邦"的马丁措手不及。

颇有讽刺意味的是，马丁在美国要去一个叫作伊甸园（Eden）的地方，但在这片土壤上却找不到一个真正的"夏娃"（Eve）。在《马丁·瞿述伟》中，马丁只有回到英国，才可能找到名副其实的"家庭天使"。美国女性与英国人心目中的贤妻良母形象相去甚远。家是奉献的场所，是休憩心灵的场所，美国人对家的忽视，美国女性对家庭生活的忽略和对公共领域的介入，是其男性化的重要标志。公共化和社会早已让家丧失了救赎的功能。在狄更斯对美国女性的男性化形象的勾勒和调侃中也暗藏这样的结论：只有物质的欲望，没有家的宗教般的作用，因此美国陷入自私、物欲横流和利益至上的野蛮处境似乎也是不可避免的。美国缺乏英国式的家庭女性，也没有英国式的净化心灵的家庭生活，正如他在《游美札记》里写到的那样：

在美国，结过婚的人都住在旅馆里，没有家室之乐，从清晨到深夜，除了匆匆在公共食堂里一聚而外，再就几乎没有和家人见面的机会。他们说，这种使人无欢而通行全国的风俗，是由于他们爱好商业而起。③

小说在批判美国女性的男性化的后面，揭示了狄更斯对美国商业利益至上的嘲讽，同时也在一定程度上影射了作者对英国呼之欲出的女性权威的不屑，以及对家庭的神圣作用可能受到挑战而感到的不安。

狄更斯将美国女性刻画成"不知家为何物"的"男人婆"般的刻板形象既有他本人的原因，同时也是英国社会集体想象的结果。首先，狄更斯对美国女

---

① Charles Dickens, *Martin Chuzzlewit*, p. 355.

② 〔英〕查尔斯·狄更斯：《马丁·朱述尔维特》，赵炎秋等译，宋兆霖主编，《狄更斯全集》，第六卷，杭州：浙江工商大学出版社，2012年，第353～355页。

③ 〔英〕查尔斯·狄更斯：《游美札记　意大利风情》，张谷若、宋韵声等译，第242页。

性的妖魔化描写与作者对美国的总体看法有关。1842 年狄更斯开始乘船前往美国。正所谓"爱之深，恨之切"，在到达新世界之前，狄更斯对这个国度充满了幻想。他认为，美国应该是一个充满平等、民主，人与人之间有着真正的人性的理想之国。然而，当他听到那些自诩自由之国的公民为奴隶制辩护的时候，震撼之情溢于言表：

> 星条旗上的星星对着血淋淋的条纹眨眼，自由落下帽子盖住自己的雅静，以最卑鄙的方式对她的姐妹进行压迫。
>
> …………
>
> 我越是想它的青春和活力，它在我眼中就越是千般不好，万般不是，糟糕透顶，一无可取。在他吹牛皮的每一个方面……它都远远低于我想象中的水准。英国，即使是英国，尽管这块古老的土地充满邪恶，问题很多，还有大量人处境悲惨，但跟美国一比较，还是处于领先地位。……
>
> 舆论自由！它在哪里？我所看到的新闻界比我知道的任何一个国家更卑劣，更下作，更圆滑，更不体面。……①

《马丁·瞿述伟》这部小说的重要主题之一就是自私和以自我为中心，老马丁认为所有的人都是为了他的钱而接近他，佩克斯列夫（Pecksniff）则通过各种方式将学徒的钱和设计理念占为己有，安东尼教儿子的第一个词是"利"，第二个词是"钱"。关于不择手段、自私自利的描绘，在刻画美国的相关章节里，更是得到了淋漓尽致的演绎。依靠坑蒙拐骗的伎俩发家致富在美国这片新大陆上是家常便饭，虽然在英国也有类似的恶行，但不同的是，这种行为在英国要受到严厉的惩罚，如小说中的乔纳斯·瞿述伟和蒙塔古·提格斯在英国都是受到鄙视的，而在美国非但没有得到相应惩戒，甚至还被当作偶像崇拜。如小说中的汉尼拔·乔乐普（Hannibal Chollop）这个角色，正如他名字所暗示的那样，"Hannibal"让人联想起"Cannibal"，即"食人者"，而"Chollop"则让人联想到"Chop"，即"砍碎"的意思，但美国人却对其推崇备至，这喻示这个国度本身也不过是弱肉强食、人吃人的野蛮社会的翻版。此外，美国对当时英国小说的肆意盗印行为，大大加深了狄更斯对这个国度的失望。②

《马丁·瞿述伟》是狄更斯的第六部小说，写于 1843 年到 1844 年间。《马丁·瞿述伟》作为虚构文学，有别于现实生活中英国对美国的看法。但它在很

---

① 〔美〕安妮特·鲁宾斯坦著：《英国文学的伟大传统》，陈安全等译，上海：上海译文出版社，1996 年，第 130 页。

② 其中包括狄更斯的多部作品。1848 年为了打击盗版行为，狄更斯开始打官司，为此差点破产也在所不惜，足见他对这种行为的深恶痛绝。

大程度上却反映了当时英国对美国的一种普遍看法。其中关于美国的描写占了小说的六分之一，但它并非小说原定的情节。狄更斯的传记作者福斯特认为，这是狄更斯在看到小说的销售量比起前几部小说有所下滑后，而采取的一种补救措施，试图用这种异国情调重新引起读者的兴趣。[①] 尽管这种方法并未起到立竿见影的效果——因为自认为是天下最文明、最先进的民族的英国读者对这个新兴的国度似乎不太关心；而对于美国读者而言，小说中一针见血的讽刺也足以让他们哑然失笑。只要考虑到狄更斯本人的出身和地位，再看看他是如何一步步从底层学徒到当红记者，再到成为五部畅销小说的作者的人生履历，我们就不难看到他在捕捉维多利亚时期读者心态方面的敏锐和成功。因此，在《马丁·瞿述伟》中，无论是对美国的刻画还是对美国女性的刻画，并试图以此提高小说的销售量，这至少说明这样的描写是合乎当时大多数维多利亚时期的人对美国的想象的。

个人的也是历史的，是社会的，狄更斯对美国女性形象的"男性化"书写，与英国人对美国蛮荒的想象传统密切相关。对许多美国人唯利是图和对美国缺乏家庭品格的讽刺，不仅透露了狄更斯本人对这个国家的失望，还折射出当时英国对美国这个国度的某种偏见。事实上，狄更斯并非19世纪第一位对美国进行负面书写的作家。19世纪以前，由于交通的不便，到新大陆的英国移民并不多。19世纪以后，随着造船技术的改进和印刷术的普及，各大报刊媒体对美国的报道逐渐增多，而英国创作里对美国的想象主要是随着19世纪30年代旅美游记的兴起而逐渐出现的。19世纪有成千上万的英国人去过美国并写下游记，尽管许多旅行者深受美国的吸引，但在不少著名作家看来，美国奉行金钱至上的原则，粗鄙而低俗，充斥着谎言与欺诈。狄更斯并非19世纪贬低美国生活方式的第一人，早在《马丁·瞿述伟》之前，弗朗西斯·特罗洛普（Frances Trollope）的《美国人的家庭风范》（*Domestic Manners of the Americans*）就批判了美国的低俗，哈丽特·马蒂诺（Harriet Martineau）在《美国社会》（*American Society*）和《西方之旅回忆》（*Retrospect of Western Travel*）一书中也做了相关记载。也就是说，在19世纪30年代的游记中，注重道德、门第和礼节的英国人大多对美国持有负面印象。

狄更斯对美国的负面描写，在一定程度上不过是延续了这个传统。《马丁·瞿述伟》专门提道：充满孩童的率真与善良的汤姆，死心塌地地认定人世间充满美好，但这样一个心中充满善的人，却一再坚持说，美国绝不是绅士应

---

① See Paul Davis, *Critical Companion to Charles Dickens：a Literary Reference to His Life and Work*. New York：Facts on File, Inc., 1999, p. 200.

该去的地方。对美国的刻板印象一旦成形，又会反过来影响接下来大半个世纪里英国对美国女性的总体看法。维多利亚时期的小说由于其多样性，很难概括出本质，但学界普遍认为狄更斯早期的作品不仅影响了维多利亚时期小说的连载方式，还成为"成长小说"（bildungsroman）的典型。[1] 事实上，狄更斯的小说对后世的影响远大于此，即便在美国女性形象的刻画方面也深深影响了后来许多作家的作品。如戴娜·克雷的《约翰·哈利法克斯》（*John Halifax, Gentleman*）几乎以《马丁·瞿述伟》为范本，再现了英国人对美国的鄙夷态度，而下文将提到的特罗洛普的《如今世道》里的美国女性在很大程度上依然是基于《马丁·瞿述伟》中对美国女性的想象。

在狄更斯看来，尽管英国并非十全十美，但在许多具体的生活细节上仍足以成为美国的标准，《马丁·瞿述伟》中关于美国人的描写可以看作作者在《游美札记》里提及的美国印象的想象性的呈现。狄更斯甚至倡议，美国人在公共卫生和排水、排污方面，应该好好读一下英国同期社会学家查德威克的《英国工人阶级卫生情况报告》。此外，狄更斯还通过对美国家庭和女性的描写，确证了英国人的家庭品德优越性，美国人应该像英国人一样有信仰，多注重家庭生活，注意个人卫生设备，注重饮食的礼节，妇女也该穿戴得更得体一些。[2] 对于家庭品格的重视，不会带来立竿见影的商业利益，但如果全体美国人，能少关注某个事物的直接效益，对现实关注得少一些，而对于理想关注得稍微多一些，那么对于整个国家是很有好处了。[3] 总之，在《马丁·瞿述伟》中，狄更斯虽然肯定了美国作为新兴国家的活力和朝气，但通过对美国女性和个别家庭内部的描写，嘲讽了美国这片新大陆在文明、礼节方面与旧大陆——英国相去甚远。

（二）《如今世道》中的美国女性

如果说狄更斯对美国女性形象充满嘲讽的话，那么维多利亚中期的另一位重要作家安东尼·特罗洛普（Anthony Trollope）对美国女性形象的看法则要复杂得多。特罗洛普曾担任英国邮政官员，一生共创作 47 部长篇小说，20 多部游记、传记和短篇集子，[4] 是维多利亚时期最多产的小说家之一。他的作品在文学史上几经沉浮，虽然他在我国的知名度远次于狄更斯、萨克雷和勃朗特

---

① Sean Purchase, *Key Concepts in Victorian Literature*. New York: Palgrave Macmillan, 2006, p. 146.

② 〔英〕查尔斯·狄更斯：《游美札记 意大利风情》，张谷若、宋韵声等译，第 247 页。

③ 〔英〕查尔斯·狄更斯：《游美札记 意大利风情》，第 244 页。

④ 参见侯维瑞主编：《英国文学通史》，上海：上海教育出版社，1999 年，第 526 页。

姐妹，但在西方学界则早已被位于经典之列。"解构主义者"J. 希利斯·米勒教授（J. Hillis Miller）在提到特罗洛普的小说中爱情主题的社会性时，认为自己只是在给后者作注罢了。[①] 这或许只是教授的谦逊之辞，但特罗洛普在西方学者眼中的重要性，从中可见一斑。我国学者钱青教授通过分析特罗洛普的两大小说类型——巴塞特郡小说（Barsetshire novels）及派利塞小说（Palliser novels），对特罗洛普在真实反映维多利亚时期社会现实问题上，做出了高度的评价，并认为他不愧"时代的喉舌"这一称号。[②]

特罗洛普小时候曾随母亲（即上文提到的写《美国人的家庭风范》的弗兰西斯·特罗洛普）在美国小住，成年后也曾到过美国。小说创作前几年，特罗洛普与妻子从澳洲回国途中经过"镀金时代"的美国，对看到的贪污腐败、投机欺诈等现象极为不满。在特罗洛普的《如今世道》（The Way We Live Now）中，与30年前狄更斯的叙述相比，英国人对美国人的总体态度并没有太大改观。与狄更斯的《游美札记》不同的是，特罗洛普没有直接描写在新大陆上看到的美国人，而是通过刻画到达英国这个旧世界（Old World，与被看作"New World"的美国相对应）的美国人，再现了英国19世纪传统的农业社会与物质至上、金钱崇拜的商品社会之间的冲突。

在《如今世道》这部小说中，美国人虽然给英国人带来了赚钱的机会，但在英国绅士的眼中，许多美国人依然是肮脏、唯利是图的化身。尤其是小说中的美国铁路大亨菲斯克，更是被视作粗俗的异类："没有一个人喜欢过菲斯克。他的行为、他的马甲都和他们的（指英国）不同，就连抽烟的方式也不一样，而且还往地毯上吐痰。……在钱的问题上，他表现得相当出色，而他们却表现得很糟糕。"[③] 与狄更斯笔下的美国人一样，在《如今世道》中，美国人仍是以金钱为中心，完全没有英国绅士的风范。小说中的罗杰·卡伯里代表的是英国传统生活方式，他拒绝没有原则地崇拜金钱，否定建立在金钱交易基础上的婚姻。对于公认的富翁——梅尔莫特家族，他的态度是极为谨慎的。[④] 罗杰是英国传统的贵族和绅士，小说大多时候都从他的视角审视维多利亚时期阶级的流动和社会风气。小说中，罗杰对梅尔莫特先生的许多猜测最后都变成现实，这也说明了叙述者对这种风气的深恶痛绝。

小说中另一人物玛丽·梅尔莫特出生在纽约，之后在欧洲各国游历。她的

① 参见陆建德：《自我的风景》，广州：花城出版社，2015年，第27页。

② 参见钱青：《英国19世纪文学史》，北京：外语教学与研究出版社，2006年，第304~310页。

③ Anthony Trollope, *The Way We Live Now*. Robert Tracy ed.，New York：The Bobbs-Merrill Company, Inc. 1974, p. 82.

④ Anthony Trollope, *The Way We Live Now*, p. 119.

身份是多重的，但核心身份依然是美国人。她和小说中的英国女孩卢比·卢格斯一样，性格中充满叛逆。但二者有着显著的区别。卢比是可驯服的，在赫托夫人的帮助下，最终重新回到未婚夫的身边。卢比的反叛似乎只是青春期少女的叛逆表现：偶尔偏轨，但最后自然而然又能走上正常轨道，成为英国的"淑女"。而玛丽的独立和叛逆却贯穿其生活始末，多次拂逆父亲的旨意，尽管文中并未明确说明梅尔莫特先生的国籍，但却暗示了他是美国人。梅尔莫特先生对利己主义的推崇最终使得自己的女儿也变得冷酷无情，在与菲力斯私奔的计划失败后，玛丽甚至倒戈相向，开始报复自己的父亲。虽然小说叙述者也提及她的性格里有坚毅的部分，对她在面对最残忍的攻击的时候显示出来的勇气表示认可，但小说最后却安排她嫁给了圣弗朗西斯的哈密尔顿后回到美国，这似乎是在喻示英国依然偏爱"天使般"的本国女性。

赫托夫人是小说中另一重要的女性角色，不同于英国"家庭天使"温顺、服从的女性特征，她总是勇敢地与不幸的处境做斗争，努力追求自己的幸福，这一点在她与不同的男性交往中，表现得尤为明显。首先，在与丈夫的关系上，赫托夫人并不觉得女人就该是男人的依附，也不认为女人天生就该逆来顺受。赫托夫妇感情不睦，在她看来自己的丈夫是恶棍，自己也无需与他厮守终身。得知赫托先生可能没有死，她的情人保罗·蒙塔古左右为难，赫托夫人却觉得离婚没什么大不了的：离婚和死亡一样可以实现目标。[①] 离婚在 19 世纪的英国人看来是难以宽恕的，然而在赫托夫人眼中却是很简单的一件事。尽管 19 世纪的英国女性主义者为争取女性幼儿监护权、财产权做出了艰苦卓绝的努力，但在很长的一段时间里，中产阶级已婚女性在法律上仍被看作是其丈夫的附属。1857 年的《离婚法案》虽然赋予女性离婚的权利，但条件却相当苛刻，她必须证明丈夫犯有重婚罪或通奸罪并对她施行家暴甚至将她抛弃。直到 1882 年《已婚妇女财产法》通过，英国女性在法律上的权力才有了根本的变化。[②] 因此，赫托夫人的行径在许多英国人看来，是不可思议的。

然而赫托夫人不过是在捍卫自己追求个人幸福的权利罢了，与保罗的另一倾慕者不同，她不顾社会的流言蜚语，在收到保罗的分手信后，不远万里，毅然横渡大西洋到英国寻找情人，进行最后一番努力。这在当时许多英国人眼中，是"冒天下之大不韪"，就像小说中典型的英国绅士罗杰谴责保罗时说的"不知廉耻"，[③] 甚至认为这不过是她设计的圈套，试图诱使保罗娶她罢了。在

---

① See Anthony Trollope, *The Way We Live Now*, p. 383.

② See Mary Lyndon Shanley, *Feminism, Marriage, and the Law in Victorian England, 1850－1895*. Princeton: Princeton University, 1989, p. 103.

③ See Anthony Trollope, *The Way We Live Now*, p. 375.

赫托夫人和保罗的关系中, 前者明显更有主动权, 就像罗杰评价的那样, "她机智而强壮, 而保罗则愚蠢而软弱"。[①] 在小说中, 不仅在与丈夫和情人的关系上, 赫托夫人展现出了与维多利亚时期社会所称颂女性气质迥然相异的主动性和攻击性, 即便在生活的其他方面, 赫托夫人身上也充满了在维多利亚时期英国人看来的男性化特征, 她不仅酗酒, 而且身上总是带着枪, 时刻处于警戒状态, 随时准备出击, 一言不合便挥动拳头,[②] 甚至还亲手杀害了试图冒犯她的陌生男子, 俨然一副美国西部牛仔的气派。听说保罗要被派遣去墨西哥, 赫托夫人慷慨陈词, 希望能激发保罗的抱负和闯劲, 但后者却无动于衷。赫托夫人最后只能无奈地感慨道: 真希望自己是个男人。赫托夫人精力充沛, 有智慧也有能力在商业世界里打拼一场, 但她却缺少最重要的入场券: 正确的性别。总体而言, 赫托夫人不是维多利亚时期的人心目中的"理想女性", 但她却是可以与人并肩作战的好同志, 然而这一点是很难被深受传统熏陶的英国绅士保罗接受的。保罗需要的仍然是听话、温柔的"英国天使"。

在《如今世道》这部小说里, 美国被刻画成只讨论金钱和商业利益的罪恶之国, 女性在那里得不到应有的保护, 她们随时可能遭受丈夫的欺凌或是野蛮男子的威胁。与狄更斯的冷嘲热讽不同, 在《如今世道》这部小说中, 字里行间都透露着特罗洛普对赫托夫人的遭遇的同情。从命名上看, 赫托夫人 (Mrs. Hurtle) 的英文名字中含有"hurt", 有"受伤"之意。而且, 在叙述方式上, 在保罗·蒙塔古弃她而去的时候, 赫托夫人成了小说的"意识中心"(centre of consciousness), 通过她的内心, 读者可以窥见这个强势女性内心的脆弱和无奈:

> 一切都结束了吗? 她的一生注定奔波、不得安歇吗? ——甚至连一口润唇的水都没有吗? 她的生活注定充满风暴和混乱吗? 她说的几乎全是事实, 尽管不是事实的全部——我们在讲述自己的生活的时候, 谁又能做到呢? 她曾忍受暴力, 也曾施加暴力。她曾苦心经营过, 也曾被别人暗算过。她不过是适应命运罢了。[③]

在特罗洛普笔下, 赫托夫人并非天生粗暴, 此处连用三个问句增强了哭诉的叙事效果。小说指出, 赫托夫人身上的种种被英国人看作男性气质的特征——主动、力量, 都是迫于生存的压力, 情非得已。特别值得注意的是这里

[①] Anthony Trollope, *The Way We Live Now*, p. 376.

[②] 在与保罗争吵中, 她激动地挥舞着拳头: "她的拳头落在餐桌的刀上, 举起拳头, 然后又放下"。See Anthony Trollope, *The Way We Live Now*, p. 380.

[③] Anthony Trollope, *The Way We Live Now*, p. 385.

叙述视角的突然转变。通读小说，大多时候使用的是罗杰的视角，很少使用女性的视角。而在保罗离开赫托夫人的时候，小说却使用后者的视角，向读者展现了这位男性化的美国女性内心的苦楚：

> 在内心深处，她也厌恶自己的暴力、粗暴的生活和非女性气质的语言。但一旦受到不公正的待遇，这些恶习便又卷土重来了。如果她能摆脱这些不幸，如果她能在世上找到一处没有严酷遭遇的壁龛，她肯定也会释放女性天然的真与善——那时，她再也无需以暴制暴，而是尽情展示温柔的一面，就像少女一般。当她第一次碰到这个英国男子的时候，发现他喜欢与她相处，她也试着想象或许真正的避风港终于来了吧？但她杀害那个试图占她便宜的男子的枪声仍在耳边回荡……①

视角的选择并非任意的，在一定程度上，它蕴含伦理意义和道德评价。这一点，韦恩·布斯也有类似的论断。在布斯看来，《爱玛》中的女主人公爱玛有很多道德缺陷，但由于故事是通过她的内视点（inside view）呈现的，读者仍与她站在同一战线，并喜爱她。持续的内视点使读者希望与他共行的那个人有好运，无论其品质好坏。② 内视点最成功之处，在于它在一个有缺陷的女主角和读者之间唤起了共鸣，从而引起读者的同情。视点选择的道德性，与人们的认知过程密切相关。人们对于不断出现在自己视线的人物或事物，往往比对陌生人物或事物，更容易产生好感和认同。赵毅衡先生认为，视角引发同情的原因可能是美学上的"内模仿"，即从外到内的"移情"。谷鲁斯的"内模仿说"认为，审美主体在欣赏活动中，总能分享对象的姿态和运动，会有一种内模仿的运动神经活动，从而在主体的心灵中产生一种自觉或主动的幻觉，仿佛要把自我变形投射到旁人或外物中去，同时又把对象的审美情趣吸引到自身来。这一点类似于审美心理中的移情说。在具体的审美过程中，读者往往会同情小说中的视点人物。

特罗洛普是否早就了解所谓的"内视点"的伦理功能理论，我们不得而知，但不可否认，对小说人物内心细致的刻画是其小说的魅力之一。亨利·詹姆斯（Henry James）曾在特罗洛普去世后的纪念文里称赞他是"有学问的心理学家"，是能帮助人更好地认识内心世界的"最可靠的作家"之一。③ 在描写赫托夫人悲惨经历的时候，小说突然转变叙述视角，使得该人物形象变得更

---

① Anthony Trollope, *The Way We Live Now*, p. 385.
② See Wayne C. Booth, *The Rhetoric of Fiction*. Chicago：The University of Chicago Press, 1983, p. 246.
③ 参见钱青：《英国19世纪文学史》，北京：外语教学与研究出版社，2006年，第311页。

加饱满和立体。同时，通过视点的转变，读者通过赫托夫人的视角重新审视她所遭遇的不幸命运。这也说明特罗洛普对这个人物的矛盾情感：哀其不幸，怒其不争。在小说《玛丽·巴顿》中盖斯凯尔曾透过工人的内心写工人，在《路德》中，盖斯凯尔也从失足女子的视角写她们的悲惨处境和内心的善良，这些创作或许不能有立竿见影的社会效果，但不可否认的是，它们的确唤起了维多利亚时期的人对不同阶层、不同出生的人的同情，至少在社会上引起了一定的关注。与盖斯凯尔一样，特罗洛普在这里并没有一味贬低美国女性的男性化。在刻画她们不具备女性特征的时候，其手法与狄更斯的漫画式刻画有所不同。特罗洛普更为辩证地看待人性和社会体制对个人行为的影响，除了从赫托夫人本人性格方面捕捉其命运多舛的原因，他还进一步揭示了造成美国女性不幸的社会根源。小说还通过赫托夫人暗示了美国女性在本质上和英国女性无二，她们原本美丽、天真，骨子里也有温柔的品质，但艰难的生活，尤其是美国缺乏英国那样保护女性的体制，扭曲了她们善良、单纯的天性，促使她们变得粗暴。与其说这样的后果是女性的悲哀，不如说是社会的悲哀。

当时英国的许多畅销小说和经典小说中，几乎找不到具有英国人引以为豪的"家庭天使"的美德的美国女性形象。她们常被刻画成反叛的、具有威胁性和缺乏"女性气质"的男性化形象。从性别角度看，这和19世纪英国男性对日渐崛起的"女性权力"（female authority）的担心有关。在《阁楼上的疯女人》（*The Madwoman in the Attic*）一书中，古芭和吉尔伯特认为，这是男性对女性独立自主的恐惧和焦虑，是一种幼儿对母亲自主权的恐惧。[①] 虽然在英国小说中也会出现反动的、非女性气质的英国女性形象，如《远大前程》中皮普的姐姐和哈维斯小姐，但在大多的文学作品中，"家庭天使"形象仍占有支配性的地位（尤其是与异族女性相比）。与此不同的是，19世纪中叶英国小说中的美国女性几乎或多或少都接近于"男性化的女性"这个刻板形象。

英国小说中不断出现的男性化的女性形象，绝非偶然。首先，男性化的美国女性形象在一定程度上是符合当时的社会现实的。从第一艘轮船"五月花"号载着欧洲人驶往美洲大陆的时候开始，虽然其初衷是希望脱离欧洲的宗教迫害，但最终目的却是成立一个自由的"山巅之城"。拓荒精神和自力更生的能力影响着每一代移民。其中，到达美洲大陆的女性大多是随父辈或丈夫移民的，面对艰苦的自然环境，必须具有坚忍不拔的精神方能生存下去。但在许多英国人的想象中，这样的女性与本国柔弱的、娇嫩的、百般呵护的"天使们"

---

① See Sandra Gilbert & Susan Gubar, *The Madwoman in the Attic*. Columbia：University of Missouri Press，2009.

迥然不同。她们要么是骑马驰骋于美国西部边疆的"女汉子"(cowgirl)或"假小子"(tomboy),要么是在未开发的土地上脸朝黑土背朝天的辛勤耕作和勇敢无畏的拓荒者,或者如希腊神话中的塞壬女神一般,以吸引男人为毕生的事业,既危险,又充满魅力[就像威尔基·柯林斯(Wilkie Collins)的《无名》(*No Name*)中那名来自美国南部的女人为了与有钱的范世通先生(Mr. Vanstone)结婚,可谓机关算尽,无所不用其极]。

其次,这一刻板形象还和当时的服装变革事件有关,并透露了维多利亚时期的英国社会对女性权力(female authority)的恐惧。19世纪50年代左右,美国女权领导者穿上了"女性裤子"(female pantaloons),也称作"土耳其裤""美国裙装"或"改革装"。这些服饰因其发起人艾米利亚·布鲁姆(Amelia Bloomer)而得名,其款式与今天的哈伦裤有很多相似之处:裤子的款式宽松自在,一改传统的鲸鱼骨束腰模式,大大减少了对女性骨骼和腹部器官的伤害。这种新型服饰的最大好处是给女性更多的自由(既是生理上的,也是隐喻意义上的)。在美国,1851年还出现了"布鲁姆裤热"(bloom craze),许多女性穿着这种裤子出席重大社交场合,有些纺织厂甚至为穿着布鲁姆裤的女工举办宴会。

尽管这种裤子对于需要经常走动和处理杂物的女性很实用,但它的出现却在社会上引起了轩然大波。关于这次服装变革,有赞同者,也不乏批评的声音,布鲁姆裤的反传统设计也遭到了跨越大西洋的反对之声。无论在英国还是在美国的杂志上都刊登了大量漫画,讽刺这种着装。在一则漫画上,一位身着布鲁姆裤的年轻女子成了求婚者,向男友的父亲提出结婚要求;在另一则漫画上,丈夫抱着孩子、拿着玩具,小心翼翼地向前挪动脚步,而他的妻子却叼着雪茄、穿着宽大的布鲁姆裤,在他身边悠闲自在地走着。可以说,这些漫画隐藏着这样的逻辑:布鲁姆裤颠覆了传统的性别角色。迫于舆论压力,就连当时较为激进的女权分子苏珊·B. 安东尼(Susan B. Anthony)也倡议放弃这种着装方式。[①]但在布鲁姆裤的支持者看来,这才是真正具有美国特色的服饰。尽管服装风格大大冲击了女性服装传统,支持者甚至使用民族自豪感激起人们对这种款式的认同感,但在许多英国人和欧洲大陆的人看来,这不过是美国乃粗俗、荒唐和放荡的发源地的又一例证罢了。这场发源于美国的服装变革运动,在一定程度上强化了英国人心目中美国女性男性化的刻板形象。

英国小说中透露的英国女性与美国女性的对弈,看似属于道德、伦理问

---

① See Diana C. Archibald, *Domesticity*, *Imperialism and Emigration in the Victorian Novel*, p. 135.

题，其本质却关乎政治问题和文化问题。在 19 世纪，美国和英国之间的关系极其微妙。美国被视作是英国的"儿子"，既聪明伶俐，却又充满叛逆精神。两个国家共享语言、宗教和习俗等诸多传统，美国东海岸上许多移民都来自包括英国在内的欧洲国家。但具有悠久历史传统的英国却不愿意承认这个新兴国家具有与其平起平坐的地位，更不能忍受这个后起之国和自己同台竞争。例如，对于移民海外的人员，英国政府或殖民地政府一般都会给予一定赞助，唯独移民美国，双方政府都不给予任何财政上的支持，两国的角逐从中可见一斑。但即便如此，由于低廉的费用，高雇用率和较丰厚的薪酬，[①] 还是让许多英国民众不惜自己出资，欣然移民美国。

在这样的历史语境之下，19 世纪中叶的作家们对这个国度的情感多是比较复杂的，这种矛盾的情感在他们刻画美国女性的时候也常常得以流露。他们对美国女性的态度也比较复杂，有排斥，甚至将其妖魔化，也有对她们身上那种不受欧洲传统拘束的自由的渴望；还有哀其不幸，认为她们有被改造的可能。但无论哪一种情况，可以确定的是，在 19 世纪中叶的大多数英国小说中，英国女性的优越性地位都是不可动摇的。这些小说至少透露了这样的信息：英国女性不仅是英国的典范，还是美国女性的典范，英国的家庭品格比美国优越，英国应当成为美国效仿的国度。考虑到当时阅读的普及和小说的畅销，这无疑是一种有效的观念塑形。它强化了英国作为世界中心的优越地位。英国小说中对美国女性的想象，体现了英国对美国这个远离欧洲帝国中心的新兴国家的不屑。从国家层面看，弱化美国的优越性，可以在某种程度上强化本国人民的民族自豪感，其背后的根本动机是为了维护英国在经济、政治以及文化上的垄断地位，维护英国在世界帝国的中心地位。尽管许多小说家或许并未刻意如此书写，但无意之间却反映甚至巩固了当时的国家意识形态。

小　结

在英国的帝国话语中，不仅在家庭的日常细节方面，认为肮脏、落后的殖民地不具备现代家庭的基本特征，而且这些家庭还被视作缺乏英国那种在家庭中居于中心地位的"天使"般的女性。在 19 世纪中叶的英国小说中，爱尔兰的女性常常被刻画成肮脏、虚荣、酗酒和不具备母亲品格的人物，而非洲和中亚的女性则常被塑造成受尽欺凌或品行不端的形象。在对美洲和欧洲大陆的女

---

① See Robert Johnson, *British Imperialism*. New York: Palgrave Macmillan, 2003, p. 64.

性的描写上，虽然更为复杂，有讽刺，有同情，或许还掺着些许不可名状的羡慕，但总体而言，小说中对这些国家的女性形象的刻画与英国对这些国家的印象基本是一致的。

诚然，文学是虚构的，文本空间也不完全等同于社会空间，但它却常常能从一个侧面反映社会的整体风貌。女性作为维多利亚时期文学最为重要的主题之一，也在不经意之间折射了超越家庭的、更为广阔的社会空间关系。这些异族女性形象既是作家本人的想象，同时也在很大程度上成了英国与其他国家之间关系的投射。此外，文本的空间也是再生产性的。一方面，小说中对殖民地女性刻板化的再现深受当时的媒介和传教士、贸易者的游记的影响，与此同时，它又以叙述的方式巩固了人们对殖民地的刻板印象，甚至间接参与帝国话语的建构，因为越是描写殖民地女性的低劣，就越能凸显英国家庭品格的文明和先进，也越能说明英国殖民的合法性。

需要指出的是，从逻辑上说，越是强调某件事物，就越暗示着这个事物对立面的存在。虽然在维多利亚时期，婚姻被视作女性的唯一宿命，但当时各种虚构文本和非虚构文本对这一点的反复强调恰恰说明它并非普世的准则。事实上，对"家庭天使"的颂扬和倡导也说明了不是所有的英国女性都符合这个标准。文学作品中再现的英国女性人物中既有"天使"，也有不少"脱轨"的形象。值得我们深思的是，无论是在文化上和英国同宗同源的欧洲大陆还是属于不同人种的亚非大陆，这个时期英国文学中出现的外族女性为何大多是负面的固化形象。与英国负面女性一样，外族女性也缺乏"家庭天使"的女性特质，但她们身上有着不同于英国本土女性的鲜明特征，尤其是这些表征中蕴含的国别色彩。无论是"堕落的"爱尔兰和亚非大陆的女性、"危险的"法国女性，还是"男性化"的美国女性，都让我们看到这样的悖论：一方面，文学中的"家庭理想"不断强调女性是家庭私人领域的中心，她应该坚守这片净土，远离公共领域；但另一方面，文学家又不自觉地让女性间接"参与"公共事务，让"家庭天使"成为英国文明的象征，参与英帝国话语的建构。要想更好地理解这个悖论，我们有必要重新审视维多利亚时期"分离领域"之说。

结　语

从文学文本对家庭日常生活的表征中，我们看到，看似独立于公共领域的"家庭"，常常以独特的方式参与社会政治和经济生活。在中产阶级与贵族进行领导权博弈的过程中，体现温馨、舒适和亲密性的家庭"物语"凸显了中产阶级文化的优越性；在贫富分化加剧的工业革命时期，对"英国之家"的讴歌一定程度上缓解了国内的劳资矛盾，强化了维多利亚时期的人对英格兰民族共同体的想象；在家庭内部，礼节和服饰的象征符号复制了家庭外部的阶层关系，与此同时，主仆关系又被当作一种政治上的隐喻，质疑了文化符码与身份之间的对位关系，并探索了保守主义和自由主义之间的平衡点。正如"家庭的"的英文"domestic"一词所暗示的那样（既与"家庭外"相对应，也和"国外的"一词相对应），"家庭"话语的征用并未局限于英国国内的事务，它甚至以"家庭天使"作为道德和品格的隐喻，投射到殖民关系和种族问题上，间接参与英帝国课业的建构。由此看来，维多利亚时期的人所称颂的"家"，一个貌似私人的、甜蜜的场所，却悄然以道德的、阶级的或性别的话语形态，直接或间接地参与公共领域事务，实施着一种"温柔的暴力"。

尽管在维多利亚时期文学文本中不断透露了"家庭"的政治性，但在当时许多关于"家庭理想"的规范性表述中，"家"则是私人的、精神性的象征，它应该远离政治或经济等公共领域。在维多利亚时期，以性别差异为基础的"分离领域"之说一再被强调，它甚至构成维多利亚时期的人重要的阐释框架。从逻辑上看，这种强调行为本身恰恰暗示了该学说的不可靠性。无论从词源学上看，还是从家庭发展史的角度看，"分离领域"之说都不是一个客观存在，它是一个人为的、现代性的产物。用历史学家霍布斯鲍姆的话来说，即"家是故意被搞成如此这般，以便与外面的世界形成鲜明的对比"。[①] 不可否认，"分离领域"之说的形成有经济上和生物学上的客观原因，但同时它也是维多利亚时期的人在面对国内外问题时的一种主观选择，具有一定的政治意图。在某种

---

① 〔英〕艾瑞克·霍布斯鲍姆：《资本的年代》，第325页。

155

程度上，或许也正因为这个理念的实际意义，才让它拥有持久的生命力。

值得一提的是，观念的发展不会直接产生立竿见影的行动效果，但却可以在一定程度上影响人们对所处的特殊历史时期的看法，进而推进整个社会的改良。文学文本既是"再现的"，也是"再生产性的"，它反映现实，同时也塑造现实。维多利亚时期小说中的"家庭"话语的意义不在于它直接改变了多少人的看法或带来了多大的行动效果，无论是狄更斯、盖斯凯尔、勃朗特还是特罗洛普，其创作的最大意义就在于它具有极为广泛的读者和深远的影响力。维多利亚时期小说与现实的联系比以往任何时代都要紧密，作家们不仅认为文学要反映现实，更希望能通过文学的话语实践参与维多利亚时期的政治、经济以及文化方面的讨论。就维多利亚时期小说的影响力而言，不断被征用的"家庭"主题后面所蕴藏的价值理念和话语形态，无论在文化领导权的建立方面，还是关于劳资矛盾的缓和或帝国话语的建构上，都在一定程度上形塑着维多利时期的人对自己所处的社会的整体看法。

考虑到 19 世纪中叶英国社会的主要矛盾以及文本中呈现的"家庭"日常生活的不同维度，本书各章分别从家庭内部布置、家庭食物、家庭节日、家庭活动、家庭礼节、家庭服饰、家庭卫生、主仆关系以及家庭女性等日常家庭生活的描写，审视了这个时期小说中的"家庭"日常生活的书写是如何成为一种修辞，参与公共事务的讨论，促进中产阶级文化领导权的确立以及英帝国话语的建构的。值得注意的是，"家庭"在本书中主要指的是家庭日常生活，但它仅仅是一个统摄性质的概念，本身具有一定的模糊性和广义性。笔者所做的努力不过是基于这个时期的文学文本呈现出来的家庭日常生活的面貌，联系当时的社会文本，进行话语分析。

此外，本书主要考察的是维多利亚时期占主导地位的中产阶级家庭意识形态，不可避免地具有一定的压制性和选择性。事实上，这个时期还存在一些非主流的家庭模式，例如，尽管当时的底层劳动人民或工人阶层的家庭观念逐渐受到中产阶级家庭意识形态的影响，但事实上他们并没有秉行"分离领域"的原则，因为在大多数工人阶级家庭中，女性常常也必须外出工作以增加家庭收入。此外，受特殊的历史因素的影响（如财产继承问题、门第观念），这个时期还出现了许多未婚女子，终生未嫁，仍与家中长辈生活在一起。这些非主流的家庭模式在小说中也时有出现，但笔者并未将其纳入考量范围，原因之一是由于在 19 世纪 40 年代到 70 年代的英国小说中，仍以中产阶级主流家庭意识形态为中心。正如布鲁姆所说，对于 19 世纪中期社会问题小说家而言，写小说的直接目的仍然是教育中产阶级的。^① 在虚构文本中，"家庭"作为一种修辞，对逐渐占支配地位的中产阶层而言，除了帮助其继续享受经济上的优势外，大多时候其核心议题仍是如何摆脱摄政时期奢靡浮夸的纨绔之风，缓和国内的劳资矛盾，同时树立起令人尊敬的中产阶级文化观念。

在文学的"家庭"话语中，除了英国本民族文学对家庭日常生活进行再现外，在有关殖民地的文学研究中（尤其是在 19 世纪末到 20 世纪中叶，随着民族国家的独立），关于"家庭"作为反抗场所的研究也逐渐增多，正如哈罗斯所说，第二次世界大战后家庭建设是许多国家重建的重中之重，因而家庭在 20 世纪和当今的英语文学和后殖民文学中仍是重要的主题之一。^② 这是因为，家庭不仅被视作是培养个人情感的地方，还被视作是培育国家公民的重要场所。即便是在英国本土文学中，维多利亚时代晚期文学中对"家庭"的再现也和 19 世纪中叶有着很大的不同。如果说 19 世纪中叶的"家庭"话语是维多利亚时期主流价值体系建立的助推器，那么，19 世纪后期的"家庭"话语更多的是对之前的价值体系的批判与反思，尽管对"家庭"修辞的挪用并没有离开先前的那些范式。无论是殖民地文学对英国"家庭理想"的对抗式书写，还是维多利亚时代晚期对"家庭理想"及其承载的话语形态的质疑和颠覆，都充分说明"家庭理想"在维多利亚时期英国文学中的生命力，说明了家庭观念形态在不同历史时期的重要性。

---

① See Harold Bloom ed., *Bloom's Period Studies: The Victorian Novel*, New York: Chelsea House, 2004, p. 56.

② See Joanne Hollows, *Domestic Culture*, p. 45.

主要参考文献

鲍曼，2000. 立法者与阐释者：论现代性、后现代性与知识分子 [M]. 洪涛，
　　译. 上海：上海人民出版社.

布鲁姆，2006. 影响的焦虑 [M]. 徐文博，译. 南京：江苏教育出版社.

凡勃伦，2016. 有闲阶级论：关于制度的经济研究 [M]. 蔡受百，译. 北京：
　　商务印书馆，2016 年。

哈贝马斯，1999. 公共领域的结构转型 [M]. 曹卫东，译. 上海：学林出
　　版社.

霍布斯鲍姆，1999. 资本的年代 [M]. 张晓华，等译. 南京：江苏人民出
　　版社.

卡莱尔，1999. 文明的忧思 [M]. 宁小银，译. 北京：中国档案出版社.

劳思光，2016. 当代西方思想的困局 [M]. 上海：华东师范大学出版社.

李维屏，张定铨，等，2012. 英国文学思想史 [M]. 上海：上海外语教育出
　　版社.

陆建德，2015. 思想背后的利益 [M]. 北京：中信出版集团.

孟华，2001. 比较文学形象学 [M]. 北京：北京大学出版社.

钱乘旦，2016. 英国通史 [M]. 南京：江苏人民出版社.

王瑾，2005. 互文性 [M]. 桂林：广西师范大学出版社.

王晓路，2012. 西方马克思主义文化批评研究 [M]. 北京：北京大学出版社.

亚里士多德，1994. 家政学 [M]. 北京：中国人民大学出版社.

萨义德，2002. 知识分子论 [M]. 单德兴，译. 北京：生活·读书·新知三
　　联书店.

裔昭印，等，2009. 西方妇女史 [M]. 北京：商务印书馆.

殷企平，2013. "文化辩护书"：19 世纪英国文化批评 [M]. 上海：上海外语
　　教育出版社.

赵炎秋，刘白，蔡熙，等，2014. 狄更斯学术史研究 [M]. 南京：译林出
　　版社.

周宪，2007. 文化表征与文化研究 [M]. 北京：北京大学出版社.

朱虹，1997. 英国小说的黄金时代：1813—1873 [M]. 北京：中国社会科学出版社.

ADAMS, J E, 2009. A History of Victorian Literature [M]. Oxford：Wiley-Blackwell.

ARMSTRONG N, 1989. Desire and Domestic Fiction：A Political History of Novel [M]. Oxford：Oxford University Press.

BAUMAN Z, 1989. Legislators and Interpreters：on Modernity, Post-modernity and Intellectuals [M]. Cambridge：Polity Press.

BOURDIEU P, 1984. Distinction：A Social Critique of the Judgement of Taste [M]. trans. Richard Nice. Cambridge, MA：Harvard University.

BOURDIEU P, 1990. Logic of Practice [M]. trans. R. Nice. Cambridge：Polity Press.

BOYTE H C, 2004. Everyday Politics：Reconnecting Citizens and Public Life [M]. Philadelphia：University of Pennsylvania Press.

BRANTLINGER P, 2009. Victorian Literature and Postcolonial Studies [M]. Edinburgh：Edinburgh University Press.

BROWN G, 1990. Domestic Individualism：Imagining Self in Nineteenth-Century America [M]. Berkeley：University of California Press, 1990.

BRIGGS A. 1988. Victorian Things [M]. London：B. T. Batsford Ltd.

BURNETT J, 1986. A Social History of Housing, 1815 − 1985 [M]. London：Methuen.

CERTEAU M D, 1990. The Practice of Everyday Life：Living and Cooking [M]. trans. Timothy J. Tomasik. Minneapolis：the University of Minnesota Press.

CONLY S, 2013. Against Autonomy：Justifying Coercive Paternalism [M]. Cambridge：Cambridge University Press.

DAVID D, 1995. Rule Britannia：Women, Empire, and Victorian Writing [M]. Ithaca and London：Cornell University Press.

DAVIDOFF L, 1995. Worlds Between：Historical Perspectives on Gender and Class [M]. Cambridge：Polity Press.

DAVIDOFF L, HALL C, 2002. Family Fortunes [M]. London and New York：Routledge.

DAVIS P, 1999. Critical Companion to Charles Dickens [M]. New York：

Facts on File, Inc.

EAGLETON T, 2012. The Event of Literature [M]. New Haven and London: Yale University Press.

FERNANDEZ J, 2010. Victorian Servants, Class, and the Politics of Literacy [M]. New York: Routledge.

FLANDERS J, 2004. Inside the Victorian Home [M]. New York: W. W. Norton & Company.

HORN P, 2004. The Rise and Fall of the Victorian Servant [M]. Sparksburg: Sutton.

LEFEBVRE H, 1991. Critique of Everyday Life [M]. trans. John Moore. London and New York: Verso.

LEWIS J, 1984. Women in England 1870−1950 [M]. Sussex: Wheatsheaf.

LOGAN T, 2001. The Victorian Parlour [M]. Cambridge: Cambridge University Press.

NASH J, 2007. Servants and Paternalism in the Works of Maria Edgeworth and Elizabeth Gaskell [M]. Burlington: Ashgate Publishing Company.

NELSON C, 2007. Family Ties in Victorian England [M]. Westport: Praeger Publishers.

MURDOCH L, 2014. Daily Life of Victorian Women [M]. Santa Barbara: Greenwood.

NELSON C, 2007. Family Ties in Victorian England [M]. Westport: Praeger Publishers.

NIE M D, 2004. The Eternal Paddy: Irish Identity and the British Press, 1798−1882 [M]. Madison: University of Wisconsin Press.

O' GORMAN F, 2005. A Concise Companion to the Victorian Novel [M]. Oxford: Blackwell Publishing.

PENNELL S, 2016. The Birth of the English Kitchen, 1600−1850 [M]. London: Bloomsbury.

PERKIN H, 2002. The Origins of Modern English Society [M]. London and New York: Routledge.

PETERSON M J, 1989. Family, Love, and Work in the Lives of Victorian Gentlewomen [M]. Bloomington: Indiana University Press.

POOVEY M, 1988. Uneven Developments: the Ideological Work of Gender in Mid-Victorian England [M]. Chicago: The University of Chicago Press.

PRICE L，2012. How to Do Things with Books in Victorian Britain [M]. Princeton：Princeton University.

PURCHASE S，2006. Key Concepts in Victorian Literature [M]. New York：Palgrave Macmillan.

SAID E W，1993. Culture and Imperialism [M]. New York：Knopf.

SCHOLL L，2016. Hunger Movements in Early Victorian Literature：Want，Riots，Migration [M]. London and New York：Routledge.

STONE L，1977. The Family，Sex and Marriage in England 1500 — 1800 [M]. London：Harper & Row，Publisher.

STUMPF S E，FIESER J，2006. A History of Philosophy：Socrates to Sartre and Beyond [M]. Beijing：Peking University Press.

SUMOUT T C，2007. Victorian Values [M]. New York：Oxford University Press.

TATE C，1992. Domestic Allegories of Political Desire：The Black Heroine's Text at the Turn of the Century [M]. Oxford：Oxford University Press.

THOMPSON F M L，1988. The Rise of Respectable Society：A Social History of Victorian Britain：1830 — 1900 [M]. Cambridge，MA：Harvard University Press.

TUCKER H F，1999. A Companion to Victorian Literature & Culture [M]. Oxford：Blackwell Publishing.

WARHOL R R，1989. Gendered Interventions：Narrative Discourse in the Victorian Novel [M]. New Brunswick and London：Rutgers University Press.

WILLIAMS R，1960. Culture & Society：1780 — 1950 [M]. New York：Anchor Book.

YEAZELL R B，2008. Art of the Everyday：Dutch Painting and the Realist Novel [M]. Princeton and Oxford：Princeton University Press.

YOUNG G M，1960. Victorian England：Portrait of an Age [M]. Oxford：Oxford University Press.